津沽名家詩文叢刊第十三種
主編　王振良

天津文鈔

華光鼐　編纂
石　玉　點校

天津出版傳媒集團
天津古籍出版社

圖書在版編目（CIP）數據

天津文鈔 /（清）華光鼐編纂；石玉點校 . -- 天津：天津古籍出版社，2020. 12
（津沽名家詩文叢刊 / 王振良主編）
ISBN 978-7-5528-1028-8

Ⅰ. ①天… Ⅱ. ①華… ②石… Ⅲ. ①中國文學－古典文學－作品綜合集 Ⅳ. ① I212.01

中國版本圖書館 CIP 數據核字（2020）第 208205 號

天津文鈔
TIANJIN WENCHAO

〔清〕華光鼐 / 編纂　石玉 / 點校

出　　版　天津古籍出版社
出 版 人　張　瑋
地　　址　天津市和平區西康路 35 號康岳大厦
郵政編碼　300051
郵購電話　（022）23517902

責任編輯　唐　艦
責任校對　黎冬瑶

印　　製　天津市天辦行通數碼印刷有限公司
經　　銷　新華書店
開　　本　880 毫米 ×1230 毫米　1/32
印　　張　11. 5
字　　數　187 千字
版次印次　2020 年 12 月第 1 版　2020 年 12 月第 1 次印刷
定　　價　68. 00 元

津沽名家詩文叢刊總序

李劍國

國人素重鄉邦文，方志多立《藝文志》，著録本地述作。至有薈萃前賢文集撰著，郡邑叢書作焉。明人海鹽樊維城纂輯《鹽邑志林》，開啓風氣，而清世、民國爲盛，若《畿輔叢書》《吴興叢書》《武林掌故叢編》《貴池先哲遺書》等，多達七八十種。郡邑書之纂，劉世珩《貴池先哲遺書序目》嘗云：『所以景仰前賢，嘉惠後學，乃士大夫鄉里所應爲之事也。』昔元代婺州蘭溪人編《敬鄉録》十四卷，録其鄉賢詩文。而民國永嘉黄群輯鄉賢著作，亦以《敬鄉樓叢書》爲名。『敬鄉』者，本《詩經·小雅·小弁》：『維桑與梓，必恭敬止。』郡邑之編，皆以見本鄉人杰地靈，文物之盛，寄托桑梓之情也。

較之古邑名都，天津建邑未久，明永樂二年（一四〇四）始置天津衛，于今方六百餘年。雍正二年（一七二四）升衛爲州，九年（一七三一）復升爲府，轄六縣一州。逮乎清季，直隸總督駐于津城，李鴻章、袁世凱相繼于此興辦洋務、新政。光緒二十六年（一九〇〇），天津陷于八國聯軍，淪爲列强租界。自此九河下梢之地，乃成百里洋場之都，天府津渡，工商重鎮，達官遺老蟻聚，騷人墨客麇集，物華之繁，超乎往昔矣。

《天津志略·文藝》云：『天津雖爲通都大埠，民風稍涉奢華，但澹泊致遠之士仍守本樸，鄙物質之享樂，而致力于藝術之陶冶，而度其「富貴如不可求，從吾所欲」之生活。以言著作，則歷代之文存詩稿，多如恒河沙數。……今日争以奢侈相炫，食多珍饈，衣錦晝行，惟三津尚發越前光，綿綿不墜，實晚近不數睹之邦矣。』津人藝文之作，《天津縣新志》著録明清二百七十七人、五百三十種。《天津志略》復益三十六人、七十二種。金大本《津人著述存目》乃增至四百人，著述近千。今人高洪鈞氏編著《天津藝文志》，又增入天津所轄郊縣鄉人著作，凡得著作千五百種左右，作者六百餘人。此中大部爲清世、民國人，三百年之文質彬彬，洵爲大觀也。

今存津人詩文别集，以康熙間刻龍震《玉紅草堂集》爲早，此後所存者甚衆，惜乎單部零種，未及彙編，管中一斑，難窺全豹。方今各地學人頗重本土文獻之整理研究，地方出版社亦引爲己任。吾津文事繁充，撰作衆多，自應不愧前賢，免落後塵。所幸者王振良君與問津書院同儕，正着手編輯《津沽名家詩文叢刊》，搜集整理王煐、查爲仁、梅成棟、楊光儀、嚴修、王守恂、華世奎、章鈺、郭則澐、李金藻、蘇星橋、陳誦洛等津人詩文集，將陸續出版，以彰顯津門藝文之盛。振良本吉林人，受業于南開，從事于報社。久居津城，認作故鄉，舊事新聞，諳熟于心。與同氣編輯《天津記憶》《品報》《問津》，十數年孜孜矻矻，鍥而不捨，世所难能，其志可嘉。而津沽名家詩文之刊，尤爲盛舉，誠儒林雅事，津門之幸也。

余生山右，讀書教學于南開已四十餘年，然居于斯而昧于斯，話及津事，每茫茫然。幸振良常臨陋室，聆其高論，閱其文編，津門數百年之事，遂知一二。前時振良索序，以弁叢刊之首。今稽考文獻，粗陳陋見，庶免『夏蟲語冰』之譏爾。

甲午歲清明後一日草于釣雪齋

（李劍國，南開大學文學院教授、博士生導師）

天津文鈔整理本序

閆立飛

天津自明永樂建衛，由於其特殊的地理位置，無論經濟上還是文化上，都顯現出非同尋常面貌。正如《天津衛志序》所言：『神京二百餘里，當南北往來之衝，京師歲食東南，數百萬之漕悉經於此。舟楫之所式臨，商賈之所萃集，五方之民之所雜處，皇華使者之所銜命以出，賢士大夫之所報命而還者，亦必由於是，名雖爲衛，實則一大都會所莫能過也。』故其城市年齡雖不能與曠代名都相比，但迅速成爲畿輔文化圈中的重要組成部分，并逐漸生成了自己的文化底蘊，人物輩出，不再僅僅是歌舞犬馬、奢侈相炫之地了。

『風雅之章，可補史書之遺』，考察一地一代之文物，須考其鄉賢，欲考鄉賢，則莫如考其藝文。天津的文學傳統其本身固然堪稱大觀，更爲近現代的地方文學提供了豐富的滋養。三津歷代之文存詩稿，數量浩繁，或存或佚，研究者難窺全貌，而《天津文鈔》這種高水平的選本，則給我們提供了一種重要的視角。此書既與梅成棟的《津門詩鈔》爲聯璧，又與郭師泰的《津門古文所見録》相接續，充分展現了天津文學傳統的豐富性與連續性。收録作者、作品衆多，頗可見鄉先輩之風流遺韵。此書從搜采成書到校字刊刻，過程頗為曲折，雖作者華光鼐爲其首功，此中更凝聚了衆多先賢的心血，故王守恂在本書序言中寫道：『海内文人所有者，吾鄉莫不有之。』足見其對鄉梓文化的自信自豪之情。

近年來，天津鄉梓文化日益受到關注，但由於舊有文獻收藏流傳情況頗爲複雜，加上未經整理，不便於研究使用。數月前，石玉以《天津文鈔》整理本書稿見示，并屬作序。古人作文，體式多端，加之三津文風典重，用典用事，俱屬煩難，更兼内容龐雜，如王又樸《孫林扶逐君論》《中庸説》《周易説》《毛詩説》之類，皆屬於經學範疇，楊光儀《范雎蔡澤論》、王又樸《漢高帝論》之類則屬史學，序跋卷中各種詩文集序又屬文論，其餘所涉書畫、典章、風俗皆學有專門，非一般文學選集可比，不作深考則不能達其意旨。稿件硃筆縱横，足見用心，手此一編，如晤對古鄉賢，亦知三津文化綿綿不墜。故欣然應之，聊綴數語於簡端。

庚子仲秋於天津社科院文學所

（闫立飛，天津社会科学院文学研究所所长、研究員）

整理説明

《天津文鈔》是一部重要的地方文獻，全書共收各體古文一百六十八篇，依《經史百家雜鈔》的體例，按文體分論著之屬、序跋之屬、書牘之屬、傳志之屬、碑記之屬、哀祭之屬、詞賦之屬七卷。在本書成書之前，郭師泰曾編有《津門古文所見録》四卷，刊於道光十二年，收録自清初至道光年间津門古文一百二十四篇，而《天津文鈔》涉及作者四十八人，除汪來爲明人之外，其他作者皆爲道光以來之人，故二者雖非正續書的關係，但從時間上相接續，二書合觀，則有清一代天津古文創作的情况可以概見。書前有作者小傳，略述各人字號、職官、著述等信息，作者中除了世居津門的本籍人士，亦包括因游宦等原因移居津門者，而本書體例概以津人視之，正如高凌雯《志餘隨筆》卷三所言：『籍貫説用以限制應試士子，不妨從嚴，至桑梓儀型，義主觀感，但久居鄉里，雖未入籍，自不妨以本籍人視之，况津人更無所謂土著耶。』

本書作者華光鼐，字伯銘，號少梅，又號壽眉，爲津門名宿華長卿之長子，『天資聰慧，至性孝友，十九歲補諸生，文名噪津邑，自髫齡即嗜吟咏，有尊翁梅莊先生風』[一]，著有《東觀室詩草》四卷，時人評其識見遠大，意氣肫誠。華少梅和其父一樣，留心於鄉梓文獻的收集整理，《敬鄉筆述》載其『歷於故紙堆中搜尋鄉前輩詩文，不遺餘力，洵可謂愛才若命者矣』。曾集《脞録》二卷，收録鄉前輩之詩作，其中多有《津門詩鈔》所未收者，頗有補遺之功，惜其才高壽促，僅三十二歲即以疾歿。華少梅在天津養病期間仍堅持《天津文鈔》的編纂工作，『摯意深心，志存千古，雖嘔盡心肝，未嘗釋手』[二]，可知此書實爲華氏心血所凝，誠可謂大有功於鄉梓。

《天津文鈔》稿本原名《津門文鈔》，分二十四卷，據《敬鄉筆述》載：『《津門文鈔》原稿本，即系沅青先生手校。民國以來，天津續修新志，遺編復出，經金君鉞刊入《屏廬叢刻》中，此書遂顯於世，并由王先生守恂重加編訂，分爲七卷，重易名爲《天津文鈔》云。』王守恂在《天津文鈔序》中也記述了此書將顯而晦、

[一]徐士鑾著，敬乡笔述，天津古籍出版社，一九八六年十一月第一版，第七十九页。
[二]徐士鑾著，敬乡笔述，天津古籍出版社，一九八六年十一月第一版，第八十页。

由晦復顯的刊刻過程，頗爲詳盡。此書由華少梅編輯初稿後，其長子華鐸孫又有所增補，梅寶璐、楊光儀二人對書稿進行詳定，再由楊香吟的弟子徐士鑾校訂文字，最初陳壋本擬在廣東刊行，後值其罷官，其事遂不行，書稿由聽橋之子墨齋收藏。後天津開修志局續修地方志，徵集著作，墨齋乃以此稿送局。其時王守恂在局中擔任編纂，金鉞以此書相詢，由是知此稿正在局中，遂屬王氏將書稿重加編訂，最後由金鉞負責刊行，這部書才得以流傳人間。

王守恂字仁安，别號阮南，晚署拙老人，天津人。光緒戊戌進士。早年負有詩名，學問文章見重於時，晚年與嚴修等組織城南詩社與崇化學會。著述有《王仁安集》一至四集，《天津政俗沿革記》十六卷，《天津崇祀鄉賢祠諸先生事略》等。王氏對本書的編訂除了作序之外，還有兩項工作，一是將原稿按文體分卷，一是按『宜樸不宜華，宜真不宜僞，宜常不宜怪』的思想，對原稿中『傷於浮躁，近於虚美，流於詭异』的篇目進行了删减。

刊刻者金鉞字浚宣，號屏廬，天津人，監生出身，清末曾任民政部員外郎，是津門近代著名藏書家、刻書家，據高凌雯《志餘隨筆》載：『天津有藏書之家，無刻書之人，近惟浚宣喜爲此。網羅舊籍，日事鉛槧，十餘年未嘗有閑。由其先人撰述，推及鄉人著作，已刊行二十餘種。』金氏在鄉梓文獻的刊刻上居功至偉，其《屏廬叢刻》二十六卷專收鄉賢著作，除了《天津文鈔》外，還有王守恂《王仁安集》、孟繼壎《黔行水程記》、高凌雯的《天津縣新志人物藝文》《志餘隨筆》等重要文獻。

除了此二人外，其餘參與者亦皆爲津門文壇的一流人物。楊光儀字香吟，一字庸叟，號碧琅玕主人，祖籍浙江義烏，康熙年間北上，寄籍靜海，後移居天津，澹泊自守，無意仕進，以家居課徒爲業，兼主輔仁書院講席。嚴範孫、胡濬、王守恂諸名儒皆曾受業其門，與梅寶璐皆以詩名重於當時。梅寶璐字小樹，爲津門名宿梅成棟之子，曾參與倡建會文書院，并曾主持輔仁書院。徐士鑾字沅青，咸豐八年舉人，爲徐世昌之叔曾祖。故此書的編纂刊行可稱得上天津文學史上之一大盛事。

關於本書收録的文章，如王守恂序言所説：『大都道德、學問、政治、教化，鄉先輩流風遺韵頗有可見之者，僅以文字論，海内文人所有者，吾鄉莫不有之，夫亦文稱其質矣。』然而其中有相當一部分文章爲記述忠臣孝子、烈女節婦事迹，旨在宣揚忠孝節義的封建道德思想，以今天的眼光來看不免糟粕之誚，但這正是此類書籍編纂的一種傳統，正如《津門古文所見録·凡例》所説：『其文即足貴，其事尤足傳，异日有修邑乘者，編中頗可采録。』故從功能和編纂動機來説，《天津文鈔》

不能看作一部純粹的文學選本，它還承擔著醇厚鄉梓風俗和爲地方志提供資料的作用，今天的讀者當以批判的眼光看待，其中迂闊腐朽的内容但以史料視之可也。

本次整理以金氏刊本爲底本，加以新式標點，除了對個別异體字和明顯的魯魚之誤做了改正，基本保存了底本的原貌。整理者水平有限，舛誤難免，讀者其諒之。

目録

天津文鈔卷二　序跋之屬

天津文鈔卷三　書牘之屬

天津文鈔卷四　傳志之屬

天津文鈔卷五　碑記之屬

天津文鈔卷六　哀祭之屬

天津文鈔卷七　詞賦之屬

附　刻

天津文鈔序

《津門文鈔》稿本爲華少梅先生輯，其子聽橋補之，梅小樹、楊香吟兩先生詳定，香吟先生弟子徐沅青校字。陳挹爽先生擬刊之廣東，未及刊而罷官，聽橋旋歿，此稿爲聽橋之子墨齋藏之。天津修志局徵集著作，墨齋以之送局，守恂在局分任編纂，藝文一門，非所任也，故此稿從未一讀也。金浚宣留意文獻，欲任刊印之責，以編訂屬之守恂，始發而讀之。

夫文章者，所以表語言也，宜樸不宜華，宜真不宜僞，宜常不宜怪。原稿中有傷於浮藻、近於虛美、流於詭异者，稍事釐削，略仿曾文正公《經史百家雜鈔》敘例，以類相從，曰『論著之屬』，曰『序跋之屬』，曰『書牘之屬』，曰『傳志之屬』，曰『碑記之屬』，曰『哀祭之屬』，曰『詞賦之屬』。編詞賦之屬於篇末，非有軒輊也，以原稿采録頗少，又羼以律賦，裁去數篇，餘者無幾，存其概焉而已。大都道德、學問、政治、教化，鄉先輩流風遺韵頗有可見之者。僅以文字論，海内文人所有者，吾鄉莫不有之，夫亦文稱其質矣。易其名曰《天津文鈔》，從實也。文都一百六十八篇，要皆精粹可傳者焉。天津王守恂。

天津文鈔作者傳略

華氏《津門文鈔》稿本無作者傳略，今就此刻録入者補輯之。庚申四月金鉞記。

汪來字君復。嘉靖辛丑進士，官山東按察使副使。著有《北地紀》。

龍震字文雷，號東溟諸生。著有《玉紅草堂詩文集》。

張霔字念藝，號帆史，一號笨仙，又號笨山，别號秋水道人。廪貢生，官中書。著有《晋史集》《款乃書屋集》《緑艷亭集》。

胡捷字象三。諸生。著有《讀書舫詩集》。

王又樸字從先，號介山。雍正癸卯進士，官吏部主事、河東運同署運使，後署江南徽州府知府。著有《詩禮堂集》。

朱函夏字乾馭，號陸槎。廪貢生，雍正初年舉博學鴻詞。著有《谷齋集》。

金相字琢章，號勉齋。雍正丙午解元，丁未進士，官翰林院侍讀學士，内閣侍讀學士。

周人驥字芷囊，號蓮峰。雍正丁未進士，官浙江、廣東、貴州巡撫。著有《香遠堂詩稿》《蓮峰宦稿》。

周人麒字次游，號晴岳，别號衣亭。乾隆己未進士，官檢討。著有《保積堂詩文集》。

周南字雅原。衣亭先生子，貢生，落拓不偶，削髮爲僧。

周璠字海村。布衣，著有《海邨詩草》《道德經注釋》。

姜森字恪齋。雍正乙卯舉人，官知縣。

周焯字月東，號七峰。雍正乙卯拔貢生。著有《卜硯山房詩集》。

查禮字恂叔，號儉堂，一號鐵橋。國學生，官湖南巡撫。著有《銅鼓書堂遺稿》。

查善和字用咸，號東軒。著有《東軒詩草》。

趙瑛字修五。諸生。

楊霞字湘曉。諸生。

趙埜字堯春，號雪蘿。諸生。

曹貽桂字小山。貢生。

周自邠字南橋。諸生。

沈銓字季掌，號青來。布衣。著有《六琴十硯山房詩草》。

吴人驥字念湖。乾隆丙戌進士，官山東萊州府知府。

沈峻字存圃。乾隆甲午副榜。官廣東吴川縣知縣。著有《欣遇齋詩集》《竈嫗解》《資鏡録》。

沈兆澐字雲巢，號拙安。存圃先生子。嘉慶丁丑進士，官浙江布政使，重預鹿鳴宴。謚文和。著有《蓬窗隨録》。

徐汝瀾字文波。乾隆庚子進士，官福建泉州府同知。

欒立本字飛泉。乾隆癸卯舉人。著有《津門詩彙》《愨思録》。

邵玉清字履潔，號朗岩。乾隆甲辰探花，官詹事府詹事。

張樹之字津槎。乾隆戊申舉人，官河南魯山縣知縣。

殷秉鏞字東橋。乾隆壬子舉人，官四川龍茂道。

牛坤字次原。嘉慶己未進士，官太僕寺少卿。

梅成棟字樹君，號吟齋。嘉慶庚申舉人，官永平府訓導。著有《津門詩鈔》《欲起竹間樓詩集》。

梅寶璐字小樹。樹君先生子。諸生。著有《聞妙香館詩稿》。

梅寶熊字瑩山。樹君先生子。諸生。

馮相棻字石農。嘉慶庚午副榜，官江蘇新陽縣知縣。

華長卿字枚宗，號梅莊。道光辛卯舉人，官奉天開原縣訓導。著述詳卷四先生傳内。

華光鼐字少梅。梅莊先生子。諸生。著述詳《梅莊先生傳》内。

華鼎元字文珊。梅莊先生子。增貢生，官江蘇知府。著述詳《梅莊先生傳》内。

吴士俊字傅岩。道光癸巳進士，官湖南郴州知府。

樊椿字問莊。道光癸巳進士，官湖北襄陽府知府。

樊彬字文卿，號質夫。貢生，官湖北遠安縣知縣。著有《問青閣詩集》。

閻履方字坦齋。道光己亥舉人。著有《坦齋集》。

趙新字晴嵐。道光癸卯舉人，官山東曹州府知府。

華光藻字蘭舟。咸豐辛亥副榜，官户部主事。

楊光儀字香吟。咸豐壬子舉人。著有《碧琅玕館詩鈔》。

楊慎恭字醉六。咸豐乙卯副榜。著有《故吾吟草》。

王維珍字蓮西。咸豐庚申進士，官通政司副使。著有《蓮西詩集》。

鄭學川字文波。

王文錦字雲舫。同治辛未進士，官兵部侍郎。

孟繼坤字筱帆。同治壬戌舉人，官撫寧縣教諭。

天津文鈔卷一……論著之屬

天津　華光鼐少梅輯
王守恂仁安編訂
同里　金鉞浚宣校訂

胡捷李廣班超論

人臣有所建立，其功業始終之際，禍福倚伏之端，雖不可因其成敗而遂加軒輊，要各視其器量之大小以爲盛衰。吾讀史，於李廣、班超得之矣。

李廣放廢時，夜獵歸霸亭，吏呵之，從者曰：『故李將軍。』吏曰：『今將軍猶不得夜行，况故將軍乎。』卒止廣宿亭下，廣銜之。後起爲北平太守，請吏行，尋殺之。夫吏之呵廣，過矣，而廣殺之，不亦甚乎。廣之殺吏，在『故將軍』一語。廣自負不世出之材，不得見用，其胸中常有憤憤不平之氣，而『故將軍』一語適中其隱，此廣之得志所以必殺之而後快也。然使廣視功名之黜陟若寒暑之代謝，漠然不加寵辱於其中，則亭吏者小人也，其言固不足以污我耳，况存芥蒂於胸哉。且廣嘗誘羌八百人降而殺之，大抵其人慘刻報復之事居多，卒以從征失道，羞不對簿，遂自剄死。吾故表而出之，以見人器量狹隘，不能容人之過，而卒不自善其後者。

班超都護西域，李邑畏送烏孫，譖超於帝。帝不聽，即以邑付超，超仍遣送烏孫。徐幹請留之，超曰：『是何言之陋也。以邑譖我，今故遣彼。内省不疚，何恤人言，快意留之，非忠臣也。』嗚呼！讀其言何其忠厚和平，而有仁人長者之風也。

夫帝以邑付超，令受節制，超之殺邑，直易易耳。然使當日超殺邑，軍中詎止一邑哉。藉令更有譖之者，能保帝之終不聽乎？且人臣之於君，至流言不信，即以譖者相付，其得君固深矣。然亦安知非帝之嘗超，即此以伺其動静乎？大將擁數十萬之衆，久居閫外，而必殺一譖我者，以作威福，吾恐帝之疑不待再譖而已深也。超卒遣邑，而譖不行，非惟忠，亦且智與。厥後超立功萬里外，生入玉門，以功名終。吾又表而出之，以見人器量宏遠，得大臣之體，而能不隳其勛業者。

胡捷余武貞公議

夫士君子之論人也，當觀其大節而略其細行。非謂細行之不足謹也，蓋剛柔互用，經權并施，稍爲假借於其間，而至於大節之所在，實爲萬古名教所攸關，苟於此而有所竪立，以自矢其心，即足以對天地而泣鬼神，而苛求者不得以他議訾焉。

吾越余武貞公諱煌，天啓乙丑擢廷試第一，崇禎朝官庶子。後國變，魯藩監國於越，起爲大司馬，督師越中。及城垂破，公知事不可爲，下令宗民出城避難，而自投於渡東橋下以死。嗚呼！公於大節可謂無愧矣。乃今越城建祠享前賢，以死甲申之難者倪文正公、周文節公、施忠介公，死宏光之難者蕺山劉公、忠愍祁公，而益以死魏璫之禍白庵黄忠端公，名六賢祠。獨死監國之難如余公者，未能與祀典。論者得毋以公當魏閹擅權時，委蛇朝右，少排擊功，似與黄忠端公有异，是以存而不論與？吾獨以爲不然。

夫安石之變法，諸賢紛紛擬投劾去，質之康節先生，先生進之以『寬一分，則百姓受一分之福』，當時以爲知言。向使蜀公、温公輩盡以引退遠去，則新法之弊愈横，宋之禍不待靖康而已劇矣。當魏閹之煽禍也，毒流搢紳，臺省幾爲之空。楊、左諸君子固爲身死名益彰矣，而公獨以碩果之身，鎮之以寧静，處於若遠若近之間，其陰爲士流解釋者，應復不少。迨思陵赫然振威，大奸之去，如距斯脱，而士大夫之氣得少蘇，是公以一身斡旋其間，以延其脈於不絶者，其用心獨良苦。

且夫觀人者，當要其終而論其大節。公以魯藩監國起爲大司馬，心殫力竭，夙夜靡遑。迨國勢即去，區區彈丸之地，既不足以久嬰，徒驅百萬無辜之赤子偕赴水火，而卒無益於國事。是以公先下令，俾老弱得避山陬以自匿，雖賴興朝之仁厚，不肆屠戮，而公之於越實有全城功。及城之墮也，公矢心於一死，奮身波底，以報國恩。迄今父老過斯橋者必嘆息曰：『此余公殉節處也。』此其大節昭昭於宇宙，足以對天地而泣鬼神，已與鑒湖九曲千古同清，即較之倪、周諸公，何多讓焉。

昔宋相江萬里不死於似道僨國之時，而死於襄樊失守之日，預榜止水以矢心，而卒以身殉，至今爲烈。余公之行，庶幾近之。故使公而得與俎豆間，忠端公有靈，亦當把臂而同歆者矣。吾請得於六君子外，益以武貞余公，易名爲『七賢祠』，而以先後殉難如周定夫、王立趾、潘子祥諸君從祀其旁，庶爲吾越之光，而亦可爲後之君子著昭昭之大節，而立萬世之名教者勸焉。

胡捷驅蠅説

蠅之爲物可憎哉！不招即來，揮之不去，營營几案間，必盡驅之然後快。夫驅之良是也，而所以絶其源者，又在於務潔以塞其趨附之路。使我室無可致蠅之物，斯蠅之至焉者寡矣。國家之於小人也亦然。

夫小人之挾其材若智者，恒伺朝廷之隙以自售。朝廷好邊功，彼即以禦侮之策進。朝廷急國用，彼即以生財之計進。朝廷喜苛察，彼即以訐摘之術進。其他聲色玩好神仙土木之事，要各以其類應。迨至其術售而中其蠱，則招致僉壬而羽翼成，盤踞權要而威福盛，國家之事遂至潰敗不可收拾。然後柄國者奮一朝之忿，思欲鋤而去之，微論其不能盡驅也，浸假而克盡驅之，邪正之相攻擊，恩仇之相報復，一進一退之間，而國家之元氣已殆盡矣。又況易進而難退者，有萬萬不能盡驅之理。是惟大人者持之以公正，鎮之以寧静，與其多一事，不若少一事，與其興一利，不若除一弊，守祖宗之成法，抑僥倖之覬覦。彼天子寧令其憂有餘而生儆惕之心，毋使其樂有餘而啓嗜好之念，則小人者縱欲挾其材智以自售，而朝廷無隙之可伺，亦必斂其鋒而待命於我。此正君心以正朝廷，正朝廷以正百官，正百官以正萬民，爲拔本塞源之論也。

君子曰：吾於驅蠅而得禦小人之道焉。

王又樸齊人來歸鄆讙龜陰之田論

『定公六年』書季孫斯、仲孫忌帥師圍鄆，蓋欲其田，以兵取之而不得也。今何以歸齊？自歸之也。善乎夫子之仁管仲曰：『桓公九合諸侯，不以兵車，管仲之力也。』然則夾谷之會，孔子之斥齊却兵，皆此意乎？蓋諸侯固有兵車之會也，而

《傳》乃謂齊欲以兵劫之，因孔子之言而止。果以兵劫魯侯可以得志，則豈口舌所能争者。况魯之政在季氏，劫公亦無所爲得志也，此《傳》之不可信者也。至《左》繫歸田於夾谷之傳末，以爲孔子之功，後儒皆祖其説，艶而傳之，不知孔子之所以用魯，在於内治，不在此一會也。故嘗曰：『遠人不服，則修文德以來之。』今説者不歸本於文德，而但謂折强鄰於片言，使之俯首歸地，則天下將曰：『惟口折衝，言不可以已也如是夫。』是儀、秦賢於僑、肸矣。

蓋自三家分魯，各臣其私，不獨君臣携貳已也。今也陽虎倡亂，季、孟相結，有所嗛於其臣，不能不禮於其君，此亦上下輯睦之一時，况又思則善心生，舉大聖人而用之，内治修明，敵人無所覬覦，能無懼耶？及齊平，豈惟魯志之，齊亦欲之矣。不然齊爲霸國之餘，且又多與，魯新失晋，何所憚而與之平，又爲之會，又歸其田乎。及其久也，怠心生，驕志肆，而聖人行矣。取瀞及沂，致興師旅，而齊亦取讙闡。悖而入者亦悖而出，盖不修文德，謀動干戈，則未有能濟者也。

王又樸孫林父逐君論

據《左》：公使歌《巧言》之卒章，文子曰：『君忌我矣。弗先，必死。』且殺四公子，遣兵追公，是竟欲弑其君矣，惡豈止於逐君已乎。如曰衛侯出而林父會戚，是林父逐之也，如此是又爲内諱之辭。而此非内也，且逐君矣，聖人奈何以自奔爲文而書之？夫衛侯非奔，則必不書奔，書奔則衛侯必非逐可知也。會於戚，諸國之大夫在焉，戚固常會之地，而書之亦如恒辭，未嘗殊林父于會也。其不殊林父，則林父之未嘗逐君又可知也。

昔華督弑君，桓公會諸侯于稷，書曰『以成宋亂』。夫逐君與弑君何异？會戚與會稷又何异？乃彼則於我君不少諱，而今顧諱一季孫乎？然則衛侯果何爲而出也？曰晋出之。何以知其然？曰于其奔齊而知之，于晋士丐會諸大夫于戚而知之。蓋齊、晋皆大國，戰鞌之後始從晋，非本弱而甘爲役，特絀於一時之力耳。自盟柯陵以來，已貳于晋，其君既未嘗親至會，而衛侯與晋悼會者十有四，則齊疏而晋親也。果其爲臣所逐，則必將訴于所親之晋，而乃于其不識面齊靈是援乎？意衛侯必有所以怒晋者。而素又不協于臣民，故出其君以悦于晋。計魯、宋不足與也，唯齊外晋，力又可以抗，是故之齊而晋庶不吾毒耳。

夫人則有君而不能事，顧合與國以立亂臣，晋定猶知納昭于魯，曾以悼之明而出此乎？或曰：『林父既不逐君，曷爲獻公歸而入戚以叛耶？』曰：『有君而越在鄰國，其臣不反首茇舍以從之，而出君，有君及剽弑，君歸，能無討乎。』於此據戚以叛，則前此固未叛矣。天下有逐君而非叛者乎？至君歸衛始書『叛』，則君出之時固未嘗逐，又可知也。

王又樸文章性道論

『夫子之文章可得而聞，夫子之言性與天道，不可得而聞。』註曰：『聖門教不躐等，子貢至是始得聞之。』程子亦曰：『此子貢聞夫子之至論而嘆美之言也。』嗣後《蒙引》吕氏等説，皆謂夫子實言性與天道。考孔氏之書，最真者莫過《論語》，然未嘗言性道。即顔、曾大賢，而其告顔者不過曰『克己復禮』，所謂禮，即在視聽言動之間，而其告曾者則曰『一貫』。夫一貫之旨，即所謂忠恕，何嘗言『性』『天』字樣。其言性者，亦只有『性相近』一語，而又記之曰：『子罕言命。』

然則夫子蓋終身未嘗一與門弟子言性與天道者矣。觀夫子曰：『吾無隱乎爾。吾無行而不與二三子者，是丘也。』如因弟子學力未深，姑以文章示之，而秘性道而不言，是有所隱也。又曰：『天何言哉？四時行，百物生。』今如曰夫子待弟子學力到時，方與之言性道，是天而亦將有言也。曾子與子貢，朱子皆謂其真積已久，學將有得者也，及夫子呼而示之於此曰『一貫』，欲彼亦曰『一貫』，并不曰吾於性何如、吾於天道何如也。然則聖人固終身而未嘗言者矣。如其有言，宜莫詳于《易》，然而贊之也，未嘗擇人之可聞者而授之。蓋弟子正皆于言語求聖人者，以爲夫子必言性與天道，方可爲教，門人亦必聞性與天道，方可爲學，而不謂夫子固不言也。夫子非不言，固一一體之于身，見之于行，而不啻其言之也，奈何？曰：『文章易窺，性道難聞。』夫知及仁守之後，猶以不莊不以禮爲懼，而孟子亦曰：『動容周旋中禮者，盛德之至。』則是夫子之文章，亦豈易窺者乎。

夫以性道已日日見之于文章，而門弟子猶必欲夫子言之，故夫子曰『吾無行而不與』『天何言而四時行百物生也』，惟夫子只有文章，便是造聖之事，故曰『下學而上達』也。子貢此時得聞至論，其實子貢并未嘗得聞至論，亦止是終日求夫子言性言天道，而夫子不言，故曰『子如不言，則小子何述也』。且終日只求夫子言性言天道，以爲造聖之事，故子曰『莫我知也，知我者其天也』。然則於此時謂子貢知夫子之不言，則可謂子貢得聞，則不可也。

王文樸漢高帝論

高帝以泗上亭長五年間滅秦誅項，定有天下，論者謂其恢廓大度，沈深不測，獨其末年牽于房帷之私，欲易太子，非留侯招致四皓，事幾殆，然吾讀其歌，可异焉。詞曰：『鴻鵠高飛，一舉千里。羽翮已就，横絶四海。横絶四海，當可奈何？雖有矰繳，尚安所施。』夫所謂『矰繳』者，謂如意之不能施于其兄耶？抑謂己之力有不能得之其子者耶？然即四皓之賢，不過山澤野老，豈即有勢力之可倚藉足羽翼太子者，乃爲帝所憚而憾之若此？此不足信。况高帝之于諸將，同起側微，素非有臣主之分，而皆久習兵争，其桀驁難馴之氣，惟高帝足以御之，顧其易世後，肯拱手以聽命于十齡之幼主，此必不能之事。愚者皆知之，何况高帝。且以吕后之鷙悍，有智而能忍，雖韓、彭大將，牽而誅之，如屠狗豕，帝方倚之以制馭其强臣叛將，顧肯廢其所生而與一孱弱之戚夫人子乎？然而竟欲易之者，帝之詐也。

蓋帝正慮孝惠之仁柔不足以繫人心，特爲此以覘諸將相之意向耳。使盈廷皆力争如叔孫通、周昌輩，則不待四皓而早定矣。乃争者止二子，此固高帝之所心嗛而不能已于慮者也。留侯知其故而進此四人，且四人之言曰『天下皆欲爲太子死』，于是帝知太子故自有輔，而諸將可無足慮矣，故曰『煩公幸卒調護太子』，而歌所謂『羽翮已就，矰繳安施』者，此也。不然，已實危其子，而乃令他人調護之歟？當其欲易太子時，周昌争之强，帝顧之欣然而笑，夫果欲易，則昌正拂其意，乃不怒而笑，此其故可思矣。

然何以謂其詐也？蓋高帝最善用權，其敗于彭城也，追兵急，乃推墮孝惠、魯元車下，滕公輒收載之，至欲斬滕公數四。夫帝豈忍于其子，特危時以堅將士死力耳。顧始則欲弃之以收人心，今則覘人心而又欲廢之，皆詐也！其答叔孫之詞則直曰『戲』，此又詐之詐也。

夫大道不明，人皆飾智以相欺，而其大者至欺當世，而并使後世之人皆不能得其意。嗚呼！此其所爲不測也歟？

王文樸魏武帝論

世之罪魏武操，蓋與莽、懿同科，此不但不知操之人，亦未嘗取其時勢而論之矣。夫操固幸而遇獻，得挾天子以令諸侯，亦不幸而遇獻，乃以成其篡逆之名也。何也？當夫何進首禍，董卓恣凶，操乃間行東歸，散財起兵，合從諸侯以討賊，其義聲豪概固已當時無二矣。及卓見誅，而李、郭、張、樊相繼搆亂，天子與后流離播越草莽間，求爲匹夫匹婦而不可得。操以一旅迎帝，此雖汾陽之勛、西平之烈，亦何以加焉。乃自遷許以來，破術戮布，征綉滅紹，北擊烏丸，西討超、遂，操蓋無日不征、無日不戰，瀕危者數矣。獻帝乃拱手而安享其成，雖事權不自己出，然其視當年爲賊所得，得而弃，艱難困苦，至數日不得食，其安危相去倍蓰也。顧以操之見偪，謀所以除之，自非精忠之純臣，亦孰肯俯首而就戮者，而陰賊如操能堪之耶？後主之於諸葛忠武也，事之如父，宫中府中，一以相委，二十餘年未嘗疑其專而忌之，豈後主之賢明勝於獻帝哉？蓋忠武之所以事後主，與操之所以事其君者，必有异焉者矣。

夫謙讓不伐，雖與伊吕争烈，史公所以惜淮陰，『此鞅鞅者非少主臣』，條侯所以見殺。人臣苟不學道，而矜伐功能，即未有不跋扈者也。主强則危其身，主弱則自及于逆亂，蹈天下之至惡而無所辭。是故賢如趙盾而弑君，忠如霍光而弑后，時勢之積漸然也。

然則獻帝之不及弑奪于操之手，是操猶顧忌于名義，其與莽之專以符命竊神器，懿之兔伏于操，狼噬于芳，處心積慮以取人天下者，不可同年而語矣。吾故曰操之遇獻，操之所以不幸也。

王又樸宋太祖論

宋受周禪，而周之後二王史臣云『莫知所終』，議者咸爲宋祖憾，而余獨不謂然。蓋自三代以後，能無利天下之心者，固未有如宋祖者矣。無論傳弟一事毫無吝心，即其數微行而語諫者曰『有天命者，任自爲之』，是此中光明磊落，雖達天知命之聖人，不過如此，故异日有『洞開重門』之語，此豈復有纖芥猜忌，如前世之鋤夷勝國後惟恐不盡者，所可同日而語哉！當其伐南唐也，對徐鉉曰：『江南亦有何罪，但卧榻之側豈容他人鼾睡耶。』又慮藩鎮之横，杯酒間坦白數語，使衆節度樂削其權，而無所疑，此于敵國强將之前，猶吐赤誠如此，而獨致嗛于孱弱不可知之遺孽乎。

然則二王之故誰爲之？曰太宗爲之也。太宗固朵頤于柴氏之鼎，而特以事權不在手，姑假于其兄者也。蓋陳橋之役，太宗實與趙普、陶穀及諸將謀之，而太祖不知。是故黃袍、禪詔皆倉卒可得，諸節度亦以計不出己，所以拱手歸兵，及太宗立，咸寂無一言耳。夫人處心積慮以求所獲，則患得未有不患失者矣，世豈有嫌忌其弟與侄，而致其自殺，致其憂死，而能釋然于前王之後者乎？吾故曰『二王之不終，太宗爲之也』。

然吾又獨惜宋祖能遵其母氏之訓，傳位于弟，而于傳德昭一語不力辭，以致其子不得其死之爲可恨也。或曰陳橋之謀謂太宗主之，是已，然杜后謂宋祖曰『吾兒素有大志，今果然矣』，則宋祖安得謂之無心？不知五代之際，生民塗炭已極，仁人有志于濟世安民，固其理耳。夫豈必利天下而後爲大志乎？吾蓋觀于滅蜀而兵不戢，則切責王全斌伐唐而不可多殺人，及李煜一門不可殺害，諄諄誡諭曹彬者，而有以知之也，又况祖廟誓碑已勒有明訓歟。

王又樸伍胥論

伍子之以諫越而殺也宜矣。蓋非其忠不足，而其智不足也。夫明者見于無形，而識者察于未然。當越之降心屈志，員獨知其爲驕主之心，而將沼吳，則是能見無形而察未然者孰如員。然獨怪其智于謀越，而不智于諫君也。何也？人之有所明而有所不明也，人人然矣。善諫其君者，必于其所明，而令其言之易入，毋於其所不明，而令其視爲迂闊，而莫之省也。

以吳王之敗夫椒、伐魯齊、會櫜皋、盟黃池，固洋洋乎霸者之雄圖也。方且以伐貳服舍爲義，以扶危持顛爲名，而乃説之以越必後大，及其困而取之，則豈肯忍而聽之乎。然昔之立人于庭，而告以越王之殺而父者誰也，每出入，必對以不敢忘者誰也。夫椒之舉，夫差固有死越之心，特以句踐之言甘，意有所奪焉，而不忍耳。以盍以先王之仇，不共戴天，今如釋越，是忘殺而父也。而三年之舉，一旦亡矣。以此動之，度吳王必奮而從也。惜其不以此爲言，而徒區區于越能沼吳，計亦疏矣。

越之入吳也，吳王保于姑蘇，而行成焉，越子將許之，大夫范蠡曰：『孰使我早朝而晏罷者，非吳乎！孰與我争三江五湖之利者，非吳乎！夫十年謀之，一旦而弃之，其可乎！』于是越子不待其詞之畢，起而滅吴，何則？動之以其所明也。夫三年報越之舉，夫差之所明也，而十年沼吴之説，夫差之所不明也。今不于其所明而于其所不明，此員之所以智不足也。

夫國家之患，莫大乎有故而其臣不言，至如員之以言而死，世徒悲其死，而員亦卒無益于吴國，則大可哀也已！

王文樸程嬰論

晋屠岸賈之滅趙氏也，求朔之孤兒武甚急，朔客程嬰、公孫杵臼謀以他人子誘賈，并殺杵臼，嬰乃匿武山中。及長，因韓厥言於公，立爲趙後，而嬰曰『吾將報杵臼于地下』，遂自殺。天下莫不高嬰之義，然嬰者則可謂好義之過者也。

當賈治靈公之賊，諸大夫莫不作難，雖以韓厥之賢，朔親托之，且不能庇其幼子，嬰一布衣耳，獨能慷慨自任，竭忠盡智，十五年而賈不知，諸大夫不聞，卒立趙後，趙氏之祀絶而復續者，嬰之功也。然何至以死報公孫哉？且嬰而欲以死明不負乎？使嬰無十五年堅忍之性，所以韜藏之者不密，卒至無成，嬰雖即死，亦不可謂不負也。今而嗣子立於朝，仇人滅其族，舊恩已報，盟言已復，此其心豈有不明而必以死報哉！

方公孫之要嬰也，曰『死乎』，嬰曰『吾未有以立其孤也』，且立孤難，死易耳。方是時，嬰豈畏一死者哉？杵臼亦豈謂嬰爲不能死者哉。然方且以難累嬰，固以嬰之才能爲其難耳。故嬰者，死而無負者也，而必自殺以相明。嗚呼！此所謂好義之過者也。蓋自嬰一死，而田光、聶政之徒紛然起矣。

王又樸韓退之論

昔韓退之之闢佛老也，宋儒或議其粗，蓋謂其不細論性道之旨，而止言其不耕不織之害民，并奉其教與不奉者之吉凶禍福耳。不知性與天道，孔門弟子之所不可得而聞也。自宋儒言之愈精，而二氏益反復其説，以求勝於是，信道不篤者遂反謂二氏之果勝，而或者又倡爲三教歸一之説以調停之。甚矣其謬也！

蓋性道之説，二氏與吾儒不大相反也。試思『定生慧』『虚生白』之旨，與『寂然不動』『感而遂通』者有异乎？『無，欲以觀其妙；有，欲以觀其徼』之旨，與

『未發致中，已發致和』者有异乎？『破三續相』『非一切、即一切』之旨，與『克己復禮』者有异乎？『因是因非，因非因是』『樞始得其環中，以應無窮』『如來應正等覺』之旨，與『物來順應者』有异乎？窮其説將萬變而不可致詰，世不皆高賢大儒，亦焉得知其非而斥之。夫人情莫不自惜其所有，乃一旦不自惜而供諸他人者，固謂其能利庇我耳，苟知其無所爲利庇者，則又孰肯以其手足之所經營，而獻于無用之人乎？故韓子止言其害而不與之言性。蓋言性，則其徒將愈盛，而我無其助，姑言所害，則人將知爲無益而自止，而其徒枵然無所養也，不得不化而爲民，則其道將自息。此則韓子之微意也。

昔原壤，老氏之流也，孔子不責其認性之非，而止責其幼而不孫。弟孟氏誦法孔子者，其于楊、墨亦不斥其認性之非，而止斥其無父無君。蓋人之所以爲人者，人倫也。佛老之所言，雖未必盡非，然已弃而君臣、去而父子矣，是欲絶滅夫人倫也。必弃而君臣、離而父子，而后清净寂滅，可以超凡而入聖，使人人皆聖，則天下將并無人。然則所謂佛老者，將游行于空虚曠蕩之區，而獨聞其教于無何有之鄉耶？此亦二氏必窮者矣。是故韓子闢之之説雖粗，而實奉教于孔孟者也。

王又樸行我義解

始吾讀《論語》曰『天下有道則見，無道則隱』，以爲聖人之訓人也，即其所以律身也。然春秋時子弑其父、臣弑其君，天下無道，滔滔皆是，何以孔子栖栖皇皇，不得於魯，至齊、至衛、至陳、至蔡、至楚、至宋，又欲西見趙簡子，且佛肸公山弗擾之，召皆欲往，而南蒯之叛，又即見之，一時譏其非者，不獨晨門微生、沮溺丈人已也，即及門如子路，亦有所不然，則聖人之言而聖人不能踐於身，顧能訓於世，使世人遵而守之也哉？

或者曰：聖人憂天憫人之懷，不能自已，欲有以拯其溺而救其飢，故如此也。夫欲有爲於世，而先自喪所守，孟子所謂『枉己者未有能直人』，而孔子顧乃蹈之乎？而又有説者曰：聖人之道，大視天下，無不可爲之時，聖人之心，仁視天下，無一可恝置之士，故曰：『吾非斯人之徒與而誰與？天下有道，丘不與易。』此其言亦幾矣。然何以曰『君子之仕，行其義也』？不仕無義，一若擔爵析圭，爲生人一件必不可少之事，而于拯濟斯世之飢溺，猶無與也者。夫貪榮慕禄，鄙夫之行，而聖人則若蹈其迹，濟人利物，仁者之懷，而聖人又不以爲意，此予六十年大惑之不可解者也。既而讀《乾》卦初爻之《文言》曰：『君子以成德爲行。日可見之行也，潛之爲言也，隱而未見，行而未成，是以君子弗用也。』上九之《文言》曰：『亢之爲言也，知進而不知退，知得而不知喪，知存而不知亡。其惟聖人乎！知進退存亡而不失其正者，其唯聖人乎！』然則君子必不用其潛，始可以稱龍，龍必有其悔，始可以處亢，此何説乎？

蓋君子固終其身以進德修業而已矣，故隱居以求其志，行義以達其道。義者何？利物以和之者也。利物則成物矣，非成己不能成物，又必成物方爲成己。隱居求志，求其所以成也，行義達道，行其所以成者也，故曰『君子以成德爲行』。若隱而弗見，則不仕無義，雖行之于一身一家，而未能行之于國與天下，則其德亦爲可曰成也。德既未能，則潛也，而非龍矣，果其龍乎，則于潛有弗用者焉。孔子之栖栖皇皇于齊陳楚衛，此也，欲往，彼也，必見正弗用其潛也，乃知其不可而爲之，是知進而不知退，知得而不知喪，知存而不知亡，所謂亢也。晨門譏之，微生譏之，沮溺丈人譏之，子路一則不説，再則不説，以至畏于匡、伐于宋、圍于蒲、餓于陳蔡，非有悔乎。蓋非有悔，不成其爲龍之亢，而不亢則亦非潛而不用，潛之龍也。此義也惟孔子知之，而不失其正。是故仁管仲之功而薄匹夫匹婦之諒，説漆雕開之仕而求信，而又于浮海者謂爲『無所取材』，其道一而已矣，然自孟子以來無有能解者。

王又樸春王正月辨

『春王正月』者，《胡傳》謂周不改時、不改月，夫子冠以春正，以見行夏時之意，非也。徐揚貢辨之詳矣，然所舉經文止桓公十四年、定公元年二事，竊嘗充其類而引伸之。如冬之祭曰『烝』，而桓八年則繫於春正月，周之春，夏之冬也。又狩，冬獵名也，桓公四年春三月，狩於郎，於郎非地，故書，非以春獵不書『蒐』，而必書『狩』，爲譏也。隱公九年三月癸酉，大雨震電，庚辰大雨雪，時未啓蟄而震電，异之，故紀之，震而又大雪，尤异也，非僖公十年冬大雨雪止以大爲灾可例也。且《春秋》不書常，冬常雪而不雨，非异也，乃莊公三十一年冬何以書？以其爲夏時之秋也。夏之秋八月爲周之冬十月。桓八年冬十月雨雪，雨雪於八月，故非常也。紀無冰者亦不止於桓之十四年，成公元年春二月書之，襄公二十有八年春又書之，如謂周不改時，則春冰已泮矣，無冰，其常也，何爲書之？不一書也。又麥秀於建午之月，秋非麥時也，而莊公七年則書『秋大水無麥』，苗菽播於夏，成於秋，十月則無菽也，而定之元年則書『冬十月隕霜殺菽』，且九月肅霜而十月隕之，隕於夏時之八月，非异隕於冬也。冬固隕霜矣，隕而不殺草，李梅又實，時宜寒而不寒也，此僖之三十有三年冬十二月，實夏時之十月也，是周之正，改時改月，歷足據也。必謂用周正，而冠以夏時，則典莫大于郊與雩，而春秋書郊者八僖公三十一年；宣公三年；成公七年、十年；襄公七年、十一年；定公十五年；哀公元年，魯郊非禮也，然皆以祈穀故，無書于日南至之月者，其有書於此月，則言年而不言牲，盖先郊三月卜牛在滌，固未成牲也宣公三年：『春王正月，郊牛之口傷，改卜牛死，乃不郊，猶三望。』成公七年：『春王正月，鼷鼠食郊牛角，改卜牛，鼷鼠又食其角，乃免牛。』定公十五年：『春王正月，鼷鼠食牛，牛死，改卜牛。』是也，書於四月，牲變也哀公元年夏四月辛巳郊是也，不然，則卜不從也襄公三十一年：『夏四月，四卜郊，不從，乃免牲，猶三望。』襄公七年：『夏四月，三卜郊，不從，乃免牲。』十有一年：『夏四月，四卜郊，不從，乃不郊。』是也，於五月，非時也成公七年：『夏五月，不郊，猶三望。』定公十五年：『夏五月辛亥，郊。』是也。蓋啓蟄而郊，夏之二月，周之四月也。書『大雩』者二十桓公四年秋；僖公十一年秋八月、十三年秋九月、十四年秋九月；成公三年秋、七年冬；襄公五年秋、八年秋九月、十六年秋、十七年秋九月、二十八年秋九月；昭公三年秋八月、六年秋九月、八年秋、十五年秋九月、二十四年秋八月、二十五年秋七月上辛大雩，季辛又雩；定公元年秋九月、七年秋大雩、九月大雩、十二年秋。雩爲祭天禱雨，季秋穀已登矣，何禱爲？固知周之八、九月爲夏之六、七月也。蓋龍見而雩，建辰月也。經無書於巳、午兩月者，常也，而歷書焉者，以旱故禱，非常灾也。此又以郊與雩月日備考之，而有以知其不然者也。

王又樸春秋書吴書楚辨

傳以解經，然有傳而經愈不可解。楚入春秋，始但書『荆』而已，及來聘，則書『荆人』。吴入春秋，亦止書『吴』，及來聘，始書『吴子』。如以聘而善之，則必以侵伐而不善之矣。楚與越一也，而會越伐楚何？亦人之此以『荆人』『越人』同一書法而不可解者也。且均之來聘也，札來聘則書名，書『吴子使荆人聘』，何以不書名、不書『荆子使此』，又以吴與荆來聘不同書法而不可解者也。所以不可解者，皆傳誤之，故必盡削諸傳，而后經旨可明也。夫書『荆人來聘』者，其來者微，且奉其君命不以禮，故不書名。不書其君之使，而書人『吴子使札來』者，札爲其國之貴公子，又奉其君命以禮來，故書其君之使而書名。凡書『楚子』『吴子』者，其君也；書『荆』書『吴』者，其臣也；書『楚人』『吴人』『越人』者，微者也。是故會吴於善道，會吴人于戚，貴者會于境内，而微者會于境外也。所以然者，初通於列國，愼之也。楚人殺陳夏徵舒，丁亥，楚子如陳，徵者先殺而楚子後入也。所以然者，前茅、中權、後勁，軍制也。會越人伐楚，於越入吴，徵者會伐而貴者自入也。所以然者，楚非越所急，而越爲吴心腹之患也。其凡書『吴』書『越』者，皆貴公子大臣也，非君也。何以知其非君？以其可以書『吴子』『越子』者而不書，故知之也。何以知非外之而不書，非避其王號而削之不書？以有書『楚子』『吴子』者，故知不書非外之不書也。是故槖皋之會魯君親往者，若曰君也，則魯宜朝於其庭，而何以野見之？微也。則有非微者所宜會也，其必爲用事之大臣無疑矣。然何以不名之？夫楚入《春秋》將百年，始書『公會楚公子嬰齊于蜀』，其于吴越又何論哉。

王又樸中庸説

『中』之一字，闡自帝堯，而後世帝王師相言心法、治法者皆本之。故湯之『建中』，夫子之贊舜曰『用中』，皆與執中無异旨也。獨是子曰『中庸其至矣乎』，又曰『君子而時中』，子思子述之，又以爲『發爲中，已發爲和』，豈『中』之一字於義猶有未盡歟？而非然也。

蓋和即中也。所謂循物無遠，即情以驗性也，中而繼之以庸者，程子曰『不易』，曰『定理』，朱子則曰『平常』。夫平者無奇，常者可久，中固聖人日用行習之恒，如五穀之食、布帛之衣，可食可服，而不可厭焉。苟一有奇，則即可易，而非一定者矣。然朱子又曰『中無定體』者何也？蓋一定者理，而無定者時，故有於此地而中，於彼地而不中矣，處此事而中，處彼事而不中矣，今日如此而中，明日如此而不中矣。唯君子爲能稱物平施而時措之，故曰『時中』也。必其隨時以處中，斯能無時而不中，執中者如此，斯爲允執矣。是蓋有權焉，孟子曰：『執中無權，猶執一也。』權而不離乎經，知經權之説，則知中庸之義矣。

王又樸雜説二

燕之佃輸租而仍爲之役，异于他地，有賢主人者，不忍而予以值，初則感，繼則恬然安，久且争，然主人不較也。未幾，主人死，其子弟漸已貧，無以爲僦資，而又不能已于役，佃皆怨，不終事輒去。子弟怒之，申原約而直之官，官責如初律，佃遂仇主，終不爲之用，主亦莫如何也。君子曰：佃之無良也如此夫！雖然，孰啓其端者？此亦賢者之過也。

夫前人制法，豈不欲盡爲其所感而悦者，而俾所從事，顧以法垂之後人也。吾能而後人不能，則法必壞，故寧俯而就之，而不敢爲不可繼者，以矜一時之名，而廢百世之功。天下之爲佃者豈少哉！吾獨怪宋蘇軾争顧役、助役，温公雖作色争，而惜其未以此義折之也。

周人麒唐相姚崇宋璟論

相臣首欲觀其品，而亦不可没其才，故論相臣之體者，必核其一心之譎正，而論相臣之用者，先覘乎天下之安危。

唐相姚崇、宋璟并稱，由來舊矣，迹其協心輔政，綱紀修明，賞罰悉當其可，官人不違其材，不畏强禦而風骨懔然，裁抑驕恣而弊端悉革，開元盛治，上擬貞觀，非廣平無以觀其成，而非元之無以開其始也，二相固闕一不可者哉。顧或者謂元之勸明皇冬巡，則近於諂，出張悦相州則傷於譎，且與帝馳逐新豐，有失大臣之體，是不得與廣平比。雖然，爲大臣者异庶官，庶司百職，薄書錢穀，夙夜兢兢，不敢逾繩墨之外，至於處臺衡之位，值多事之秋，惟平天下、安社稷已耳。唐室之亂有大於武氏之變者乎？唐臣之功有大於反周爲唐者乎？復唐之臣有過於張柬之五人者乎？然復唐者柬之之功，而張柬之，姚崇所薦也，方張易之之私有請於崇，而崇不納也，易之譖於武氏，出爲靈武安撫使，將行曰：『張柬之沈厚有謀，能斷大事，且其人已老，惟陛下急用之。』冬十月，遂以柬之同平章事，明年正月，柬之等謀誅二張，元之適自靈武還，遂參計議而復唐室。夫中外多人，何以獨薦柬之？定議之時，元之何以適還？此其痛心於當日之天下者不知幾何年，而臨行之時，亦必有與柬之熟籌密計而人不知者，此所以還自靈武而柬之等共喜其事之濟也。『乃心王室，媲美狄公。八柱承天，四時成象』，張説之贊，信乎不虛，開元賢相何得獨稱宋廣平也。

或者曰：『武氏遷上陽宮，元之獨流涕，似非純臣之節。』曰此元之之所以不可及也。定議之初，元之之所能爲也，二張已誅，權歸五王，元之之所不能爲也。心欲并誅武氏、三思，而柬之等意不可奪，則五王之禍已如燭照而數計，故無可如何，而爲此自全之計耳。寧武子保其身以濟其君，姚元之濟其君以保其身，忠良明哲，千載同符，才高識遠，有迴非他人所及者，又安得用此爲譏議也哉。至於廣平，立朝大節誠無間然，然當面折二張之時，二張百計出之，後且遣客刺之，俄二張死，乃免，向非元之具撥亂反正之才，恐廣平之不輕其身於二豎者幾希矣。而世之論者於廣平無异辭，獨於元之厚加責備，索垢求瘢，幾於體無完膚，不已苛哉！史稱姚崇少倜儻，尚氣節，宋璟耿介，自少工文學，此其志趣固有不同者，故於宋璟高其品，而於姚崇亦不欲没其才。

周人麒唐兵三變論

天下之患，莫大乎人不能行法，而輕變祖宗之法。法之行也既久，其勢不能以無弊，不知祖宗立法不能保後世之無弊，而恃後世有善於救弊之人，惟有善於救弊之人，則其法雖弊，可以補苴罅漏，而復祖宗之舊。若不能深維立法之意，而第見目前之弊，遂以爲此法之不可行，而輕於弃舊而圖新，則更新之法必不能如舊法之善，而其既也，遂至於爲世道之憂。

唐有天下二百餘年，而兵之大勢三變：初爲府兵，既而變爲彍騎，迨彍騎廢而方鎮盛，則又變而爲禁軍，而唐遂以亡。在當時變法之意，豈不以先朝之法不可行之於今日，而因時制宜，爲制治保邦之長策哉，而不知非也。夫創業之君躬冒矢石，親履行陣，軍情國勢，瞭然于中，其法制之精微，必有非後世揣度推測之見所可及者。况府兵之制，行兵則甲胄自備，裝糧自隨，國家無養兵之費，罷兵則將歸於朝，兵散於野，將帥無握兵之權，寓兵於農，最爲近古。至法制之壞，特以高宗、武后之時溺於宴安，怠於簡練，番役更代，多不以時，遂至亡匿耗散，而百弊業生耳。當此之時，果有英明果毅之君，輔以老成練達之臣，赫然發憤，修明祖法，逃亡之卒則補之，現在之卒則練之，諸衛之官，非賢不授，諸府之將，有劣必更，番役有時，更代必信，一切軍資、器械、甲胄、糗糧之出入，纖悉毫芒，無不加意，將見六百三十四府食足兵强，不亦唤然貞觀之治也哉。夫何天寶君臣計不出此，而募士宿衛，遂變府兵而爲彍騎，而唐室之禍遂兆端於此矣。且夫國家之法，惟無變斯已耳，一變之後，則再變三變，其勢將不可以止。又况府兵之制不可變，彍騎之制必當變，不當變者且變，必當變者又安有不變者乎。藩鎮强而禁軍設，固不待唐之季世而知其必有此舉矣，天寶君臣其流禍可勝言哉！

要之，兵者國之大事，先世以之取天下而有餘者，後世以之守天下而無不足，至於法久弊生，亦在乎人之善於救正而已矣。人不能而諉諸法，遂以敗家國事，後之談兵者，尚以張説諸人爲鑒哉。抑嘗論之府兵之制，漢魏以來所莫能及。明臣邱濬有言，請於京畿之中，别爲寓兵之法，蓋亦仿府兵之制以爲言，推斯意也，雖行於後世可也。

周人麒冰才水性説

人何以生乎？非氣無以成形也。人止恃氣而生乎？非理無以成性也。氣在太虚，聚於人則爲人之氣而已矣；理在人心，受於天則仍是天之理而已矣。不明乎氣，無以知死生之説；不明乎理，亦何以究天人之故乎。張子《動物篇》曰：『海水凝則冰，然冰之才其存其亡，海不得而與焉。』《誠明篇》曰：『天性在人，正猶水性之在冰，凝釋雖异，爲物一也。』至哉言乎！其誠精於持論者矣。水凝爲冰，具冰之才矣，冰釋爲水，失冰之才矣。然其凝也，非有人焉，運其團結之功也。其釋也，亦非有人焉，施其椎繫之力也。氣聚而凝，氣散而釋，一皆自然而已矣。故曰『海不得而與』也，此冰才之説也。謂冰爲水，不可直謂之水也，而所以爲冰者何物也？冰即已凝之水也，謂水爲冰，不可直謂之冰也，而前所謂冰者何物也？水即已釋之冰也，故曰『爲物一也』，此水性之説也。

然則人之有才亦若是而已矣。氣聚則生，所聚者太虛之氣也，而太虛不知也；氣散則死，其氣仍歸於太虛也，而太虛亦不知也。彼佛老輪迴之説，豈今歲之冰，皆往年曾結之冰，而未結之水，終無凝冰之日與？殊覺支離而不可通矣。而天性之在人亦若是則已矣。乾元資始，天有性焉，乾道變化，人有性焉。而在天與在人寧有二乎？元亨鼓萬物之出機，人性因以有仁義焉；利貞鼓萬物之入機，人性因以有禮智焉。而由天以至人，非一貫乎？如曰天人有二，是執氣質以論性也，亦何足語理道之原也乎？是可知人生有行，原於太虛也，人生有性，根於太極也。其聚其散，自然之化機也，曰性曰命，一理之流通也。而死生之説明焉矣，而天人之説定焉矣。或者謂水冰之説與天性在人自不同，朱子嘗言之矣。然冰與水誠不能無迹，而其爲一物，則與天性在人無區别也，不以辭害意焉可也。

周人麒大雩説

聖王制禮，凡皆以爲民也，而殷殷無已之心，更於大雩之祭見之。《春秋左氏傳》曰：『龍見而雩。』《月令》曰：『仲夏之月大雩，帝用盛樂以祈穀實。』説者曰：『此一定之禮，每歲之常雩也。』又《周禮·司巫職》曰：『若國大旱，則帥巫而舞雩。』《舞師職》曰：『教皇舞，帥而舞旱暵之事。』《稻人職》曰：『旱暵共其雩斂。』説者曰：『此無定之禮，爲旱而雩者也。』綜而論之，蓋皆爲百穀祈膏雨也。猗歟何其至哉！

夫祭祀之事，天子之所以爲民者亦已勤矣。孟春之月，以元日祈穀於上帝矣，季春之月，薦鮪於寢廟，爲麥祈實矣，而且孟冬則祈來年於天宗，仲冬則祈祀四海大川名源。凡此竭誠盡慎，豈不足以邀福佑於彼蒼乎。而天子曰『未也』，亢旱爲灾，關乎人事，時雨未降，豈敢寧居，而大雩於是乎舉焉。且雩何爲以大名也，蓋曰此非小祀之所得比也云爾。梁大同之制，遇旱祈雨，天子降法服七日，乃祈社稷七日，乃祈山林川澤常興雲雨者七日，乃祈群廟之主於太廟七日，乃祈古來百辟鄉士有益於人者七日，乃大雩上帝。隋制因之，唐開元之禮亦略同焉。常雩已同長至之典，而旱不甚則亦不雩，所以示慎重之至也，所以尊畏上帝而不敢褻也，故曰『大』也。

且夫祭祀之禮，莫不有一定之時，與一定之數。是故或舉於春，或舉於夏，未有不拘乎時者也。或數歲一行，或一歲一行，未有不拘乎數者也。惟大雩之禮，則《春秋》於龍見之雩，以爲常事而不書，其所書者二十有二，非七月則八月，不則九月，是大雩無定時也。昭公二十五年七月，爲一旱之事而再雩。定公七年秋，亦一時之事而爲二雩，是一歲之中而有三雩矣，是大雩無定數也。夫天子之所尊畏而不敢褻者，莫如上帝，而其慎重之至者，莫如大雩，而乃不拘乎時與數，如此是豈謂昊天可以常瀆，而祀事不嫌於數哉？蓋過時不雨，天子實切己飢之憂，而俎豆馨香，皆爲民請命之心所迫而出焉者也。故曰：『觀於大雩，而聖王之爲民無已也。』

吴人驥忠孝軍彈壓印考

濰縣于生獲古鎸銅印一，縱橫寸許，重十四兩，面篆『忠孝軍彈壓印』六字，旁注如其文，背識『貞祐三年十月日山東東路行部造』，云得自濰水之厓。按《金志》，濰州隸山東東路，貞祐初，楊安見叛，據州郡，殺略官吏，山東大擾。時布薩安貞宣撫山東東路，置行省於益都，萊州之捷，剿撫兼施，計功賞爵，印或造於此時也。顧史稱正大二年取河朔諸路，歸正人悉送密院月，給三倍，授以官馬，得千餘人，名曰『忠孝軍』。貞祐三年，去正大尚遠，不應預有是軍。且《百官志》無彈壓階級，貞祐初，元兵下涿州，始設京城彈壓官。三年，河東南路宣撫使胥鼎乞許便宜，置總領義軍使副及彈壓官，當是時山東東路未嘗請設此官也。又按《安貞傳》，貞祐三年十月，安貞遷樞密副使，行院於徐州，是十月又爲安貞將欲去東之時，亦不應復造此印。

綜核傳志，輾轉不得其據，然銅質斑古，銖兩尺寸復符金制，必不出於贋作。意者萊州捷後，餘孽未盡殲除，貞祐復兩賜赦書，其臨陣俘虜，以及投誠歸正人數衆多，縱之則難圖，留之則防其變，於是特立一軍，而策以忠孝之名，重之以彈壓，假之以符印，老成謀國，於去任之時爲此權宜之計，以戢其衆而安其心，理勢所宜然也。哀宗國事日非，其設忠孝等軍，安知非據此已成之效，而欲令諸歸正之人爲股肱之寄哉。孰知此曹亡命之俘，暱近之而終不可制，反以速其亡。蓋天下權宜之計不可經久，一誤用而其流弊且至於大壞者，誠不可慎也。

沈峻折獄論

折獄以平矜釋躁、從容詳細爲主。《吕刑》曰：『非佞折獄。』言佞人不可以折獄也。倘恣其才辨，以口給禦人，致愚民應對失措，遂謂能窮其説，塞其口，炫聽斷之長，爲同僚所莫及，是直謂之佞，不可謂之折獄。又或好用刑求，無辜必當誣服。路温舒曰：『人情安則樂生，痛則思死，捶楚之下，何求不得。』凡折獄，凶人多用刑求，而吉人不用也；無才者多用刑求，而有才者不用也；初入官者多用刑求，而歷練久者不用也。不佞不酷，然後可與言折獄。《易·賁》象山火，火雖明而在山下，明不及遠，故曰『明庶政，無敢折獄』。《旅》象火山，火至明而又在山上，明無不照，故曰『明慎用刑，而不留獄』。惟本之以公明，處之以審慎，無枉無縱，而一歸於平允仁恕，庶祥刑之遺意歟。

沈峻聽訟説

聽訟宜公宜明，尤宜速。倘訟不即訊，訊不即結，則良懦將甘心隱忍，惟曠時失業是懼，不敢赴訟公庭，奸宄愈縱恣而無所畏。

余宰吴川，始至，每期投詞者數十人，爲立斷不辭勞久之十數人。余疑曰：『得毋冤抑有不能自達者乎？』密訪，無有也。久之，僅數人，余又疑曰：『得毋胥役有藉端勒索者乎？』嚴察，無有也。恍然曰：『是立斷之故也，請托路絶也，刁唆技窮也。』余因是亦稍逸焉。夫喜清静者，必自憂勤始。蓋人爲一事專心致志，畢力經營，蕆事而後即安，及其成也，輒有餘閑，可以漸及於其他，而庶事自無業脞之慮，余嘗謂天下惟勞者能逸，益信。

華長卿開原崇壽寺石塔考

開原石塔相傳創於唐乾元年間，予嘗疑之。考開原之地，舊屬扶餘，境在唐開元時爲渤海大氏所據。《新唐書》載渤海大武藝子孫傳八九代，其名字與改元年號班班可考，德宗貞元、憲宗元和時極盛，至文宗太和以後始衰。謂肅宗乾元已立有開原石塔，其誰信之。且其地近高麗，隋唐先後征剿，旋退旋據，其不得久屬於唐也。况是時明皇幸蜀，肅宗即位靈武，改至德三年爲乾元，正安史禍亂方熾，兵連河朔，兩京初復，郭、李之用兵鞭長莫及，何暇修廟，此際尚未有開原，安得有崇壽寺石塔哉。如果立有石塔，至今已歷一千二百餘年，尚巋然矗峙於龍岡城市之間，斷無此理。且并未見於他書，獨《縣志·藝文》載有明正統黄瓚《重修石塔寺碑記》云：『舊碑剥落，無全文可考，幸存有「崇壽禪寺」四字。』載自唐乾元年，有僧洪理大師始創建之，至金大定三年示寂，計乾元至金大定，僧人已享壽四百餘歲矣，亦斷無此理。嗣後重修碑記皆宗此説，即陳循《碑銘》亦云：『堂堂古刹，肇唐乾元。在遼之左，雄峙開原。』他無足論矣。循曾謫鐵嶺衛，或假名謬托，未可知也。此地在遼爲黄龍府，金屬五國城，元爲開元路，明爲三萬衛，後改開元爲開原，則開原不始於唐也。崇壽寺之建，必在石塔之先，大約在契丹有國之時，征渤海，建上京，廣立廟宇，以崇壽爲名，尚未建有浮圖也。

石塔初不知創於何代，高二十餘丈，相傳塔頂有金珠、寶物、銅鑼、銅鼓，又有銅鏡列於八方，人究不得而見也。至大清光緒二年五月十二日，地動有聲，震落塔頂銅佛一尊、銅版一方、銅鏡三面。里人讀版上碑文，而知石塔之非建自唐乾元年也。版云：『金源氏之有國也，以今開原爲咸平軍，舊有崇壽石塔，乃宣微弘理大師所葬之處。父長者王君餘，母劉氏夢吞珠，生師。年十二超俗，果成現瑞，因緣俱載前版。壽六十八，示寂，正隆元年二月朔旦葬於塔中。後寺廢塔存，年久圮壞。大明宣德二年，住持淨善、比丘了性、都指揮鄒溶等善信男女出資修完。景泰二年，忽遭雷震，千户曹善等發心修理募化，欽差鎮守遼東右監丞韋朗、左參將都督曹廣、都指揮孫能、李貴捨財，檀信莊嚴修補，曹善捨銅新鑄小塔一座，加於頂尖，衆捨金銀，造佛六尊，造石匣一個，俱安塔頂，以爲供獻。後書「成化元年乙酉六月十五日立，咸平道人歐法廣撰書」。背面重修寶塔碑助緣信女等，夫人周氏妙貴、劉氏妙圓、余氏妙成、董氏妙緣、李氏妙智，信女賀氏妙玉、李氏妙喜、戴氏妙金、高氏妙蓮、徐氏妙慧、吴氏妙端、雷氏妙善、李氏妙果、包氏妙鎮等數十人，又信官暨比丘尼多人，書刻銅版，以示方來。』云云。古人實質與前版同設於塔頂，鐵釘牢固，背面字人不得而見也。

光緒四年六月初九日，又有霹靂震落銅版一塊，重二十斤，即所謂前版者也。銅質甚美，后刻有大明宣德三年二月如如居士志云：『大師諱行廣，慶雲縣南博野人。母夢异人與珠，吞之而生，年十二超俗。乾統元年，沛恩廣度，遂具壇戒，往中京閔極寺受《唯識論》於沖公禪師，不二年而業成。四衆欣募，大啓講肆，聽徒嘗數百，累歷名山，敷戒之際，每有异相，或現優曇鉢花，或現紫金光聚，或尊像立其後，或神物導其前，若此靈异，莫可勝記。貞元四年八月七日示寂，世壽六十有八。僧臘四十有六，以正隆元年二月朔旦葬於塔中，迨今三百餘年，寺亦幾廢，而幸存此塔，獨巋然屹立，無有傾圮，豈師之願力弘深而然耶。乃歷年既久，風雨震凌，磚甃朽腐，金碧漫滅，不稱觀瞻。大明宣德二年，比丘了性與守僧淨善仰慕宗風，發心修理。時則有鎮守遼東尚寶太監王彦、御馬監左少監來安、内官監左少監伯顔察，鎮守遼東總兵官征虜前將軍左軍都督巫凱常、遼東都司事右軍都督王真、遼東都司開原備禦都指揮鄒溶、都指揮使劉清、遼海衛指揮使費徵、指揮皇甫斌、王諒、王毅、俞春，各出俸資，以贊其成，三萬衛後所千户王銓、百户高鐸，及信士周具、吴憲、葛彦斌等協力輔助。木石之用、工匠之費，計該巨萬，輪奂一新，靈光依舊，功德無量，與諸大善共結良因，宜志其事，勒諸金石，用圖不朽。刊字善知識潘濬、王文，鐵匠李榮。』云云。

恭讀御撰《資治通鑒綱目》三編，載明成化二年鎮守開原太監韋朗有罪，赦不問，即銅版所刻鎮守遼東右監丞之韋朗也。《明史・宦官・梁芳傳》載憲宗時韋朗鎮遼東，與芳等皆諂事萬妃，日進美珠珍寶，争假采辦名出監大鎮，皆縱恣有罪，以妃故，不問也。其募修石塔，韋朗捐資最多，塔頂所捨之金銀珠寶，大都皆供奉萬妃之波及者也。成化上溯宣德，僅四十年，兩次重修，足徵財力之厚。成化迄今已四百餘年，屢經地動雷震，竟無良工巧匠不敢重修，可慨也夫。然非兩次震落銅版，則弘理大師之始末不明，猶謂唐乾元時創立石塔，以致諸人碑記相沿，譌誤不能更也。其塔尖尚有金佛石匣、珠寶銅器，又不知何年始令人見也。

遼天祚乾統元年，大師年甫十二，實生於遼道宗大安五年，至金海陵王貞元四年辭世，適符六十八歲之數。舊碑或刻乾統元年，『統』字剥落，誤以爲唐之乾元耳。計正隆元年至今已七百二十餘年矣。

華長卿顔魯公争坐位書稿辨

世傳此稿爲顔魯公上郭令公書，非也。郭令公以唐肅宗寶應元年建辰月賜爵汾陽王，未嘗封定襄郡王也。令公以清溝之敗，至德二載貶爲左僕射，旋加司徒、中書令，未嘗爲右僕射也。所云右僕射、定襄郡王者，乃郭英乂也。

考英乂天寶十五載爲大震關使，斬安禄山將高嵩，其后屢立戰功。史載至德二載，英乂爲兵馬使，戰不利，至寶應元年，討史朝義，取東京，功最多，或於此時賜爵郡王，時魚朝恩已於乾元元年爲觀軍容使，至是五年矣。陜州之役，僕固懷恩與回紇爲前鋒，郭英乂、魚朝恩爲殿，大敗賊衆，書稿所稱『收東京，有殄賊之業；守陜城，有戴天之功』是也。肅宗以英乂爲陜西節度使，領神策軍，使魚朝恩監之，及英乂入爲僕射，朝恩遂專將其軍。代宗永泰元年三月，命僕射裴冕、郭英乂等十三人於集賢殿待制，是英乂之爲右僕射當在代宗廣德之元二年也。又考魯公於肅宗上元元年已爲刑部尚書，后貶蓬州長史，廣德元年爲左丞，二年復爲刑部尚書。菩提寺行香之十一月，即係代宗之廣德二年也。時郭令公出鎮奉天，未嘗入京師與軍容相見，況書中特云一昨郭令公父子之軍破犬羊凶逆之衆，而興道之會仍蹈前失，後又云令公初到，不欲紛披，知其所上書之郭公斷非令公明矣。所謂『裴僕射』者，即左僕射裴冕也。陝州之役，英乂與朝恩周旋已久，及領神策軍時，朝恩又監其軍，是以行香列坐，指麾百寮，甘心退讓也。若謂郭令公，吾知其斷不出此，此所謂爲『軍容佞柔之友』，後又有『天子震電，怒責戮倫』之語，魯公亦斷不肯加諸郭令公也。則此書之爲上英乂書無疑矣。

或曰書祇載十一月某日，何以知其爲廣德二年？考廣德元年，魯公尚未復刑部尚書，次年爲永泰元年，英乂已除爲西川節度使，閏月即爲漢州刺史崔旰所殺，明年大歷元年，魯公又貶爲峽州別駕矣。此書稿爲廣德二年所書無疑。

書法之遒宕，詞意之忼爽，至今讀其文，猶想見當日，侃侃而談，毫無避忌，魯公可謂郭公直諒之友也。道光己酉七月。

華長卿周易説

昔者包犧氏一畫開天，爲萬古文字之鼻祖。時有龍馬負圖出於河，遂則其圖以畫卦，且仰觀俯察，作八卦之象，以通德類情。其初畫也，⚊⚋陰陽而已，分之爲太陽、太陰、少陽、少陰，又分之爲八卦。卦者圖也，非書也。書其卦，即以☰、☷之象爲天地字，然雖有萬物之象，而萬物變通之理猶未備也，即以䷀、䷁之象爲乾坤字，此包犧初製之文字也。因八卦而重之，爲六十四卦。或謂包犧畫卦，神農重卦者，非也，謂周文王重卦者，更非也。蓋包犧之卦即先天之圖，謂之小成，尚未名之爲《易》也。

神農造《連山》之卦，以重艮爲首，夏人因之。黄帝復造《歸藏》之卦，以重坤爲首，商人因之。皆以揲蓍爲卜筮之用，亦未名之爲《易》也。至周文王囚於羑里，即包犧之卦而演《易·繫辭》，始名之曰《易》。《易》一名而含三義：易簡一也，變易二也，不易三也。或象日月以爲字，或取蜥蜴之名，色一日十二變，取其隨時變易以從道也。

《易》之興也當殷之末世，故名之曰《周易》。周官太卜掌三易之法，《連山》《歸藏》非《易》也，因《易》之名而亦名之，《周易》興而《連山》《歸藏》漸廢矣。

夫揲蓍之數，老陽數九，老陰數六，少陽七而少陰八，《連山》用七，《歸藏》用八，皆尚少也。若《周易》卦象，陽爻百九十二，皆用九而不用七，陰爻百九十二，皆用六而不用八，以《乾》《坤》二卦純陽純陰而居篇首，故就此發之。

夫包犧之六十四卦原無文辭，祇畫卦而已，至文王始繫辭矣。如『乾元亨利貞』五字，乃文王所繫之辭，以斷一卦之吉凶，所謂『彖辭』者也。畫卦皆自下而上，故以下爻爲初，『初九潛龍勿用』六字乃周公所繫之辭，以斷一爻之吉凶，所謂『爻辭』者也。或謂爻辭亦文王所繫者，非也。若《升》卦之六四：『王用享於岐山。』《明夷》之六五：『箕子之明夷。』文王不應豫稱王、豫占箕子也。周公遭流言之謗，即文王之卦，《彖》分爲上經三十卦、下經三十四卦，每卦六爻，共演爲三百八十四爻，盈虛消息，變動不居，皆不外陰陽奇偶，而神明萬物之情皆寓於其中矣。

孔子假年學《易》，讀之至韋編三絶，於《易》則彬彬矣，即文王周公所繫之《彖辭》《象辭》而爲之傳，語多諧韵，如後世之傳贊，分爲十卷，所謂『十翼』是也：《上彖傳》一、《下彖傳》二、《上象傳》三、《下象傳》四、《繫辭傳上》五、《繫辭傳下》六、《文言》七、《說卦傳》八、《序卦傳》九、《雜卦傳》十。今坊本皆删去『傳』字，遂有以《繫辭傳》爲《繫辭》者，與文王、周公所繫卦爻之辭混而爲一者，誤也。『大哉乾元』以下爲《彖傳》，『天行健』以下爲《象傳》，總釋一卦象之辭，故謂之『大象』。『潛龍勿用，陽在下也』以下，分釋六爻之《象辭》，故謂之『小象』，皆孔子之傳也。因經分上下，傳亦分之，《繫辭傳》不分二經，上篇明无，下篇明幾。或謂論《易》之大理小理而分者，非也，因簡編重大，而亦分爲上下兩卷也。《文言》者依文而申言其理，《乾》《坤》爲《易》之門，六十二卦爻皆從《乾》《坤》而出，故《文言》於《乾》五致意焉，於《坤》再致意焉。若《繫傳上》之解七爻，《繫傳下》之解十一爻，大略亦類於《文言》。《說卦》者，陳說八卦之德業變化及法象所爲也。《序卦》者，就上下二經各序其相次之義。《雜卦》者，雜操衆卦，錯綜其義，或以同相類，或以异相明也。經二卷，傳十卷，此《周易》之古本也。

孔子既作十翼，《易》道大明，商瞿子木受《易》于孔子，以授魯橋庇子庸，子庸授江東馯臂子弓，子弓授燕周醜子家，子家授東武孫虞子乘，子乘授齊田何子莊。及秦燔書，《周易》獨以卜筮得存，故傳授不絕。漢興，田何徙杜陵，號杜田生，授東武王同子中，及雒陽周王孫、梁人丁寬、齊服生同授菑川楊何叔元，叔元傳東郡京房。丁將軍寬者授碭田王孫，王孫授沛人施讎及東海孟喜、琅邪梁邱賀，由是有施、孟、梁邱之學，與京氏凡四家并立，而傳者甚衆。京房自云受《易》于梁國焦贛延壽，嘗從孟喜問《易》，即孟氏之學。房説長于陰陽灾异，延壽曰：『得我術以亡身者，京生也。』賀又從京房受《易》，傳子臨，臨傳五鹿充宗及王駿。傳施氏學者有張禹、彭宣，傳孟氏學者有白光、翟牧，傳梁邱氏學者有楊政、張興，傳京氏學者有東海殷嘉及河東姚平、河南乘弘，由是西漢多京氏學。又有東萊費直字長翁，單父令傳《易》，授琅邪王璜，璜授沛人高相，相以授子康及蘭陵毋將永，爲高氏學。費直之《易》，其本皆古字，號『古文易』，無章句，徒以《彖》《象》《繫辭》《文言》解説上下經，劉向校諸家之《易》，或脱去『無咎』『悔亡』，惟費氏《易》與古文同。漢初立《易》楊氏博士，宣帝復立施、孟、梁邱三家之《易》，元帝又立京氏，費、高二家不得立，民間傳之。後漢費氏興，而高氏遂微。永嘉之亂，施、梁邱已亡，孟氏、京氏之《易》人無傳者，惟費氏《易》賴鄭康成、王輔嗣所注行于世。

《周易》經傳十二卷，歷代相傳之古本也。其始亂于費氏，復亂于鄭氏之注，終遂大亂于王氏之半部《周易》也。費直之初以傳合經也，以孔子之《彖傳》附于周公每卦爻辭之後，加『彖曰』二字，又以孔子之《象傳》附于《彖傳》之後，加『象曰』二字，如今《乾》卦之式，尚存費直之舊本。京兆陳元、伏風馬融、河南鄭衆、穎川荀爽皆傳費氏之學者也。北海鄭康成爲融之弟子，嘗注《周易》十卷，其《彖》《象》傳雖不與經文相連，而注連之，欲使學者尋省易了，見于《魏志》高貴鄉公與博士淳于俊問答之詞，其書雖散佚，大約仍循費直之誤。至魏尚書郎王弼更就費氏之本而大亂其次序，《乾》卦尚未改舊式，自《坤》卦以後，皆以孔子之《彖傳》接《文言》，卦辭之後，而以《象傳》之大象冠于每卦周公爻辭之前，復以《象傳》之小象間雜于每卦爻辭之次，《坤》卦增『象曰』者八，餘卦增『象曰』者七共加『象曰』六十四，『象曰』四百四十三，更以《文言》一卷分附于《乾》《坤》二卦之中，謬矣。蓋王弼僅註上下經傳六卷，其《繫辭》二卷與《説卦》《序卦》《雜卦》三卷乃晋韓伯康伯所注，合于唐陸德明之《音義》、孔穎達之《正義》，爲今《十三經注疏》之一。王弼又著《周易略例》一卷。以明象爻卦象之變。唐四門助教邢璹注而附刊于後。

西漢以來，講《易》者多主象占，以義理解《易》自王弼始，清談雅尚佛老，天下宗之，諸家盡廢，雖其説娓娓可聽，而智聰壽促，年僅二十有四，傷哉。范寧謂其罪深于桀紂，亦未免太過也。其書傳于江左二百餘年，程子《易傳》仍因王弼舊本，朱子初作《易傳》亦因之，至晁氏以道始正其失，尚未盡合古文。吕氏東萊又更定爲經二卷、傳十卷，朱子本之，作《本義》十二卷。本朝《周易折中》以爲定本，今坊間所行之《周易》仍用王弼本，僅四卷，非朱子《本義》之真本也，若《乾》卦『大哉乾元』之注仍用《彖傳》字可證。

從來作《易》傳者以子夏爲最古，或云馯臂子弓所作。作《易》章句者有孟喜、費直、劉表、董遇諸家，焦氏則有《易林》。注《易》則有荀爽、京房、馬融、鄭康成、宋衷、虞翻、陸績、姚信、翟子元，所謂荀九家也。此外有王肅、王廙、干寶、黄穎、蜀才即蜀相范長生、尹濤、費元珪諸家。而注《繫辭》者又有謝萬、韓伯、袁悦之、桓元、卞伯玉、荀柔之、徐爰、顧懽、明僧紹、劉瓛十家，而張璠《集解》尚有二十八家。古十翼原有《説卦》三卷，後亡中下二篇，漢宣帝時，河内女子掘冢得之，污壞難識，後人以《序卦》《雜卦》足之。沙隨程氏又改卦中之《彖》《象》爲『贊曰』，較王弼本尚善。李鼎祚之《集解》又取《序卦》各冠于逐卦之首，亦屬非是，雖博何取焉。

總計孔子之删《詩》《書》、定禮樂、贊《周易》、修《春秋》，皆生平之述作也。《尚書》爲聖人之選本，《詩》爲聖人之删本，《春秋》爲聖人筆削之本，獨《周易》十翼爲聖人手筆之真著作，合德陰陽，幽贊神明，繼三聖補其所未備，至矣盡矣，蔑以加矣！傳贊皆用韵語，指示後人學《易》之方，安得妄肆割裂，僅便豎儒之誦讀，使天下萬世童蒙莫辨孰爲周公之爻辭，孰爲孔子之贊語，令高文典册間雜混淆，合而爲一，不分韵語。王輔嗣誣聖之罪過，豈末減于費直哉！

華長卿尚書説

《揚子法言》謂『虞夏之書渾渾爾，《商書》灝灝爾，《周書》噩噩爾。』今讀世所傳之《尚書》五十八篇，有不盡然者，蓋有今文古文之别焉。孔子觀書周室，得虞夏商周四代之書，删存百篇，斷自《堯典》，終於《秦誓》，謂逆知天下之將并于秦，邵康節之説也。尚者，上也，言此上代之書，二帝三王、聖君賢相所以垂訓于萬世，可爲大經大法者也。謂本有三千二百四十篇者，非也。『尚』字乃伏生所加。聖門弟子時所誦習者，猶有百篇，遭秦火而竟亡其半《汩作》《九共》九篇、《槁飫》《帝告》《釐沃》《湯征》《汝鳩》《汝方》《夏社》《疑至》《臣扈》《典寶》《明居》《肆命》《徂后》《沃丁》《咸乂》四篇、《伊陟》《原命》《仲丁》《河亶甲》《祖乙》《高宗之訓》《分器》《旅巢命》《歸禾》《嘉禾》《成王政》《將蒲姑》《賄肅慎之命》《亳姑》，凡四十二篇，今亡，賴有伏生壁藏，以教授齊魯間，其後兵起而又亡其半。孝文時伏生口授女子，以授鼂錯者僅存二十八篇《堯典》《咎繇謨》《禹貢》《甘誓》《湯誓》《般庚》《高宗融日》《西伯戡黎》《微子》《坶誓》《鴻範》《金縢》《大誥》《康誥》《酒誥》《梓材》《召誥》《雒誥》《多士》《無佚》《君奭》《多方》《立政》《顧命》《粊誓》《吕刑》《文侯之命》《秦誓》，所謂今文者也。

若古文《尚書》，乃孔騰畏秦法峻急，藏書于舊堂壁中，漢魯共王好治宮室，壞孔子舊宅以廣其居，于壁中得所藏《論語》《孝經》《尚書》，皆科斗文字，時人無能識者，悉以書還孔氏。後安國與伏生之今文定其可知者，以竹簡寫之，爲隸古，定五十八篇，較伏生書多《汩作》《九共》九篇、《大禹謨》《五子之歌》《胤征》《唐誥》《咸有一德》《典寶》《伊訓》《肆命》《原命》《大誓》三篇、《武成》《旅獒》《臩命》共二十五篇。安國又受詔爲《古文尚書傳》一卷，其家欲獻之，會國有巫蠱事，不獲奏上，藏之私家，是以不得列于學官。安國以授都尉朝，而司馬遷亦從安國問，故遷書多古文説，都尉朝傳膠東庸譚，譚傳清河胡常，常傳虢徐敖，敖傳琅邪王璜及平陵塗惲，惲傳河南桑欽，皆私相授受，王莽時遂不得其傳。東漢中興，有伏風杜林傳古文《尚書》，賈逵爲之作訓，馬融作傳，鄭玄注解，而今馬鄭所注，仍同伏書，未嘗見古文也。王肅注今文，而有與古文相類者，或肅私見孔傳而秘之，未可知也。濟南伏生，名勝，故秦博士，授今文《尚書》于千乘歐陽生字和伯，生授同郡兒寬御史大夫，寬以授和伯之子，歐陽氏世傳其業，至曾孫高作章句，高孫地餘字長賓，侍中少府，以《尚書》授元帝，傳至歐陽歙字正思，後漢大司徒，以上八世皆爲博士，所謂『歐陽氏之學』也。濟南林尊字長賓，官少府、太子太傅，受《尚書》于高，以授平陵平當，字子思，丞相封侯當授九江朱普，字公文，博士，普授沛國桓榮，字春卿，太子太傅，以授漢明帝，榮傳子郁，侍中、太常，以《書》授和帝，郁傳子焉，官至太尉，以《書》授安帝。其餘若曹曾、鮑宣、殷崇、龔勝、陳弇、牟長，皆傳歐陽《尚書》者也。伏生又授濟南張生博士，生授魯人夏侯都尉，都尉傳族子始昌，通五經，爲昌邑太傅，始昌傳族子勝字長公，長信少府，勝從始昌受《尚書》及《洪範傳》，説灾异，撰《尚書章句》二十九卷，所謂『大夏侯之學』也。勝又事同郡蕳卿，亦兒寬之門人，勝傳齊人周堪字少卿，太子少傅，光禄勳，及魯國孔霸字次儒，孔子十三世孫，太中大夫、關内侯，霸以《書》授元帝，傳孔光字子夏，丞相、博山侯，堪授魯國牟卿博士及長安許商字伯長，九卿，商傳唐林、王吉，皆仕莽，爲九卿，吴章、炔欽皆莽博士，後漢北海牟融亦傳大夏侯《尚書》者也。勝從父兄子夏侯建字長卿，博士、議郎、太子少傅，師事勝及歐陽高，又從五經諸儒問，以次《尚書章句》，所謂『小夏侯氏學』也。傳平陵張山拊字長賓，博士，至少府，山拊傳同縣李尋字子長，騎都尉，及鄭寬中字少君，光禄大夫，領尚書事，關内侯，以《書》授成帝，其餘若趙玄、張無故、秦恭、假倉、馮賓，與莽之太傅唐尊及東海王良，皆傳小夏侯《尚書》者也。歐陽、大小夏侯皆出于兒寬，而歐陽最盛。

宣帝本始中，河内女子得《泰誓》一篇，獻之，與伏書合，二十九篇，漢世行之。然與《左傳》《國語》《孟子》所引不同，馬、鄭皆疑之。又有百兩篇者，出于東萊張霸，而文意淺陋，成帝時劉向校之，非是，遂黜其書。晋太保鄭沖不知從何得古文《尚書》，以授扶風蘇愉，愉授天水梁柳，柳之内兄皇甫謐又從柳得之，因作《帝王世紀》，往往載孔傳五十八篇之書。柳又授城陽藏曹，曹以授汝南梅賾字仲真，郡守子，江左中興，元帝時賾爲豫章内史，奏上其書而施行焉。時已亡失《舜典》一篇，范寧爲解時已不能得，乃取王肅注《堯典》之本，『慎徽五典』以下分爲《舜典》以續之。齊明帝建武四年，吴興有姚方興者，采馬、王之注造孔傳《舜典》一篇，云於大航頭買得，有『曰若稽古帝舜』以下二十八字，獻之梁武，時爲博士議曰：『孔序稱伏生誤合五篇，皆文相承接，所以致誤，《舜典》首有「曰若稽古」，伏生雖昬耄，何容合之。』咸以爲非，其文遂不行用。及江陵板蕩西魏滅梁元帝，其書北入中原，學者异之，劉炫遂以列諸本第。然則今之《尚書》，其三十三篇因雜取伏生與安國之文，而二十五篇之出于梅賾，《舜典》二十八字之出于姚方興，而合而一之者也。再考梅賾之古文，非孔氏壁藏之古文也。孔傳百篇，書目已亡四十二篇，僅存五十八篇《堯典》《舜典》至《秦誓》，較伏書多二十五篇，今梅氏之古文亦多二十五篇，而與孔氏不同者，少《汨作》《九共》九篇《典寶》《肆命》《原命》十三篇，而增《仲虺之誥》《太甲》三、《説命》三、《微子之命》《蔡仲之命》《周官》《君陳》《畢命》《君牙》十三篇，其文率多排偶，氣體平爛，實非孔壁舊文，蓋梅氏采摭傳記，僞作爲古文《尚書》，以給後世。若云安國私撰，誣矣。自梅氏之僞古文行，而孔氏之真古文亡矣。

若《書序》共爲一卷，劉歆、班固皆以爲孔子所作。今考序文，于見存之篇依文立義，而識見淺陋，無所發明。《甘誓》《説命》《多士》《君奭》諸篇至有與經相戾者，于已亡之篇，則依阿簡略，尤無所補，甚至并無序文，直云咎單作《明居》，伊尹作《咸有一德》，周公作《立政》、作《無逸》而已，則何貴乎序，安國亦未明言爲孔子所作也。書目雖百篇，僅有六十七序，若《汨作》《九共》《槁飫》十一篇共一序，《咸乂》四篇同序，《大禹》《臯陶謨》《益稷》一序，《夏社》《疑至》《臣扈》一序，《伊訓》《肆命》《徂后》一序，《康誥》《酒誥》《梓材》一序，《太甲》《盤庚》《説命》《泰誓》皆三篇同序，其《帝告》《釐沃》《汝鳩》《方》[一]《伊陟》《原命》《高宗肜日》《高宗之訓》皆兩篇共序。餘一篇一序者三十三序，若『周官之首』至『董正治官』，乃此書之本序，與《五子之歌》《旅獒》皆經文已明，而又加《小序》，贅矣。

典謨之詞簡而奥，訓誥之詞明而昌，誓命之詞嚴而正，以此六體名篇，有正有攝。《堯典》《舜典》，典也；《大禹謨》《臯陶謨》，謨也；《伊訓》，訓也；《仲虺之誥》《湯誥大誥》《康誥》《酒誥》《召誥》《洛誥》《康王之誥》，誥也；《甘誓》《泰誓》《湯誓》《牧誓》《費誓》《秦誓》，誓也；《説命》《微子之命》《蔡仲之命》《顧命》《畢命》《冏命》《文侯之命》，命也。其不以六字名篇，如《益稷》，亦謨也；《洪範》《太甲》《咸有一德》《旅獒》《無逸》《立政》《高宗肜日》，皆訓體也；《盤庚》《西伯戡黎》《微子》《金縢》《梓材》《武成》《多

[一]『方』字上疑脱『汝』字。

士》《多方》《君奭》《周官》，皆誥體也；《嗣征》，誓體也；《君陳》《君牙》《冏命》，皆命體也。外此又有四體：貢有《禹貢》，歌有《五子之歌》，征有《胤征》，範有《洪範》，所謂書體之十例也。或謂伏書以《舜典》合于《堯典》，《益稷》合于《皋陶謨》，《康王之誥》合于《顧命》，又合《盤庚》三篇爲一，而分爲三十三篇者，非也。

漢武帝立五經博士十四人，《尚書》有歐陽、大小夏侯三家。建初中，詔始有古文《尚書》，而并未立于學官，至晋元帝置九博士，《尚書》分今文鄭氏、古文孔氏，孔氏之傳行而歐陽三家皆廢矣。所謂古文者，科斗書也，今文者，隸書也，又有中古文者，劉向以之校今文，《酒誥》脱簡一，《召誥》脱簡二，而文字异者七百有餘，脱字數十。東京蔡邕考定刻石太學者，今文也。東晋古文復出，祇行于江左，至隋開皇始頒于學官，唐太宗詔孔穎達等撰《正義》，專用孔傳，馬嘉運等摭其疵謬，然疑疏不疑傳也。宋劉敞、王安石、蘇軾又考脱簡、訂句讀，然疑傳不疑經也。南宋林之奇、吕祖謙并經而亦疑之，其力辨古文，疑孔傳爲僞者，自吴棫始。

古文平易卑弱，迴不如今文之詰屈聱牙，列《太甲》《説命》于《盤庚》、五誥間，是《商書》反不若《周書》之樸茂也。其體製自《禹謨》以迄《微》《蔡》

《牙》《冏》，四代文章如出一手，其不可信也明矣。且其文變科斗爲隸古，難免訛舛，其説采綴載籍，條貫以成章，難免增減。自漢至晋，未列于庠序，經歷代伏處遺逸隨時補苴潤色，皆文從字順，數百年之久而字句略無脱誤。朱子亦嘗疑之，而不能不奉之爲經者，其論道粹然，不詭于正，其言治足爲後代準繩，其學問之淵源，功德之根本，具在其中，不可没也。考傳記所引古書，若鄭康成、趙岐、韋昭、王肅、杜預諸儒，并注爲逸書，及梅賾二十五篇收拾無遺，亦足徵其苦心搜采矣。况義理率出于正大光明，後之直黜其僞若吴澄、郝敬者，不必如此之刻也，力辨其真若鄭樵、陳第者，又不必若是之寬也。至于王柏之書疑謂《舜典》中『舜讓于德弗嗣』下補入《論語·堯曰》『咨爾舜』二十四字，于『敬敷五教在寬』下補入《孟子》『勞之來之』二十二字，餘若《皋陶謨》《益稷》《武成》《洪範》《多方》《多士》《立政》皆更易經文，妄加筆削，何其剌謬已極乎！

平情而論，今文雖古奥爾雅，讀者每不得其益，古文雖平易浮淺，學者乃易會于心，玩其詞即可當座右格言，且引用易于領略。其書已行有二千餘年，縱知其僞，亦烏容廢也。况其文爲六朝以上之文，雖不及先秦兩漢之交，不遠勝于近代制藝之文哉。

華長卿毛詩説

夫詩本于樂，粤自《咸池》《大淵》《承雲》《九招》，以迄《韶濩》《大夏》，蓋皆有聲而無傳其詩，惟《大武》始傳有樂章，載于《周頌》，然夔之典樂也，詩歌聲律，八音諧而神人和，未嘗不首言夫詩，乃《康衢》《擊壤》之謡，《卿雲》《解愠》之歌，句皆古詩也。即喜起明良、載賡颺拜，已為後世倡和聯句之濫觴，而獨不傳于樂官者，豈因未足章句而盡删之歟？抑未合六義四始，而難被諸管弦歟？

史遷言古詩三千，孔子删存三百十一篇，殊不足信。今所傳逸詩之名，如《狸首》《驪駒》《采薺》《河水》《茅鴟》《鳩飛》《新宫》《素絢》《唐棣》《轡柔》十章，或篇删章，章删句，而句删字，未可知也。言一國之事謂之風，言天下之事謂之雅，政有小大，故有小雅大雅之别，頌者，美盛德之形容，以成功告神明者也，是爲三經，合賦比興之三緯，謂之六義。四始者，《關雎》之亂以爲風始，《鹿鳴》爲小雅始，《文王》爲大雅始，《清廟》爲頌始。而《詩緯》又以《大明》在亥爲水始，《四牡》在寅爲木始，《嘉魚》在巳爲火始，《鴻雁》在申爲金始，此齊《詩》之説也。夫《周南》《召南》，南也，非風也，豳詩亦非風也，南豳雅頌爲四詩，其曰國風者，非古也。二南正風，房中之樂也，鄉樂也，二雅之正，雅朝廷之樂也，商周之頌，宗廟之樂也。至變雅則衰周鄉士之作，以言時政之得失，而邶、鄘以下則太師所陳，以觀民風者耳，非燕享之所用也。

先儒舊説，二南二十五篇爲正風，邶至豳十三國爲變風，《鹿鳴》至《菁莪》二十二篇爲正小雅，《六月》至《何草不黄》五十八篇爲變小雅，《文王》至《卷阿》十八篇爲正大雅，《民勞》至《召旻》十三篇爲變大雅。正雅爲文武成王時詩，乃周公所定之樂歌，變雅皆康昭以後之作也。所謂王道衰，禮義廢，政教失，政异俗殊，而變風變雅于是乎作者也。

延陵季子觀樂于魯，使工爲之歌，即聞聲音而知爲某國之詩，未嘗名之曰風也。十五國之次第，周太師樂歌原序即以周，召二南爲首，邶、鄘、衛、王、鄭、齊、豳次之，秦、魏、唐、陳、檜、曹又次之，此孔子未删以前之次序也。孔子則移秦于陳前，移豳于曹後，蓋以秦亞于晋，豳爲周公之事，列于小雅之前，非諸國之例也。若鄭氏《詩譜》則又合檜于鄭先，附王于豳後，蓋以王室與諸侯無异，故不爲雅而爲風，然王號未替，故不曰『周』而曰『王』。夫檜亡于東周之始，曹亡于春秋之終，自鄶以下無譏，夫子删詩繫于國風之後者，于檜之卒篇曰：『思周道，傷天下之無王。』于曹之卒章曰：『思治，傷天下之無霸。』而《豳風》又曰：『豳詩周禮籥章，歛以逆暑迎寒者，已見于《七月》，又祈年于田祖，則歛豳雅以樂田畯，祭蜡則歛豳頌以息老物。』今未見于篇章，鄭氏以『殆及公子同歸』以上爲豳風，以『介眉壽』以上爲豳雅，『萬壽無疆』以上爲豳頌，或以《楚茨》《大田》四詩是豳之雅，《噫嘻》《豐年》《載芟》《良耜》諸詩爲豳之頌，或又以爲豳自有雅頌，今皆佚亡。究不若謂歛豳之詩其聲調可風可雅可頌之爲得也。《南陔》《白華》《華黍》《由庚》《崇邱》《由儀》六詩載于《儀禮》中，鄉飲與燕禮皆以笙入，與《鹿鳴》等歌相間。夫曰笙、曰樂、曰奏而不言歌，則有聲而無詞明矣。而束晳補之，仍不改晋人語意，陋矣。若《小旻》《小明》《小宛》《小弁》四詩，皆以『小』名篇，别其爲小雅也，在大雅者謂之《召旻》《大明》矣，獨《宛》《弁》闕焉，意者或删之歟？去其大而猶存其小，蓋仍用其舊也。自《楚茨》至《車舝》十篇，詞氣和平，絶無風刺之意，《序》以其在變雅，皆以爲傷今思古之作，第十篇連屬，似出一手，恐正雅有錯簡訛誤在此者耳。《儀禮》中凡上下通用之樂，止是小雅、二南諸詩，而無歌大雅者，以大雅獨爲天下之樂，此二雅大小之所以分也。雅不言周而頌言周者，以別乎商、魯也，此孔子之所加也。《周頌》三十一篇，多周公所定，告神明以報成功，《春秋傳》以《武》爲《大武》之首章，《酌》《桓》《般》《賚》皆不用『詩』字名篇，疑取樂節以爲舞者也。《酌》即《勺》也，《桓》一章九句，爲《大武》之六章，《般》一章七句，《賚》一章六句，爲《大武》之三章，理或然歟。若《魯頌》專頌僖公，詞多溢美而近諛矣。列國魯獨無風，即以頌爲變風之美者耳。《商頌》十二篇，戴公得其五，皆祭祖廟以告神之樂，是先代之詩，非周太師之所識者，故次周、魯之後。此三頌之大略也。

孔子自衛反魯，然後樂正，雅頌各得其所。子貢、子夏皆善于説《詩》者也，雖遭秦焚書而《詩》得全者，以爲人所諷誦，不專在竹帛故也。漢興，傳《詩》有四家：燕人韓嬰，文帝時爲博士，作内外傳數萬言，號曰『韓詩』，武帝時與董仲舒論于上前，仲舒不能難，淮南賁生受之，嬰之孫商爲博士，宣帝時涿韓生，其後也，河内趙子事韓生，以授同郡蔡誼，誼授同郡食子公及琅邪王吉，子公授太山栗豐，豐授山陽張就，吉授淄川長孫順，順授東海髪福一本作段福，并至大官；魯人申培公，楚王太傅，受《詩》于浮丘伯，以《詩》爲訓故以教，無傳，疑則闕不傳，年八十餘，武帝以安車蒲輪徵之，以爲大中大夫，號曰『魯詩』，閭中令王臧、御史大夫趙綰、臨淮太守孔安國、膠西内史周霸、成陽内史夏寛、東海太守魯賜、長沙内史繆生、膠西中尉徐偃、膠東内史闕門慶忌，皆申公弟子也，申公授瑕丘江公、魯許生、免中徐公，皆守學教授，丞相韋賢受《詩》于江公，及許生傳子元成，亦爲丞相，又東平王式，昌邑王師，受《詩》于徐公及許生，以授張生長安及唐長賓、褚少孫，王式授薛廣德，廣德傳龔舍，張生兄子游卿以《詩》授元帝，傳王扶，扶授許晏，盡能傳之；齊人轅固生，景帝時博士，至清河太傅，作《詩》傳，號曰『齊詩』，傳夏侯始昌，始昌授后蒼，蒼授翼奉及蕭望之、匡衡，衡授師丹及伏理滿昌，昌授張邯及皮容，後漢陳元方亦傳齊詩，徒衆尤盛；《毛詩》者出自毛公，河間獻王好之，吴太常卿徐整云卜子夏授高行子，高行子授薛倉子，薛倉子授帛妙子，帛妙子授河間人大毛公亨，爲《詩故訓傳》于家，以授趙人小毛公萇，萇爲獻王博士，一云子夏傳魯人曾申，申傳魏人李克，克傳魯人孟仲子，仲子傳根牟子，根牟子傳荀卿，荀卿傳毛亨，亨傳毛萇，萇授貫長卿，長卿授解延年，延年授虢徐敖，敖授九江陳俠，俠傳謝曼卿。魯、齊、韓三家先并列于學官，平帝時《毛詩》始立，《齊詩》魏代已亡，《魯詩》不過江東，亡于西晋，《韓詩》雖存，人無傳之者，《毛詩》傳而三家遂廢矣。《關雎》正風之音，三家乃以爲刺，餘可知矣。從三家之説，則二南、《商頌》皆非治世之音，從毛氏之說，則《儀禮》《孟子》《左》《國》無往而不合，所以《毛詩》獨存于世也。

《詩序》之作，或以爲孔子，或以爲國史，以今考之，《大序》是子夏作，《小序》子夏意有未盡，毛公更加潤益，其言反覆煩重，非一人之詞。《後漢·儒林傳》以爲東海衛宏受學于九江謝曼卿，作《毛詩序》，今傳于世，則《小序》乃宏作明矣。諸序本自合爲一，繇毛公始分以置諸篇之首，所以笙詩亡其辭，而尚存其義也。毛公作《故訓傳》二十卷，鄭衆、賈逵傳《毛詩》，馬融、王肅注《毛詩》，皆不傳，獨鄭康成作《毛詩箋》，立于國學，至今盛傳于世。康成又有《詩譜》二卷，歐陽修補之，陸璣有《草木鳥獸蟲魚疏》二卷。爲《詩》音者有徐邈、干寶等九家，爲義疏者又有全緩、劉醜、劉焯、劉炫諸家，王景文作《詩總聞》，分十三門。廢《序》言詩自王雪山始，鄭夾漈《詩傳辟妄》專詆《詩序》，盡削去，而以己意爲之，師心自是也。馬貴與以爲《書序》可廢，《詩序》不可廢，而十五國風之序尤不可廢也，蓋雅頌之作意易明，《序》尚可略，至于風之爲體，比興詞多有聯章累句，而無一言序作之之意者，而《小序》乃曰爲某事也，苟非傳授有源，孰能臆料當時之指歸乎。朱子作《集傳》，參之于呂東萊《讀詩記》，初宗《詩序》，後惑于王質、鄭樵之說，力闢《小序》，作《辯説》二卷，以痛斥其非。然二南、雅、頌尚多恕詞，不過吹求其字句而已。獨國風鄭、衛之詩索瘢尤甚，而仍用舊説者有十七篇《式微》《旄丘》至《殷武》，用《序》説者又有六篇《椒聊》《大東》《民勞》《板》《有瞽》《長發》，亦以《序》之不可廢也。後學讀朱子《集傳》，每擇注中之《序》而并讀之，然竟有并無《序》語者《相鼠》《芄蘭》《良耜》《般》，學者茫昧，不如讀《小序》之尚有可從也。衛、鄭、齊、陳之變風，貞淫固皦然易辨，若《木瓜》之美齊桓，《風雨》之思君子，《子衿》之傷學校，皆説以爲淫詩，亦未免太刻矣。注語中若『淫女戲其所私』『淫女語其所私』『識其所與淫者之居』『男女相遇於野田草露之間』『有寡婦見鰥夫而欲嫁之』『復有與之私而留之者』，皆過于淺鄙媟嫚，殊失風人温厚之旨矣。若《邶·柏舟》之仁人不遇，小人在側，此刺衛頃公之詩，所以冠爲風篇之首章，竟改爲婦人不得於其夫，淺矣。乃後注《孟子》所引『憂心悄悄』，仍從《序》説爲『仁人不遇』，何耶？至《子矜》之注爲『淫奔』、《菁莪》之注爲『燕客』久矣，而《白鹿洞賦》則仍用舊説，又自云《小序》亦不可廢，抑又何耶？夫《桑中》《溱洧》詞太邪矣，而孔子不肯删者，一言以蔽曰『思無邪』而已，彼雖以有邪之思作之，而我以無邪之思讀之，反復咏歌，皆所以懲創人之逸志耳。後之尊朱者以變風刺譏之詩，皆以爲淫奔之作，若劉迅嘗擬《詩》矣，取《房中歌》《臨春樂》等詩以擬雅，又取《白頭吟》《折楊柳》等詩以擬國風，謬矣。若沈朗嘗添《詩》矣，以后妃之德不可爲三百之首，别撰二篇爲堯舜詩，取虞人之箴爲禹詩，移《大雅·文王》以冠《關雎》之前，謬矣，豈不知四始耶？至於王柏竟敢于删詩，移《召南》之《甘棠》《何彼穠矣》于《王風》，又削《野有死麕》使二南各十一篇，相配爲國，殊可歎也，更删《國風》三十二篇之多，使淫邪之詩悉從屏黜，何無知妄作狂吠乃爾耶！

千古之善論《詩》者莘于聖門，子貢因貧富而悟切磋，子夏由倩盼而悟禮後，夫子皆許其可與言《詩》，而南容三復，不過《白圭》一章，子路終身所誦，不過『不忮』『不求』二語，悉以多爲。若孟子述聖言以爲知道者，又有《鴟鴞》《烝民》二詩也，他如《靈臺》《皇矣》《北山》《雲漢》《小弁》《凱風》，皆深得詩人之心，所謂『以意逆志，是爲得之』矣。彼王柏之妄肆删削，直不知《詩》本性情，矜武斷而背聖教，尚靦然享兩廡特豚哉。

華長卿論語説

孔子没而微言絶，异端興而正論廢，古典浸衰，雜説淆亂，獨賴有《論語》一書，蓋繼《易》《書》《詩》《禮》《春秋》而成爲一家言者也。《論語》非孔子手定之書，而間有孔子所記載，其書多應答弟子、時人之言，及弟子接聞師門之語，兼載古明王與列國賢大夫行誼，弟子恐離居既久，异見各生，而聖人之雅言或致湮没，故群共纂輯，非一人之手筆也。漢儒以爲仲弓、子游、子夏所譔述，宋儒以爲成於有子、曾子之門人，其自稱名某者如『足恭』『十室』『無隱』『陳司敗』『請禱』『升堂』『微生』『顓臾』『長沮』諸章，孔子編定也。『志學』『事公卿』『默而識之』諸章，亦孔子自志也。『千駟』『柳下惠』『大師摯』『八士』諸章，蓋記載而尚欲論定者也。餘皆弟子相與言論，而各有所記，合成一書，不爲義例，間亦有以類相附，如問孝、問仁、論禮樂之類是也。

其書殆成於曾子既没之後乎，當時弟子與門人互爲編纂，故謂之《論語》。簡策流傳，初無一定篇次，厥後儒生轉相口授，遂各有師承，雖經秦火，而魯人、齊人仍傳誦不絶。漢興有三家：魯人所傳者分《學而》至《堯曰》爲二十篇，大、小夏侯勝、建、韋相父子賢、元成、蕭相望之、龔氏奮、魯人扶卿各自名家，是爲《魯論語》；齊人所傳者别有《問王》《知道》二篇，凡二十二篇，章句頗多於《魯論》，王氏吉、宋氏畸、王氏卿、貢氏禹、五鹿氏充宗、庸生譚并傳之，唯王吉名家，是爲《齊論語》；魯共王時欲壞孔子舊宅，以廣其宫，聞金石聲，於壁中得古文《論語》，皆科斗書，校之亦無《問王》《知道》二篇，分《堯曰》下章、《子張問》爲一篇，有兩《子張》，或名曰《從政》，凡二十一篇，是爲《古論語》。孔安國爲之傳，馬融注之。安昌侯張禹者初受《魯論》，復講齊説，以授成帝，爲漢世所貴，諸儒爲之語曰：『欲爲《論》，念張文。』是爲《張侯論》，學者多從之，而諸家浸微。包氏咸、周氏并爲章句訓解，得列於學官。漢末鄭司農康成就《魯論》張、包、周之篇章，考諸《齊論》《古論》，爲之注，魏陳群、王肅、周生烈皆爲義説，而所見互有得失。

正始中，何晏與孫邕、鄭冲、曹羲、荀顗等集孔、包、馬、鄭八家之説，并下己意，爲《集解》十卷上之，盛行於世，今監本、毛本、殿本以爲《論語注》者也。前十五篇皆仍《魯論》舊簡，自《季氏篇》以下，雜以《齊論》，加『孔』字於『子曰』上，《陽貨》《微子》篇亦間稱孔子，《子張》一篇并記弟子諸賢論説，後數章語頗乖异，故附之，而以二帝三王治道之大法殿諸篇末，殆有深意存歟。至於『不知命』一節，《魯論》無之，此采於《古論》者也。

二十篇中獨《鄉黨》專記孔子行狀，典禮該備，足補《禮經》之遺，書法與他篇不同，弟子涵濡聖教，日久而有得於心者，讀之恍惚見聖人之妙用焉。是書在四子中詳於《大學》，高於《中庸》，醇於《孟子》。昔人謂《孟子》，畫工也，《論語》，化工也，信不誣矣。魏晋以下注《論語》者數十家，如虞氏翻、譙氏周、衛氏瓘、崔氏豹、李氏允、孫氏綽、盈氏、孟氏整、梁氏覬、袁氏喬、尹氏毅、姜氏熙、張氏憑、孔氏澄之、虞氏遐、王氏弼、欒氏肇、徐氏邈，書皆不傳，獨皇氏侃《義疏》行於世，後亦佚失，復得於東洋市舶，猶唐以來之舊笈也，經文注文多與今本异，足資考證。宋咸平二年，邢昺因皇侃《義疏》改定爲《正義》二十卷，與何晏《集解》并頒學官。至朱子《集注》出而諸家漸廢，元明以來偏行海内，尤爲近代所尊尚，凡漢儒舊解遂不能與之争席，即唐韓氏愈之《筆解》、宋蘇氏轍之《拾遺》、陳氏祥道之《全解》、鄭氏汝諧之《意原》、張氏栻之《癸巳解》、戴氏溪之《石鼓問答》、蔡氏節之《集説》，皆不甚流傳，獨金氏履祥撰《集注考證》，用陸氏《經典釋文》例，事迹典故表其疑難者疏之而已。

然《集注》中千慮一失，其訓釋考據不免舛誤，明陳士元之《類考》、周宗建之《論語商》、劉宗周之《學案》糾謬補漏，裨益良多，唯學本姚江，與朱子异旨，至毛奇齡《稽求篇》專與《集注》相詰難，雖辯駁太甚，而引據頗爲精確。江永之《圖考》獨剖析《鄉黨》一篇，其中典制名物皆有根據，於深衣、車制、宫室尤爲專門之學，可謂後來居上也。

讀《論語》者翫其記載簡潔，敘次剴切，其章句神明變化，層出不窮，義理純粹，愈味之而彌永，俾後學潛心探索，皆有裨於身心。仁者見仁，智者見智，苟能得其一言片語，將終身行之而不盡，趙普以半部佐宋開寶太平之治，有以也夫。至其詞意切近，絶無晦奥語，不外乎倫常日用，較宋儒之故作艱深、高談心法者，迴不侔矣，此所以爲五經之輨轄，六藝之喉襟也。烏虖至矣！

華長卿孟子説

從古聖經賢傳，無不流傳於當時，即盛行於後世者，未有流傳於當時，後或興或廢，至千四百餘年始知尊重者有之，厥惟《孟子》。

孟子者，孟孫氏之後，魯之鄒人，非鄒國人也。當時如孟賁、孟施舍，蓋皆同族，非僅有孟仲子、孟季子也。受業子思之門人，私淑聖教，或曰嘗學於子上，非親受業於子思也。先適齊，爲賓師，然後至梁，未幾，復仕於齊，非年未四十即先適梁也。

夫戰國時勢去春秋又百餘年矣，列侯稱王，蔑視東周，日逞干戈以争勝，且楊墨道熾，人心蠱惑，縱横捭闔之徒，各挾策爲短長。孟子抱道用世，傳食諸侯，與孔子周流列國，欲行道於天下同，而岩岩氣象，以道自尊，與孔子异矣。何也？時勢爲之也。齊梁既不能用，鄒任、滕宋更不足與有爲，歸魯，復毁鬲於臧氏子，退與弟子著書，以詔來世。丑公孫子、章萬子、克樂正子、或公都子，名見《外書》，孟門四賢今皆祀孔廟，敘次難疑答問，又自撰法度之言，序《詩》《書》，紹述孔子，作《孟子》七篇，又有《外書》四篇，劉歆九種《孟子》所謂十一卷者，合《外書》之《性善辨》《文説》《孝經》爲正也。若《法言》《荀子》《顔氏家訓》諸書所引，今皆不見於七篇，殆《外書》之遺耶？

《孟子》一書乃亞聖自著，弟子不能贊一詞，《外書》蓋丑、章諸賢拾遺撰述者也，其書雖號爲諸子，高出於《老》《莊》《管》《晏》《荀》《揚》之上，幸逃秦燼而篇籍未亡，得傳於世。漢孝文時與《論語》《孝經》《爾雅》同列學官，共五經，置博士，後罷博士。以至桓靈時，京兆趙岐始注《孟子》十四卷，名曰《章句》，學者奉之爲典型。后又有鄭亢注七卷，梁時有綦毋邃注九卷，唐時有陸善經注七卷，宋熙寧間，始尊重《孟子》而媲於五經，遂盛行於天下，《崇文總目》惟趙、陸二十一卷廑存。爲之音者有張鎰、丁公著二家，然譌謬頗多，孫奭因陸氏《經典釋文》獨闕《孟子》，乃裒集諸家，著《音義》二卷，與趙氏章句并行。今所傳奭之《正義》，乃南宋時邵武士人所假托，非真本也。蘇氏轍之《孟子解》、張氏九成之《孟子傳》，頗發明尊王賤霸，至朱子《集注》與《論語》《學》《庸》合爲『四書』，至今海内尊爲圭臬，而趙、陸、丁、張諸説束之高閣矣。林慎思之《續孟》，僭也，王充之《刺孟》，妄也。駁詰《孟子》者又有司馬光、李覯、鄭厚叔諸家，而余氏允文作《尊孟辨》以糾正之。蓋其書後出，王安石獨深信重，第詞意不無矯激，如首章云『弒君』，次章云『偕亡』『不聽易位』之言，時君已爲之變色，殆先攻其邪心耶。明祖讀《孟子》至『草芥寇讎』句，欲撤孔廟配享，賴錢尚書唐祖胸受箭諫止之，可謂《孟子》功臣矣。若馮休之極力詆斥，謂非逐臭李覯、左祖臧倉者乎！蚍蜉撼樹，多見其不知量也。

且夫孟子之時，正處士横議時也，儀、秦犀首者流鼓舌游説，而許行、夷之、宋牼、宋句踐又各傳异學，以顯悖正道，吻士肆口誣衊，謂瞽瞍朝舜、伊尹要湯、百里食牛，甚至瘍醫宦豎誣爲聖人之居停，所謂『齊東野語，好事者爲之』非耶！幸得炎炎立辨，皆見正於《孟子》，其未經指黜，至今流傳於叢編稗史中者尚不少也。

史稱通五經，尤長於《詩》《書》，蓋因七篇内引《詩》者三十三，引《書》者二十二，且『不以辭害志』『以意逆志』，真善説《詩》者也，『盡信《書》不如無《書》』，真善讀《書》者也。乃篇章意旨有酷肖諸經者：如『原泉混混，不舍晝夜』『天之高也，星辰之遠也』似《易》；『父母使舜完廪』『后稷教民稼穡』似《書》；『飢者弗食，勞者弗息』『操則存，舍則亡』似《詩》；『天子適諸侯曰巡狩』『五霸桓公爲盛』似《禮》；『大國地方百里』『卿以下必有圭田』似《周官》；『齊人伐燕』『滕定公薨』似《春秋》；『庠者養也』『徹者徹也』『士以旂，大夫以旌』似《爾雅》；其序次似《左氏傳》者更不勝僕數也。至於『完廪』『浚井』『封象有庳』『外丙二年』『仲壬四年』，可以補《書》之闕也；《徵招》《角招》《孺子之歌》，可以補《詩》之逸也；分田制禄、設學校、教人倫，可以補《禮》之經也；『晋乘出《檮杌》』，可以補《春秋》之義也；所引草木鳥獸與水名、地名亦可以補《爾雅》、水經、地志之未補。真足羽翼群經，囊括百代者也。

假使孟子生於昭定之時，得親炙孔門，其造詣當伯仲顔、曾，拔出於言語、政事諸賢之列，乃晚生百數十年後，望道私淑，直接洙泗之淵源，孔子以後一人而已。且能距异端，闢邪説，道性善，崇仁義而黜功利，昌黎推尊以爲功不在禹下者，非過論也。慨自堯舜禹湯文武周孔之道，傳至孟子而統絶矣，後儒高談性天，心法每出入二氏，即紛紛講學，大抵皆空疏寡效，視孟子語妙天下、實事求是者，不可同年而語矣。

七篇俱在，學者苟潜心探索道理，必有悟處，不僅在文章制度也。短篇全似《論語》『有不虞之譽』『仲尼不爲已甚者』等章，其長篇則議論酣暢，煌煌一千數百言如『齊桓晋文』『神農許行』『加齊卿相』諸章，夾敘夾議，自成一子，考其字异宿于晝、句异卒爲善士，則之野，有衆逐虎、音异『己頻顣』爲『已頻顣』，注海注江之舛誤惟漢入江，汝泗則入淮，淮自入海，受夏受殷之衍文『殷受夏』至『於今爲烈』十四字，古本之异於坊本者『萬子曰』『則其小者弗能奪也』『聖人之行不同乎』『無不知愛其親者』『古之爲市也』『舍我其誰哉』，有增字者『今之事君者皆曰』，有減字者『有不被堯之澤者』『然而無乎爾，則亦有乎爾』，是雖小遠大雅，無裨精義，經生讀《孟子》者，亦不可不知也，故詳晰而爲之説。

華長卿孝經説

經十三部，獨《孝經》以經名，《易》《書》《詩》之稱經者，俗儒加之古稱《周易》《尚書》《毛詩》，《易》因十翼爲傳，遂尊卦爻而分爲上下經。有《左氏》《公》《穀》三傳，又尊《春秋》爲經。經者常也，徑也，如徑路無所不通，可常用也，不僅對緯而言之也。孔子曰：『吾志在《春秋》，行在《孝經》。』以曾子孝行最著，設爲告語之言以廣明孝道，相傳爲孔子所作，朱子直以爲曾子門人記録之書。觀『開章』『閑居』『侍坐』及後敘述問答，疑爲曾子所記而裁定於孔子者也。其書遭秦焚燼，賴有河間人顔芝藏之，漢氏尊崇經學，芝子貞上於河間王，是爲今文。又有科斗文，與《尚書》《論語》同出於孔壁中者，是爲古文。傳今文者，有長孫氏説二篇，江翁、后蒼、翼奉、張禹各有説一篇，皆佚。鄭氏作注邢昺謂非康成，分十八章，首章曰《開宗明義》，頗類於佛經，《三才》等章亦屬泛濫，殆後儒强立名目耳。傳古文者，孔安國作傳二篇，劉向、衛宏皆曾校定，馬融亦作傳，而世不傳，較今文多《閨門》一章二十四字子曰閨門之内具禮矣乎嚴父嚴兄妻子臣妾繇百姓徒役也，《諫諍章》多五字言之不通也，其餘不過增減數字而已如『居』作『閑居』，『侍』下多『坐』字，『先王』上有『參』字之類，又增『子曰』三，减『也』字二十五。又析《庶人章》爲二，《聖治章》爲三，移《感應章》於《廣揚名》之前，增《閨門章》於《廣揚名》之後，總爲二十二章，蓋劉炫之所分也。

自漢代以迄齊梁，注解者數十家長孫氏各家外，又有鄭衆、王肅、蘇林、何晏、劉劭、韋昭、虞翻、徐整、謝萬、孫氏、楊泓、袁宏、虞磐佑、庾氏、殷仲文、車胤、荀昶、孔光、何承天、釋慧琳、王元載、陸澄明、僧紹，率多逸闕，獨今文鄭注、古文孔傳尚存，皇侃撰《義疏》，仍宗今文，然詞多紕繆，理昧精研。至唐元宗召群儒集議，辨鄭注有十謬、七惑，斥孔傳多鄙俚不經，明皇乃御注，分爲三卷，用今文十八章，天寶二年，自書八分勒石，所謂《石臺孝經》是也，宋邢昺等疏爲《正義》，又分爲九卷，而古文遂晦。司馬光始取古文爲《指解》一卷，范祖禹又爲之説，於是古文《孝經》復行於世。咸平中日本國僧奝然所獻，疑即信陽太宰純所音之本也。朱子《孝經刊誤》一書取古文本，用補改《大學》之例，以《庶人章》以上爲聖經一章，以下爲傳十四章，但有分章，章名俱削去，宜也，并删經文二百二十三字，董鼎遵此本，撰《孝經大義》一卷，所謂『右傳之幾章釋某義』也，注多雜以方言，直同語録，陋矣。嗣後講學家務遵朱而黜鄭，釀爲水火之争者，數百年未已也。吴澄又改定古文，亦爲經一章，傳十二章，并顛倒其次序，爲定本一卷，蓋至是而古文今文皆有改本，以亂其真矣。夫《孝經》中有傳，不得獨名爲經，况僅一千七百餘言，而尚任意裁汰，忍乎哉！嗟乎！删改古經，各持己見，適成門户之習，無惑乎毛奇齡《孝經問》一卷將《刊誤》《定本》二書，反覆駁詰，士憎多口，原有隙可乘也。

順治十三年，御注《孝經》一卷，仍用石臺舊本，闡明微旨，演繹精言，爲千秋標準。康熙間，詔儒臣編輯《孝經衍義》一百卷，刊行海内，垂示永久。雍正五年，御製《孝經集注》一卷，煌煌聖訓，旨近詞淳，皆以孝治天下之要道也，恭讀是書，所引《尚書·甫刑》一、《詩·大雅》五、《小雅》四、《曹風》一，即《五孝章》天子諸侯卿大夫士皆有結語咏嘆，獨《庶人章》疑有闕文。或曰新羅國本此『庶人之孝也』下有『詩云：晝爾千茅』四句，理或然歟？若錢時之融堂《四書管見》以《孝經》次《論語》，并《大學》《中庸》爲四書，不從《章句集注》四書之本，去《孟子》增《孝經》，以《孝經》爲經書，《孟子》爲子書也。至於《孟子外書》第三篇亦名爲《孝經》，蓋又别一説耳。若馬融作《忠經》以媲美《孝經》，妄矣，多見其不知量也。

華光藻儉説

儉，美德也，自矜其儉，則爲凶德。孔子曰：『素富貴，行乎富貴；素貧賤，行乎貧賤。』中庸之道，本乎人情，若富貴時以惡衣惡食爲高，則貧賤時必以惡衣惡食爲耻，蓋有所矜乎此者，必有所蔽于彼也。即使志甘澹泊，始終不改其常，亦其性之所近，而不必以此自足，且以此教人也。諸蟲嗜甘，獨蓼蟲嗜苦，捉蓼蟲者即以苦誘之，彼既嗜苦如甘，則自甘之已耳，而必欲率天下皆爲蓼蟲，謬矣！故凡執一己之偏見，以小節自矜，而必以己律人，卒使小人得以揣摩倖進者，亦何异因所嗜而受人之誘也。無惑乎至勢不可爲之時，尚不自知其偏之爲害矣。

楊光儀范雎蔡澤論

傾險之術，儒者所耻，智巧之士争效之，效之舉我所窮思極慮，伺隙乘便一發，而得爲所欲爲者，猝反而取諸其懷，如操券然，豈利於前而鈍於後哉。蓋天下事惟平乃安，安則固，未有傾險而可久長者，其覆轍故每相望也。

范雎之代穰侯也，未能使穰侯爲之先容也，乃并秦之母后介弟而離間之。蔡澤之代范雎也，雎則神摧心折，甘爲之用，汲汲惟恐不逮，是范雎之險甚於蔡澤，蔡澤之巧過於范雎。要其機伏於至隱，志期於必遂，且極天下雄辨之流，無不關其口而奪之氣，不亦居然人傑也哉！惜乎未聞出處之大義，勛業方盛，疑懼旋生，僅得以自免耳。雖然，見幾而作，罕遇其人，功成之後，身遭僇辱，爲天下笑，如商鞅、白起、吴起諸人，抑又何也。

天津文鈔卷一終

天津文鈔卷二……序跋之屬

天津　華光鼐少梅輯
王守恂仁安編訂
同里　金鉞浚宣校訂

龍震龍氏家譜序

我族之譜迷亡久矣，由我父以及我曾大父，可述者僅三代耳。我曾大父與我大父我僅聞其諱，與我曾大母、大母之氏耳，所享之年，則我未聞也。我高祖我并未聞其諱矣，我高祖母我亦未聞其氏矣。我七歲時曾聞之我母曰：『吾聞爾家閩人也，喬寓於江南。自明成祖北來，爾高祖從之。曾家於遼，後爾祖諱江者游於燕，遂籍津門。數代來皆單傳，孫不睹祖，記述者稀。』我雖聞而記之，猶不知此言之可悲也。

康熙壬子歲，我年十六矣，不幸我父亦弃我而逝。我之侄輩并欲道我父之形儀音響，而不可得也。我之祖我僅聞之，我之侄輩且未聞我之聞也。爾時即以所聞者而私録以存焉，但以始祖與高祖已恍惚不可録，因即以曾祖爲始祖。而所謂或閩或遼或江南者，亦皆渺茫無所考，然尚謂渺茫者必有所從來也，倘天涯之宗派可問，或猶得因流而知源也。今又四十年矣，而源流之渺茫者如故也，我始悲且懼矣。

我今老且廢，若不以昔之所聞者與今之所知者急録以存之，倘一旦委先朝露，則後世之子孫其不相因而忘祖父者幾希。幸我兄有二子矣，有諸孫矣，有諸曾孫矣。其子有從大夫者矣，其諸孫有入太學者矣，其曾孫有入小學者矣，若使其相因而忘祖父，我與我兄之罪均何辭乎！故急爲之譜以存其略，倘後世之子孫有賢者出，當必由是而知所本也。悲夫！康熙癸巳三月上浣。

朱函夏卜硯山房詩序

詩緣情而作，未有有其詩而無其情者，有其詩而無其情，則其人不可知矣。昔于劍水嘗爲余言：『吾津年少具詩才者無如周君。』周君者，七峰也。初携詩訪余，卷幅層疊，真行錯出，誦之蟬聯不能休，計其時，在康熙丁酉、戊戌間也。

余以轉蓬之迹餬口於四方，與七峰論文日淺，自雍正壬子，灘江返棹，始息意遠游。每與儔侶三四人結文酒之歡，詩不主一格，皆不流於卑，人不必同情，要不詭於正，而以綺麗擅場者，望而知爲七峰之詩。七峰之爲詩也，含毫婉約，抽緒芊綿，情之所至，將欲濃熏班香，高摘宋艷，若以簡古澹泊之音求之，或謙讓未遑，至如落花依草，鍾記室所評，夫豈當之有恧色與？

乾隆辛酉季春，裒其詩都成一集，屬余檢校，而逸之過半，七峰不以爲苛，且有爲時流所最稱許，而非鄙意所安者，亦擬裁而存之别本。嗟乎！衆女嫉娥眉，自古已然，《月賦》固擅譽當時，《秋胡行》亦膾炙人口，乃竟互相嗤點，矧如劉季緒之好詆訶者乎。余方斷斷焉奉小序，止乎禮義之言，稱量七峰之詩，蓋斧藻之意彼此有同然耳。今之世何必無陸士衡哉。誦七峰之詩，深有契於《文賦》之旨，諒爲之騰價於璠璵也。

胡捷歷代紀原序

吾人藐然中處，立昭代以溯中天，遐矣邈矣，欲求上下數千百年間，其統緒相傳，興亡承襲、制度文章、作述沿廢，井然心與口之間，不啻身歷其世者，其在讀史之力歟。自學者以制科爲進取，專事帖括，遂將史冊束之高閣。間有從事於此者，復以卷帙浩繁，頭緒茫然，非歲月所可卒業，因而厭怠中輟焉。此蓋未得提綱挈領、溯流窮源之要道也。

夫史學之難明久矣，拘墟者不足與談經濟，而橫肆臆斷者又多偏陂之虞。且涉獵之子，浮光掠影，方其議論風生，似覺可聽，及按其歲時代序，或多前後互异之訛，間指一器一事而詢其所自，則又語焉不詳，訥訥不能出諸口，徒日習而不察焉。

嗚呼！此史學之所以難也。

予自幼雅嗜史學，思將帝王世系、編年紀歲彙成一集，以爲讀史之大綱，因自洪荒，以迄有明，其間父傳子授、兄終弟及、禪篡廢立，剖而晰之，皎若列眉，其論斷數語，悉本前賢，而於建元改元、建都遷都、謚法葬地，以及即位之甲子、享國之歷數、后妃之姓氏，則予加詳焉。且更有進焉者，天垂象，聖人則之，道無形也，而寓於器，德不可見也，而發於制度文章之表著。無論古先聖王，開物成務，制器尚象，竭耳目心思，以垂後世。即三代以還，歷朝之君相踵事增華其儀文器具，設官立政，亦莫不有造始之端。故雖一物之初創、一事之經始，俱有關乎治亂興亡之道。予因本諸綱目，廣搜各史，旁及群書，凡一器一事，必標志其始作之因，起於何代何帝，即附識其下，俾人開卷之際，心口井然，摘而舉之，如數家珍焉。閱二載而脱稿，名之曰《歷代紀原》，使天下讀史者執是編以爲綱領，而貫以全史，則上下千古秩然其不紊，而其間之名象、器物、制度、文章如燭照數計，而各探其淵源，史學之明，思過半矣。

胡捷少陵詩話纂序

説詩之道，孟氏『無以文害辭、辭害志』之論尚矣，而古人云須讀萬卷書、行萬里路，方許作詩。蓋詩之道，非精深無以闡其理，非活潑無以達其機，學者能於精深活潑間加意焉，則思過半矣。

少陵詩冠古今，超前軼後，前人説其詩者，如歐、王、蘇、黄、後山、誠齋輩甚夥，然皆分見於各集中，纍纍然如珠之布而未貫也。戊戌夏，偶讀千家集註杜本，恍然有會，因廣集諸詩話中説杜者，得百七十二條，裒爲一帙，名曰《少陵詩話纂》。其間議論反復，釋疑正訛，或獨出己見，或互相推究，片語隻字，不容輕過，而非拘泥章句、强以胸臆肆其穿鑿，必會其神理，論其時勢，所謂精深活潑，兩得之矣！故每一翻閲，儼如諸君子親臨几席，抵掌揮麈，不禁玉屑霏霏，撲人衣袂也。

山谷云自少陵以來四百餘年，未有登其堂者，况室家之好耶？予固望其藩籬而未見者也，尚何容喋喋，而兹編之輯，亦以詩之理與機有默會於中而不能自已者，高山景行，不能至而心嚮往，其予與少陵之詩之謂與？

王又樸褒忠録序

癸丑秋，余得告將歸邑，孝廉劉君手一編示余，曰：『此《明經略袁公褒忠録》也。其曾孫童子某欲丐一言以序其端。』余受而讀之，見所載諭祭制誥文及家傳、實行等録、祖父兄弟子侄各墓志銘，而經略公死難大節則于《死事述》《白冤求恤疏》暨王鳳洲《明紀輯略》悉之。噫！亦備矣，更何庸余之瑣言耶，抑余于《死事述》中獨有感焉。

《述》云：當經略之收降卒也，餉司專國，出揭爭之力，遂相左。敵將至，經略檄餉司給軍糧賞，餉司以瀋陽逃死各半爲詞稽之，而敵已至。又云：權不一，號令不行，人心不固，孤忠獨力而欲作死鬥之孤注，其陷遼固宜，而身亦殉之。又云：經略以真實濟國，以寬大御衆，而威不勝其德，權不配其位云云。此數語者，遼之所以失與？

經略之所以失遼已具焉已。當經略之備兵永平，遼之火藥焚，不候部請，而以四萬斤馳七晝夜，至遼之糧草缺，而以車二百輛，每運米五千石，往返二十日而周，其他器械軍需，取之如寄，此熊公之所以守遼一年餘而遼全，非全于熊，實全於袁也。今餉司以稽賞失人心，遂致瀋陽之役大將姜弼、朱萬良坐視不戰。遼被圍，未破，而城上炮裂，士即星散。從來計臣惜財用，以資格敗成功皆如此，假使熊公不去，而經略仍督餉關中，遼必不失。即熊去而督餉者如經略昔日，則遼亦必不失也。今若此，可不爲大哀者耶！且袁公之經略遼左也，自監司暴起秉節鉞，前受轄者今肩齊，而居舊寮友之上，此淮陰所謂『未得素拊循士大夫，驅市人而戰之』者也，非嚴法以一衆志，則不可以之同死生，是故穰苴斬莊賈以徇於軍，彭越以亡命草竊猶誅後至者一人，而後得志。蓋威以克愛，權以濟變，固非尋常蹈故者可同年而語矣。余悲經略之孤忠自與，而竊不能不於此焉一扼腕也。

然明季之失大概坐此廟堂一二事，聚訟累年，而閣臣反拱手以聽其成，大帥雖假尚方，而言論蜂起，左右多掣其肘而制之，其視古之專閫而成功者不侔矣，此明事所以不可爲也。夫捐黄金四萬，不問出入，故陳平得以謀楚，一意任相臣，而不爲盈庭者所惑，故裴度得以下蔡，此固非人臣遵守成格者所爲也。嗟乎！天啓之事固不足言矣。余獨惜懷宗能養晦以除大憝，而於此二事猶未之聞焉。余蓋讀《褒忠録》而不禁慨其永嘆矣。

王文樸送江生于之官湖南序

昔柳子厚《送薛存義之任序》云：『凡吏於土者，蓋役於民而非役民而已也。』旨哉言乎！使世之爲吏者能明於斯義，則皆良吏矣！何也？蓋以爲役民則所以處之者，其勢必自尊，尊則亢，亢則不能下，而所以求於人者重，以爲役於民則所以處之者，其心必自卑，卑則慎，慎則能思其職，而以其所藏乎身者施諸人而可喻。故平天下之君子不求平人之情，而惟求平己之情而已。蓋能自平其情，斯能得人之情，而民之無情者不盡其辭，則民之有情者皆慊於志，故曰『大畏民志』也。亦唯能得人之情者，必由於先自平其情，所謂『無忠，做恕不出』，故曰『知本』也。然余自外出後，歷與治民之守令相游處，則争尤其民以爲難治者多多矣。及余任丞倅二十餘年，中間屢假攝郡縣篆，殊不見民之難治也，豈人各有心，抑余之迂愚竟瞶瞶耶？

真州江子于九，以高才拔萃貢於廷，膺命赴楚爲長吏，此役於民之始也。歸家治裝，行有日矣，請余言以爲治，余特述柳子之言以贈之，而并闡發其義旨有如此者。江子故君子，知必不以余言爲迂且愚也。

王又樸書尚書洪範篇後

天地能生人死人，然人亦能生死天地。何以見之？吾於草木禽蟲之能生死人者見之。

夫人之於天地，猶之夫草木禽蟲之於人也，以其蠢然無知，而一握之根，數片之皮，與夫羽毛齒革，以至所蜕之骨，所遺之矢，其纖微至無足比數者，而一投人之腹，順其性則人以生，逆其性則人以死，何也？陰陽不可以偏勝，此盛則彼衰，盛者而更益其盛，則衰者必絶，此其理也。天地亦然：陽盛則旱，盛之不已，則旱至於乾；陰盛則水，盛之不已，則水至於溢。故愆陽伏陰，凄風苦雨，皆天地之病也。惟聖人則有以調劑其盛衰，而不令其相勝以至於病，即病焉，而亦不至於死。昔堯有九年之水，堯治之以禹而水土平；湯有七年之旱，湯治之以七事而甘雨降；宋遇熒惑守心，景公治之以善言三而熒惑退舍；唐貞觀飛蝗蔽野，太宗治之以吞蝗食己之肺，而蝗不爲灾。此所以參天地、贊化育，人與天地并列爲三才者也。朱子曰：『吾之心正，則天地之心亦正；吾之氣順，則天地之氣亦順。』天人一理，感則必通，天豈誣哉！而不然也者，則星變於上，地震於下，雨暘恒若，山崩川竭，所謂諸病俱作矣。夫荆卿易水之歌而白虹貫日，孝婦未伸之獄而六月飛霜，一匹夫匹婦一時感慨鬱抑之氣，尚足以動天地而返造化，况夫擅高位、握重權，用物宏而取精多者哉。是以聖人知吾之必可以位天地，於是所以輔相之者有所不容辭，則修身以俟，《詩》所謂『永言配命，自求多福』也，亦過灾而懼，語所云『天定可勝人，人定可勝天』也。奈何後世不察，妄謂天道遠而難知，一切灾异盡委爲氣數之適然。然則人但能死天地，而不能生之矣。哀哉！

王又樸書宋史後

宋岳鄂王之死，史臣書之曰『秦檜矯詔下岳某於大理獄』，又曰『秦檜殺故少保樞密副使武昌公岳某』，據此，則當時竟若無高宗者，以爲帝之不知與？夫王非小臣也，以爲懾於金而檜劫持之與？高宗亦非甚愚騃冲幼之主也，語云：『木必先腐而後蟲生之，人必先疑而後讒入之。』蓋王之死，不死於證張憲之獄，而死於正國本之請也。顧舍高宗而獨誅檜，豈得爲特筆哉？

蜀人張應登者，明沈總時爲郡司，李輯《精忠録》中載胡尚書世寧之言曰：『高宗寧偏安事虜，而不願父兄之返者，乃其素志也。故其初立，家族盡遷，而止一親弟信王榛起於河北，尚不肯援之爲助，而竟令馬擴譏察之，以坐視其敗滅，其樂使忠武復中原，而奉迎欽宗以南還耶？忠武初起偏校，歷著忠勇之迹，高宗故所深契也。及其密疏請建宗室，即以苗、劉之事見疑，而深忌之矣。故令殺某而檜以爲上意，及後檜死，而帝任和議之事以爲己意，檜特贊之者。』蓋皆道其實也。言者乃獨罪檜，而諉高宗於不知，何耶？張司李亦曰：『高宗以不知忠邪之分，内航於衽席，外蔽於秦檜，貌親忠臣而中實疏之，貌崇功臣而中實疑之，援淮西之役，屢趣進兵，其中已有物，而適以逗遛之誣投其所疑，且當時諸將雖多無有如王之百戰百捷者，直搗長驅之請，豈非高宗所深願想，檜賊持王雕兒之首詞，乘間而入，謂不事家産，久蓄异志，謀還兵柄，反狀已形，狡詞一中，疑畏益深，如止欲殺王以成和，則高宗尚不遽然也。姑不他證，即檜以和取高宗之信，而檜之死也，高宗謂其内侍曰：「吾今日始免靴中置刀矣。」夫以檜之談和，有何莫敵之勇功，而猶且靴刀以妨，則高宗之疑王畏王而甘心王者，爲可想矣。若爾每札必稱許忠義者，豈誠優之哉。』二説皆可謂得其本矣。

余獨以王力圖恢復，志未遂而死，與漢武鄉侯相同，然王以垂成之功，爲高宗疑忌所敗，爲更可悲悼而深恨者也。論者乃譏王不如汾陽之以明哲保身，然孔子不云乎：『其智可及也，其愚不可及也。』夫千古之純忠純孝，則未有不出於愚者矣。且汾陽於成功後始用鄴侯術以自全，亦非王之時勢比，今夫匹夫匹婦苟懷一飯之恩，猶矢所以報，况王自偏校而擢至大將哉。然則齋閣書奏之時，王已不爲身計矣。紹興八年秋王之奉召議和也，於資善堂得見孝宗英明雄偉，退而言曰：『中興之基，其在斯乎！』金人敗盟，王北討，將行，數請面陳大計，不可，遣李若虛來，因親書奏上之，即正國本之疏也。卒以此中上忌，而王死，死而其孫珂爲辨誣五事，一謂見儲之議在軍前上奏，而參謀薛弼謂在陛對時，且誣上有不樂語，謂此非大將所宜言者，弼之妄也。余獨謂弼本附檜，此語定非無本，特誤以軍前爲陛對時耳。珂不歸怨於其君而獨罪檜，當時臣子固宜，乃後世遂以此爲定案哉。

善乎張侍御之論王曰：『宋南渡後，州縣凋敝，王每調兵，食必蹙額謂將士曰：「東南民力耗矣。」此真宰相語。』夫王之存心有如此者，而張俊乃謂王淮西逗遛，以糧乏爲詞，何耶？至前儒有謂王不足與權，其説世多辨之，余不具論，獨取胡、張二説，以其能闡發幽隱，足證《宋史》之誤，因并及張侍御之論爲不同世説之泛泛者也。侍御名考，山西夏縣人，論古有識，與余爲同年友云。

王又樸書鳳翔節義志後

余前覽《鳳邑志》，見『節義』多於『人物』，竊以婦女之正，皆其兩家父母兄弟不奪其志者之所爲也。既以著於文，乃列近今諸節婦，以訪求其子姓而闡揚之，迄不得已而出衙，有懇懇於馬前者曰：『某爲翟所又十甲民陳建，烈母劉氏子二十歲守節時，某甫七齡，今三十餘年，艱苦備至，某赤貧無力以表母貞，死有餘辜矣。』言已，泣數行下，余哀其意，諭諸紳士有知其事者，公列於牘，請刻之邑志中。而諸紳士隨又書若干氏，言於縣，申呈於府，然於諸婦人之弟兄子侄之爲何人，究未得而考詰也。紳士又言曰：『有何節婦王氏，其兄三錫、從兄濬、何氏之兄與弟鳳臨毓超者，某等則固得而知之矣。』於是手王氏之傳於余，余受而讀之。《傳》曰：

節婦王氏，何漢勛之妻，故邑庠生王用祉之女也。幼失怙恃，兄三錫育之，年十六，適漢勛。越一年，漢勛遠賈出外，氏無翁姑兄弟可依，乃迎養於伯父屯營都司永正家。積十有三年，而漢勛終不歸，氏乃涕泣曰：『夫其死耶！何氏之鬼不其餒，而我將返。』是時永正已歿，其子邑庠生濬聽之，乃載歸何氏。何氏故奇貧，而氏又無子，謀諸族人，以從侄動生爲漢勛嗣，又爲聘楊氏。王以女工自給，并養一子一媳，然勤苦久，亦竟積粟十餘石，贖先世已質出田數畝，期其子之大有成也。年四十而節婦歿，何氏之族兄弟鳳臨、毓超皆哀其志與節，謀公舉以旌之，而力有未能。云云。

夫鳳俗固多以女博財利，然若三錫與浚、鳳臨、毓超者，可不謂賢乎？是皆知名教之可樂，而不以金爲利者也。以故氏得以如志而歿，不然則亦焉在其能守歟。是故三錫與濬、鳳臨、毓超皆可傳也。《傳》出於邑貢士陳伊，伊讀書敦氣節，事繼母孝，繼母李氏守志撫孤，已爲邑人呈請，糧道沈公命入邑志，故不贅云。

王又樸書河東鹽法志後

昔馮運長序《司志》曰：『志有三易，有四難。曉掣無人，註塗在我，一易也；條例顯設，編摩夙成，二易也；無營無畏，傳聞徵實，三易也。門椽可供繕寫，紛紜似記屠酤，敬慎之難；慨輶軒之未駕，問蕘牧以俱喑，詳核之難；小小抑揚，兼存直諱，含毫復閣，安所取衷，審定之難；數見苦其不鮮，沓拖何如短掉，裁製之難。』又樸之爲此志也，雖侍御鹺長過於信任，然朝廷裁定，皆大經大法，宣揚之不足，安敢自任臆見，妄有竄易哉，其難一。河東之志運司者四，近莫如郭，然其發凡云：王運判之志遠及十二州邑，蔣直指、馮運長二志止及解夏安，今則詳於運，而安亦稍略。竊謂運司之安邑，亦如藩司之駐省郡耳，豈以省郡之邑經緯窪窿者爲藩司之疆域哉。況河東運司合雍、冀、豫以爲治，亦何邇封之有，若一一取其星野、山川、名勝、景物、形勢、風俗、人物、土産而紀之，彼董澤之蒲可勝既乎焉。馮、郭二志皆未免以郡邑志例，志運司非體也，則舊志之條例既無可遵循矣。獨彙纂一書，多宜采録，然《運治篇》亦攔入星野疆域，不免習見未融。且既纂鹽政，而鹽政之引課、商販、種治、撃放種種，經制未之及，而鰓鰓焉於明禋、敷教、典禮、興賢、坊集、兵衛各類，臚列於其前，顛倒違序，亦非體也。況引課不詳分錠，則河東之制特异諸司者，已遺其大端，敘述止及前明，則本朝之規度越歷代者，未昭其遠鑒，此則編雖夙成，亦未可爲準則也，其難又一。以運吏作運書，自不比委巷酸寒，事關請托，情怵忌嫉，然一經紀述，便録農官，矧重之以敕令哉，傳聞疑似，未敢據爲實録，其難又一。

然則馮之所謂易，皆又樸今日所謂難，況資性不慧，金根未分，兼以薄書徽纆，工役憧擾，風雅一途，銷焉歇矣。惟有本之以敬謹，翼之以勤劬，不敢矜言捷獲，則遲之，則又遲之。蓋自躬親營度之池垣堤渠外，凡稽舊牘、參時政、詢遺獻，補略考訛，刪冗汰複，莫不目覽手披，再三讎校。夫所録者，朝廷之章程，奉之者爲功，慢之者爲罪，一概直書，非有私抑私揚也，辭達而已，裁製之繁簡無所計焉，豈敢以前人之所難而亦曰難，遂藉之以自文哉。

志修於午春，迄於冬，又樸之自爲訂正也，則自今歲之春季始然，皆濡墨於解鞍之驛，拈毫於督役之廬，志慮倉皇，精詳未信，然曰難曰易，甘苦實自知之，於其成書以告都人士。

王又樸書倪節母王孺人行略後

余師方望溪先生退老金陵，余以職事謁上官，至必就先生。先生詢余曰：『天津亦有奇德异行足以傳者乎？』余唯唯，未有以應也。及余謝老將歸，過邗溝，適有築堤之役，留泰，而倪生錕自鄉來，從余游，書其嗣母王孺人之節行，求余言以傳。余以孺人之守節撫孤，凡士夫家知禮義、重廉耻者皆能之，况已奉旌典行，實列禮官，將爲史館所采録，而又何待余言以爲重乎。既而錕言其母之居貧作苦、約己豐人、宜家及恤下諸事，并述其所以訓戒子孫之言與行者，余始稍稍异之。既又言其母之事祖姑能得其心，命主家政，有惠逮下，必曰『此太夫人意』，如某事某事，皆其實迹也。余不覺憬然動容，肅然起立而言曰：『有是哉！此德盛禮恭，聖賢之行，詣而乃得之於婦人女子乎！』夫好行其德而樂居其名，人情也，然且有攘美者，然且有嫉能者，彼非在衣冠禮樂中者耶，而然且如此。至於窮居閭巷之士，欲砥行立名，耻其聲聞之不著，輒自炫奇標异，以求有聲勢者之援，則皆今日男子之行也。至於善則歸君，過則歸己，古純臣之義士大夫所不能爲，而孺人能之。方且風示天下，以爲具鬚眉者所愧耻，而奮焉以興，而豈僅僅焉重閨閣而端女範而已乎。獨惜余師矣，歿不及得其文以傳孺人也。且余與倪氏交自祖孫父子三世矣，孺人之賢如此，而余不能知，余之聾聵其可愧又爲何如也已。

周人驥梅氏族譜序

梅氏先爲吴之昆陵人，自前明永樂初調補入津籍，後以功階世襲指揮，稱巨族，歷三百餘年，以忠厚積德爲家法。其先孝行節義紀諸邑志者，事迹班班，可考迄今。子姓繁衍，書香繼美，一門之内，孝友著聞，三津人士咸謂梅氏子之能不墜家聲也。玉瞻梅子，少年負雋才，名噪膠庠，而恂恂謹厚，望而知爲舊家子弟。一日造余，謂其先譜牒以不戒於火久缺，今重修告成，丐余一言爲序，以垂永久。

嗟乎！譜牒之不講久矣。其所以不講者，以無尊祖敬宗、收族之遺意存也，而玉瞻切念及之，斯其爲不墜家聲者乎。余謂木必培其根而枝始茂，水必浚其源而流乃長。吾津以操奇贏致巨富者指不勝屈，乃遠者數十年，近者僅數年，輒冰消瓦解，子若孫至落魄而不可問，無他，根不深、源不遠也。若梅氏者世守寒素，而能篤念一本之重，講求敦睦之誼，此猶木根既深而益培之，水源既長而益浚之，是以綿綿數百年不替，而後此之昌熾正未有艾，以視夫朝榮夕悴、盈涸不轉瞬者何如也。余固素知梅氏者，因徇所請而爲之序。

周人麒欒氏家譜序

譜牒之作，近世士大夫家類然，然爲此者或出於宦成之後、温飽之餘，自顧田宅金玉咸備無缺，而徐及潤色粉飾之具，實無忠厚悱惻之心，則作如未作。又有甚者，或遠附上古聖哲之苗裔，扳援當世之貴顯，謂他人祖以自華而誇人，則又不如不作之爲愈也。厚郇欒子之爲譜也不然。

厚郇父樹堂，余外兄也，世居津城，任俠尚氣節，卒於己卯季冬，葬之日余往哭焉。明年余再入城，厚郇手家譜一編，丐余言爲序，携歸，考其作譜年月，則厚郇兄弟苫塊中所爲也。嗚呼！可謂孝矣。大凡小子之思其親也，非徒思其聲音笑貌已也，必將思其所言與其心之所存，且必思其親之所自來，而及其所親厚而慈愛之人，思其所言所存而代爲行之，則其親雖死而不死矣，思其所自來而尊禮之，思其所慈愛而聯屬之，則其親不在而如在矣。是蓋孝子之心深痛其親之不可見，而藉此庶幾見之矣。然則欒氏之譜，固哀痛慘怛之極所迫而出者也，其視世之徒爲粉飾潤色之具者，相去幾何也。且欒氏之貴且顯者，書傳所載不可勝書，而厚郇家譜六世以上闕疑焉，是又與旁搜遠紹者异矣。其慎也夫！其可敬也夫！

雖然，家譜之立有名有實，有文有行。名實之説，余前所言具矣，余又嘗見世之爲譜者，當其發凡起例之初，未嘗不以尊祖、敬宗、收族爲心，轉瞬之間，失其故我，既富且貴，或傲焉忘其先世之遺澤，而過慮其族之貧者覬覦其錙銖而遠之，惟恐不速至，有千金、飾裘馬，而族人衣懸鶉，奴妾饜粱肉，而族人甘藜藿，燕朋狎客，游宴歌呼，而五服之親逡巡門外，不得入見，尊官豪賓足怗怗如有緣，而遇宗族尊長於途，或不下車也，甚至親昆弟妯娌争銖金尺帛，怨憤詬鬥者比比皆是。夫非猶是修譜之人以尊祖、敬宗、收族爲心者哉！何爲至此！豈非仁義之心以有所激而發、有所蔽而丧也哉！厚郇兄弟端重謹厚，余知其篤宗族之誼，而不蹈世俗薄惡之行也，故援筆而爲之序。

周人麒欒樹堂遺詩序

欒子樹堂，余外兄也，少孤，事母至孝，長余一歲，少同研席者前後八九年，工書，善騎射，游覽談宴之餘，亦往往作爲詩歌，余未之奇也。歲丙戌，樹堂下世七年矣，表侄厚郇輯其遺詩若干首，不遠千里寄於龍岡書院，屬爲序。余讀集中先慈生日諸作，作而嘆曰：『乃今而見樹堂之詩矣！』

世之談詩者不曰寢饋於漢魏，則曰出入於三唐，不讀盡天下之書，必不能厠身風雅之林，余聞其說而惑焉。三百篇中，野人游女所讀何書，稱心而言，羌無故實，而每出一語，輒足發千秋之歌泣。《蓼莪》之章至使後人廢之而不忍讀，彼豈揣摩聲音，研煉字句，以求悦人以觀聽乎哉，動以天也。假使其人生於今日，沈潛於曹劉沈宋，反覆於王孟韋柳，學則博矣，詞則工矣，氣格法律無不高且精矣，而感人反未必如是之深，垂世亦未必如是之久。然則詩之有本可知矣。或曰『虎豹之鞟猶犬羊之鞟』，《論語》志之矣，論詩不徒以其質也，是不然，情之至者文自至焉。如至性不存，而徒曰文爾文爾，皮之不存，毛將安傅。犬羊無論也，雖虎豹之毛，其將何所用之哉。樹堂集中《念母》諸詩，言言血淚，可以追配《蓼莪》，其他作之工拙，不知於三唐漢魏何如，而其足以驚風雨、泣鬼神者，吾知其永不磨滅也已。厚郙會以欒氏族譜丐余爲之序，今又將刻其先人之詩而傳之，其至性亦可感也夫。

姜森誦芬堂詩餘跋

漢魏樂府以還，長短句之體權與於唐人，有宋而後流衍彌繁。大抵詞主艷麗，思務穎新，議者謂風雅之道遞變遞降，不絶如綫，乃若被諸聲歌，續樂府之遺響，存天地之元音，森以爲詩餘之功實大於詩，知其解者旦暮遇之耳。

同里苑游年伯，搢紳中高士也，淡薄寡營，惟耽心有韵之文，而詩餘一道，尤所神解。著有數種已付梨棗，頃復填《憶江南》小令十二闋，備述田園之樂，其陶冶景事，摹寫物情，有一邱一壑，彌近彌遠之致。不弃固陋，謬辱見示，夫鋤雲耕雨，高枕羲皇，農家况味，神往者久矣，讀斯詞也，可以當卧游焉。森既喜先生之投吾所好，而又恐世之忽視夫詩餘者，或未知其爲古樂府之支流也。因不自揣輒，附數語於簡後。

查善和陳對漚吾盡吾意齊樂府跋

平生無聲氣結納之好，所與交者皆心相契耳。故一二知己之士，即居近跬步，亦淡然如千里遠，而情意之孚，又不以江山隔也。對漚翁直而多聞，得以總角質弟子之禮，迄今三十年如一日，近别十餘稔，片鱗一羽，時獲通問。頃從維揚附書來，發函得新刻樂府一册，披覽終夕，如對斯人，從此焚香燒燭，長可晤言，以視世之執手寒温、覿面而秦越者，果何如哉。庚寅二月晦日，記於破如禪室。

吴人驥顏魯公竹山堂聯句跋

《竹山聯句》墨迹，安麓村得自太倉王氏，正定梁相國曾借摹於《秋碧堂帖》中，後不知所在。今年夏，余乃得自山右高姓。曩觀梁刻，如『圍』『穿』諸字，幾不成文，竊疑其贋，今睹真本，乃翦横卷改裝成册，凡諸訛謬，皆裱工以意綴成之，如『馴』之竪筆、『拂』字左方，又因蠹蝕處用墨塗傅，故稍肥，計不過十許字，無損于全帙也。曲阜桂未谷擬重摹上石，蓋魯公琅邪人，欲存其手澤於山左，遂鎸石嵌置潭西精舍，其裝本之謬則仍之，梁刻之失則正之，不敢以私意遷就其間也。刻始於九月，成於十二月，同觀者徐惕庵大榕、張春田度、劉松嵐大觀、徐蘇亭紹薪，刻者楊敬也。

沈峻安拙堂跋

昔李孝基所治郡邑雖甚劇，至午即却掃隱几，庭無人迹。有問者曰：『治無他，省事而已。』夫省事在安静，安静在不煩擾，煩擾之弊有數端：條教煩則惑民聽，徵索煩則傷民財，興作煩則勞民力，改革煩則驅民以所不習，政事煩則强民以所難堪。官多一事，民多以擾，知其爲擾而已之，而民已不勝其病。余宰吳四載矣，事省繁苛，訟庭闃寂，自安其拙而民亦安余之拙也，因以名堂云。

牛坤滄州詩鈔序

夫天之生才，甚愛之而不能使之必傳。或顯或晦，有幸有不幸，不特遠隔千里萬里，名姓湮没，即近在一鄉一邑之中，渺不相知者有之，遂使天愛才之心亦與其人俱没，是必生一人焉，以一郡之才爲一人之才，而一郡人才賴此一人而始顯。夫詩特才人之一端耳，而其中顯者、隱者、窮者、通者、富者、貧困而人不識者，今并詳其姓氏、科名、品行、學問，有素不以詩自炫，而天機偶露，反勝於以詩名者，則采訪搜羅之任，豈易言哉。此予讀王君侶樵《滄川詩鈔》而服其闡幽發微之功也。

侶樵本滄州望族，博學能文，幼多病，無進取志，雖遨游遠地，而耽嗜古書不去目，摩挲古物不去手，兩目爲之晦而不悔，與予晤於葉芸士明府署中，時過從，相得甚歡。予家與滄州舊族王、張、李、葉皆戚誼，其源皆百餘年，而不知詩人若是之多也。或長篇巨製如入五都之市，目爲之眩，應接不暇，或一聯數名，吉光片羽，如獵千狐之皮，集其腋而慕其裘。因思古人爲一郡編詩者，代不乏人，如會稽《掇英集》《嚴陵集》《河汾諸老詩集》《宛陵群英集》《廣州四先生》《閩中十子》《粵西詩載》《甬上耆舊詩》等書，皆采一郡之詩爲總集，然多官於其地，有權力以濟之，即創爲詩社，有其本集可考，搜采較易，安能如侶樵以老布衣竭十餘年之心力始成之，勤且難哉！予益信天能愛之而不能傳之，并一郡之才爲一人之才，非侶樵孰與歸。今芸士將以詩鈔付梓，問序於予，予不能文，喜而不能却，遂序之。

道光二十六年夏月。

牛坤李侍御卷子跋

卷山侍御性伉爽，交友慷慨，肯任事。嘉慶年間，順天、直隸多同志人，公與周六泉官翰林，趙象山官中書，魏象軒官吏部，蔣簡圃與余皆户部，時有詩酒之會，多聚於象軒家，以其好客而善養花。九月賞菊，爲京師之冠，一時雅集，雖不及西園，亦不失爲真率會也。後周、魏、蔣皆以觀察、太守外轉，余亦督學滇南，公擢御史，以上言爲人雪不平，謫戍烏孫，上知其無罪，數月即召回。時公年未老，方欲起用，而公毅然入山，笑傲湖山，授徒以終老。歷主保陽、博陵講席，坐僅青氈，門多問字，生徒學者，率知名士。讀其出塞及歸後近體諸作，酒不澆愁，胸無磊塊，冲和平淡，似未經罷官遠戍者，于誠齊、石湖爲近。七古則出於杜、韓，其識之高、學之醇，尤不可及。公之不再出，深合古人艮止之義。余後亦以罪戍伊江，蒙恩釋回，遂隱退平谷，先生之側，亦有慕於公也。

乙巳夏，以二兒筮仕山左，因其遭祝融氏之虐，來視幼孫，同巷鄰見小石明府，愛其篤實而敏慎，意其學有淵源，久之方知爲卷山喆嗣。故人之後，繼起有人，大快於心。而小石與二兒爲莫逆交，復喜其得益友。小石遂出其先侍御書小楷《金剛經》，并古今體詩遺集索跋。余既老耄，何足以知公，念同時諸君子，惟象軒年長，餘皆朝落，無一存者，惟余已八十有二，痴頑如故，遂書於卷後，以著群紀之交云。

道光丙午長夏。

張樹之王貞女詩跋

貞女者，天津王秋坪觀察禄朋女也。番禺莊粟園先生官天津運同，聘爲次君婦，婚有期矣而次君病歿。貞女聞之，請奔喪，母禁之，不可，乃吉服往。旋易素服，哭於儀床，悲咽不自勝。觀者皆哭失聲，聞者亦感動泣下也。使婢告姑嫜曰：『朝夕禮讓，先後爲之，喪次人衆，含殮不復視，從此不出户矣。』居數月，無疾化去。先生哭貞女甚於哭子也，爲之征詩。先生前宰天津，與樹之有師弟誼，詩先成，先生以爲工，取以壓卷，此嘉慶七年事，迄今已十年矣。樹之宰魯山，簿書期會之暇，愛讀前輩文集，偶閲勞餘山先生文，謂『未婚守志者爲仁之至、義之盡』，快論發前人所未發。因憶貞女事，檢夾中舊稿尚存，命工刻出，非謂詩工，冀傳其事。惜當時所徵之詩數百首，先生携回粤東，未刻同作爲歉耳。

周南南游詩草跋

南少時讀朱夫人柔則《桐花鳳草》，起敬焉，後隨家太史南游龍岡，從耿澄江處又得陳夫人蕙所著《貞經》讀之，雖體例不同，而大旨與朱詩相表裏，乃知從來閨閣中所稱賢母淑媛者，未有不深於學問而留心風雅者也。歲庚子七月，欒表伯母王太安人即世，表兄弟謀梓太安人《南游遺詩》以傳，丐家太史弁其簡端。南受而讀之，嘆曰：『有是哉！兹役之不可以已也。太安人之名重於遠近也，不以詩，而詩乃若此哉！』

憶曩以歲時展謁命坐，詢問眷屬，寥寥數語，外無他及焉，了不异人耳。然世俗骨肉之意乖舛勃谿者，指不勝屈，而厚邨、禮耘、飛泉兄弟妯娌之間，雍雍穆穆，門内外無間言，何以致此哉？得非沐浴于温柔敦厚之風者，至深且遠歟。然則太安人之詩，即太安人之所以齊家而詒穀者也，所關豈不重哉。飛泉曰：『太安人他作尚夥，然卒不以示人。今謀梓而壽之，得勿拂先人意乎？』南曰：『不然。名媛之詩流傳於世者不少，且關雎亦閨中作也，而聖人取以冠三百之首，又何以云耶！』

楊霞楮葉集序

趙子雪蘿，余同硯友也，交最久，所居古尹兒灣，去城北二十里，每入城，必造余，余則未曾踏其廬。歲前冬仲，伻來以詩見招，余始一至，入其室，古書疊疊鱗次，案拓皆是。余謂：『晚年好學固佳，抑何務博不專也。』雪蘿曰：『不然。義山獺祭爲文，余獺祭爲印耳。』因述其近刻草木名，欲裒輯成集，余韙之而心以爲難，圍爐促膝三晝夜，每有所舉，輒欣然筆記之，自是城中無雪蘿迹者凡九月。

秋仲六日，余方與客話，雪蘿忽至，携一册曰：『是不可無子之序。』委之而去，余愕然，客亦愕然，啓視之，草木名印竟成矣。客曰：『此趙子耳熟久矣，玆何爲者？』余曰：『欲傳其印耳。』客曰：『趙子詩文博洽，可傳者多，奚必此？』曰：『趙子惟自信其印，其印傳，其他弗計也。且玩其光氣，書味盎然，亦可以知其所學。』客曰：『或摩古人名印，或刻今人名印，編之皆可成譜以傳，又奚以草木之名爲？』余未之答，客曰：『吾揣趙子意，假古人之名以傳其印不爲也，若今之名印，數十百年後，或有不能按譜以知其人者。洪濛開闢，草木蕃蕪，其名具在，其物至今存也。趙子毋亦有慨於是耶？』余曰：『此説近之。姑俟予質之雪蘿。』遂書此以弁其首。

趙埜楮葉集自序

漢印無閑章，後之作者浸失此意，迂若語録，佻若詞曲，從人所好，灾及璆琳，雖名手不免，識者病焉。丙子夏，頭昏忽不能視，有索刻者，輒以目疾謝之。養疴無事，日與草木爲緣，因思前人無鐫草木名者，遂薈萃群書，嚴其例以取之，得百餘種。津門楊湘曉素號博雅，適來見之，以爲未曾有，又爲增數十種。凡考古者四閱月，製石又一月，始克奏刀。起十月下澣，日拈一握，或二三握，迄丁丑三月既望告竣，以三百餘日精神成此不急之務，毋亦鋒殺莖柯、毫芒繁澤者類也。爰題爲《楮葉集》。

沈銓書倪迂山水後

古人用筆簡而易足，今人用筆繁而易缺，其不同不在畫耳。松雪跋《蘭亭》云：『右軍人品甚高，故書入神品。』近人畫多宗倪迂，不識倪迂人品，安能學倪迂之畫哉。數年前友人携此畫求識，展玩覺清氣逼人，一石一樹，非近人所有。尺幅具千里勢，購之力不得，假觀竟夜，欲摹之，無入手處，至結夢想，旦即携去，而畫之精神猶在目前。後市人復以此畫求售，重酬其直，藏如拱璧。蓋倪迂生平所作無幾，至今贋者多魚目混珠，豈能久耶。蔣湘帆云：『倪迂深自貴重，畫如藐姑射仙人，不食烟火，姿態特异，尤爲元四大家之冠。』是真卓識也夫。

周璠書道德經後

六經爲書，其道尚矣。老氏之著《道德經》曰：『道可道，非常道。』其謂道本虚無，不可以言語道者哉。由是推之，抑安所謂常道耶。夫六經之道，本諸身，建諸家國天下，人固莫不謂之道。然而學者猶不能通其意而得於心，况道其元始元虚，而不异其言者鮮矣。然則老氏之於五千言反復其義，何爲也哉？大抵聖賢立言，皆至理之所存。老氏，隱君子也。堯舜之道，不昭於世，文武之政，不修於時，故不得已而言道，不得已而言德，苟通其理，功亦足與治道相參，而無或异，奚止葆元毓神、理會一身已也。然則五千言統謂之道可也，謂之道德可也，人泥於道不可道，老氏之苦心失之遠矣。

梅成棟念堂詩序

人能碎千金之璧，而失聲於破釜；或捐萬乘之國，而變色於豆羹。蓋器量廣狹，不容矯飾，有時發露於不自知。况詩爲心聲，則人之品識學術有不載以俱出者乎。讀念堂詩，吾有以知念堂之人也。

棟與崔君舉鄉書，同出遂寧張船山夫子門下。乙丑春闈，謁師都門，師曰：『慶雲崔念堂，汝讀其詩，未奇士也，傳我學者，殆此人乎。』甲戌之春，又見師，師曰：『出我門者皆勝達去，鬱鬱未遇，惟念堂與子兩詩人耳。』諮嗟再四，若甚惜之者然。退而自欽，更爲君傷。擁鼻嘔心，坐銷壯歲，余之遇合數奇也與君同；貧無宿春，以硯餬口也與君同；踽踽寡偶，不妄攀援也亦與君同。然余性粗豪，君淵静；余狂放，君謹嚴；余激切，君恬易。夫惟學到養深，氣平性定，故發於詩者，寓冲懷於簡曠，出騷怨以清微，一片素心，掬於言外。乃自相知二十餘年，隔離鄉縣，雖有緘寄，僅見一斑。

今年春，携全集來津，就余商訂，余雒誦兼旬，莫罄旨趣。結意古遠，殆不汲汲於當世流俗之知者。淵乎摯乎！君之益我多乎！夫以此道之難也，識以學深，品於骨見，必誠於中，始流於外，非炫才華衆物也。而世習此者，乃欲捃摭典籍，衒其宏富，駢儷蟲鳥，鬻其精工，究於性情學術何涉哉！何有哉！如崔念堂者，可謂邃深道藴，言自己出者歟。先師著作奇氣蟠空，秀骨内毓，而君獨得其骨，傳我師之學者，舍君其誰。序君之詩，益懷我師之言不置云。

梅成棟鄭氏家譜序

族之有譜也何爲乎？説者以爲考世系也，辨宗支也，分親疏以定服屬也。是固有之，而尚不盡然。余謂族有譜而後天倫可厚，天倫厚而後風俗可淳，是一譜立，而天下一家之道寓焉矣。古之立譜者，于支分派别之中，推報本追遠之意。有族譜則必將有祠堂，以爲彙族之地；有祠堂則必有祭田，以爲贍族之資；有祭田則必有家塾，教其子弟以爲明倫飭紀之本。故歲時伏臘，相與修其孝饗拜跪之文；祝嘏結縭，相與序其酒禮宴笑之歡；疾病死亡，相與盡其賙救哀哭之愛。一家如此，家家相效，是故民氣固而民風可厚也。明此意者，其惟吾鄉鄭君少湖之爲人乎。

少湖者，明府南翔先生之孫也，少佩祖訓，崇本務實，殷殷以輯譜自任，承厥先志，是蓋深知遠近親疏一本，雖分爲萬枝，萬枝實發於一本，凡屬同宗，其未可以秦越視也。推此意以廣之，則譜立斯將祠立，祠立斯將田立，田立斯將塾立，塾立斯將教立，教立則敦宗睦族之義，同憂共患之情，緩急扶持之意，亦無不立。是鄭氏一門之風厚，則三津之族姓取其法而慕效之者，其風無不厚矣。昔范文正公設義田，以贍同族，簪纓累代不絶，吴人至今榮之。少湖果與文正同心，則鄭氏方興未艾，其榮應不減于古人矣。僕將拭目待之。道光庚寅嘉平月八日。

梅成棟李謙質六十壽序

今年秋仲五日，李君謙質花甲一周，常君舒泰、劉君嘯山屬棟曰：『謙質兄今六十矣。知交如我輩，當爲文以壽之，子其勿辭。』余曰：『諾。』雖然，余何以壽謙質哉？祝嘏陳言，書之累牘不盡，未足當知心之一語。文貴真，不貴泛也。棟與李氏奕世交游，垂四十餘年，知之深乃道之詳。

謙質長余十年，以弟畜我，嘯山、舒泰長余二三年，相與以兄事謙質，非世俗徵逐之交，相規以義久矣。李氏以忠厚勤樸世其家，登其堂，手足雍雍無間言，閫以内無勃谿聲，子弟率教惟謹。我三人與李氏交，固以是相師重也。謙質少謀舉業，力學攻苦，爲文有奇思，年逾弱冠，困童子試，未博一衿，不獲已舍去。懷筆硯餬口于四方，恒以勤謹老成，爲人所倚，善處衆，雖驕倨妄人，謙質恂恂與周旋，莫不降心下氣，無所抵牾。然遇所言非道，往往變色與争，反覆詰難，使之理屈語塞，謝過而後已。以是知謙質外和内介，非脂韋以逢世者也。善行草書，臨池至老不倦，尤愛寫余詩。同邑有喬五橋先生者，工《淳化閣帖》，謙質購其真迹，刻意摹之，多神似，人莫能辨，每以此自詡。嗜金石圖書，遇不釋手，所蓄真贋各半，受人紿，不悔也。其風趣如此。囊有餘貲，除周恤貧乏之外，盡以購書畫。故老而傭硯自給，家故未裕也。今年六十，貌腴然而神足，髮黝然以黑，殆委心任運，善全其天者乎。

棟與舒泰、嘯山每風雨過謙質之廬，笑言輒竟日不倦。今俱老矣，儻所謂白首如新者非耶。司馬文正公有言：『天之所賞者，其人間静而佚樂。』蓋惟順天之命者，天始得而賞之耳。余曷以壽謙質哉？觀謙質之爲人，知其所以獲賞於天者，自有在耶，敢不舉以告人。

沈兆澐胡洪源雲間孝弟録序

孝弟，天性也，盡孝弟而求聞於世，其孝弟必僞。然人於能盡孝盡弟之人而不愛之慕之，思有以傳之，必其人本無孝弟之心而後可。夫人則孰無孝弟之心哉？孩提知愛，稍長知敬，良知良能達乎天下，乃世竟有不能盡孝盡弟之人，何也？習也，非性也。端所習以復性，則存乎，在上者之所以爲教，教之如何？亦動其孝弟之本心而已矣。

松郡舊有孝子祠，今都人士胡瀾、宋謙等捐貲改建於學宫之側。考自漢迄今，凡郡邑志所載及榜門旌獎者，咸置主於祠，春秋秩祀，并刊《雲間孝弟録》以傳世。許樵芸學博請序于余，余閲之，著録者百餘人，蓋特聞見所及耳，其聞見所不及者，正不知凡幾也。斯可以見孝弟之心今古同然，其人初非求聞於世，而世之人無不愛之慕之，思有以傳之，即此孝弟之本心爲之也。嗚呼！觀乎此者，天性之真可以油然而動矣，是誠足輔余之教也。爰不辭不文而爲之序。道光十三年秋九月，書於松江官廨。

沈兆澐正字原序

士不通經，不足以致用，而通經必自識字始。自古文史籀一變爲大篆，再變爲小篆，三變爲分隸，四變爲行楷，而帖體俗書紛紜錯雜，欲識字而不得其原，無惑乎譌舛滋甚也。

古來字學之書，如李斯之《倉頡》、趙高之《爰歷》、胡毋敬之《博學》，漢武時有《凡將》，元帝時有《急就》，成帝時有《元尚》，以及揚雄之《訓纂》，賈魴之《滂喜》，書多不傳，史游《急就篇》三十四章廑存而未備，惟許祭酒之《説文解字》賴大小徐兄弟流傳至今，講字學者奉爲鼻祖，然其書皆篆籀古文，與今時之楷法頗异。唐顏元孫《干禄字書》分正、俗、通三體，唐元度《九經字樣》、宋郭忠恕《汗簡》《佩觿》糾正俗體，相輔而行。近代《四庫書辨正通俗文字》《正字略》《字學舉隅》各種，或分韵，或分類，辨晰非不精密，然正俗錯綜，櫛比混淆，承學之士每展卷而無所適從，沿其流而不溯其原，字奚由正。

華甥長卿，夙講小學，于叔重之書研究有年，嘗作《説文形聲表》以譜六書之統系，復輯《正字原》一書，仿《康熙字典》檢字體例，按畫分部，皎若列眉，由楷法以通篆法，上探字學之原，更詳注音義及所从之字，于其下備載《説文》九千三百五十三字，重文新附，偏旁依類編入，令人易于檢尋。計畫得字，由形悟聲，而一切俗體之譌誤，不待辨而已明。蓋正字精審，俗字自無從紊亂也。是書于後學頗有裨益，《論語》教弟子餘力學文，六藝之文書其一焉。苟能識字之原，正字之誤，未嘗于通經無小補云。

沈兆澐鄭蓬山詩存序

燕詩不列三百篇中，而《易水》一歌爲七言歌行之祖，嗣是而張盧、祖束暨、刁協、劉琨輩争雄六代間，唐則魏徵、宋璟、盧照鄰、沈佺期允稱巨手，高適、孔巢父尤見許於少陵。他如李嶠之真才子，劉長卿之五言長城，樂天目劉禹錫爲詩豪，昌黎識賈島於方外，郎士元、司空曙、崔湜、張祐及趙郡諸李，指不勝屈。勝朝李東陽實開明詩之先，作者間出，馬中錫、王好問、盧柟、李三才、李化龍、趙南、魏允中、王嘉謨亦皆卓然成家，蓋燕趙山川雄廣，士生其間，多伉爽明大義，無幽滯穠織之習，故其音宏以肆，沈鬱而悲涼，地使然也。我朝文治聿興，英才蔚起，申涵光、楊思聖開河朔之派，一時如殷岳、張益、劉逢源、劉湛才力無不相埒，龐雪崖、成過村冲澹雋逸，即阮亭、竹坨亦交口推重，朱文正、紀文達、翁覃谿三公鼓吹休明，洋洋乎大觀矣。惟北方學者不事標榜，苦心孤詣之士間有吟咏，第傳諸家乘，留示子孫，而爲子孫者每珍藏不輕以示人，或至湮没，可慨也已。

天津鄭君懷樸刊其祖蓬山先生詩二卷以問世，誠近今所罕見者。按蓬山先生與同里高濬谷先生，乾隆庚辰辛巳先後登進士科，高以文鳴，鄭以詩鳴，高文奇古，鄭詩渾厚，要皆直抒胸臆，迥非塗飾字句、取悦時俗者比。顧高文竟不傳，而蓬山先生詩賴賢孫傳之於百餘年後，殆有幸有不幸歟？畿輔鄉多詩人，吾知必有聞懷樸之風而興起者，將表彰家集流傳久遠，與前賢輝映後先，則懷樸之有功於詩人者甚大，豈僅存先德之手澤而已哉！咸豐元年春三月。

沈兆澐讀書舫文鈔序

今之爲詩文者遍天下矣，詩則多爲試律而不爲古近體，文則多爲時文而不爲古文，以可以取科第、致通顯也。顧取科第、致通顯者不必盡工試律、時文，而工試律時文者亦未必盡取科第、致通顯，是在有志者之自立而已矣。然士爲時文而不爲古文也彌甚，竊謂時文雖稱爲代聖賢立言，苟無心得，不過爲優孟衣冠。是以金、陳、熊、劉文不采入《欽定四庫》，名不濫入《國史・文苑》，非鄙之也，以無當於不朽之一也。若古文則自抒己見，即所見稍偏，荀、揚不無小疵，朱、陸各有异同，皆不害爲大儒，上則崇祀孔廟，下以啓迪後賢，非僅以文之工也。蓋文與行符，自躬行實踐中來，故文足貴也。

夫古文之傳者絶少，豈竟無爲之者哉。大抵在己無求名之念，子若孫珍藏手澤，力難刊刻，又苦於鑒定無人，日久就湮，遂付諸斷簡殘編之列。若以爲有心弃置，即不肖似萬不至此。

兹同里胡小帆以其先人象三先生古文見示，余亦溺於時文者，然夙聞庭訓，於古文稍窺端緒，讀先生諸作，醞釀經史，獨抒心得，於顯微闡幽，表彰忠孝，尤三致意焉，則先生之敦品勵行，志在聖賢，猶可略窺一班。余服先生之立言不朽，小帆之傳其先人著述于奕世也，爰不辭不文而樂爲之序。

沈兆澐書梅莊詩鈔後

人貴有真性情，詩特性情之所寄耳，悲歡欣戚，發乎自然，要在得其正而已。華甥梅莊詩才清雋，書寫懷抱，不作一矯飾語，而胸襟之灑落，志量之遠大，亦時於其詩見之。韓子云：『醇而後肆。』梅莊詩真且醇矣！充之以學識，參之以閱歷，醞釀深而造詣益精，吾烏能測其所至耶。憶先姊聰敏善讀書，所期望於甥者甚厚，兹有子績學成名，而姊没已將三十載。吾閲甥詩，又不禁欷歔欲泣矣。時道光丙申七月。

馮相棻救荒要録序

自古救荒之政多矣，然因時而异，因地而异，因人而异，要皆斟酌其宜而已。如漢唐之法未必能行於宋元，宋元之法未必能行於今日，其時有不同也。青兖之灾不盡同於荆揚，荆揚之灾不盡同於雍豫，其地有各殊也。若督撫之措施非道府所敢擬，道府之區畫非州縣所能干，其人之分位懸殊，其事之裁成亦判然。宜於古者未嘗不可通於今，施於南者未嘗不可推於北。至於上有所行，下必奉之，下有所請，上亦采之，於一定不易之中，而有因時制宜之道，此《救荒》一書爲余之所輯，即余之鄙見也夫。

余之鄙見者何？余宰一邑，非一邑而有濟於一邑者必録；余宰今日之邑，非今日而有宜於今日者必録；余爲一邑之宰，非邑宰而有邑宰力能勝任者必録。此外概從删削，而其尤要者，不在救於已荒之後，惟在備於未荒之先。夫未荒之備，以倉儲爲重，人所共知，至於清查户口，往往忽略不講。户口不清，則當有灾之時，非濫即遺，非特不便於窮民，抑且有干夫吏議。與其治絲而棼，何如未雨綢繆，此保甲一事誠爲荒政之首務也。得其要領，餘皆次第而理，而所最戒者，鋪張局面，不寓以憫憐，顧惜聲名，不任夫勞怨，孰有以實心行實政，視民事爲己事，居敬行簡，不安苟且，不致紛更者哉！

余仰愧先賢，俯慚厥職，僅録斯編，以備觀覽，而深幸數年以來連書大有，則荒政爲無用之書，余與斯民實共享太平之福也。

曹貽桂重刊小兒語序

余每於會哨經過廳縣屬境地方，見村鎮較大有街市處者，其人尚明昧，相見知禮義者多，其村落荒僻處，則人多鹵莽，於尊卑上下之分皆無知識。更有恃居山陬海澨，竟敢逞臆妄行，肆膽玩法者，絶不顧身家性命，惟恃伊機變之巧，非調詞唆訟，即或糾夥藉漁行劫，是皆由幼時失教，故少而壯、壯而老，終身怙惡，竟不知作人應如何行爲爲是也。及至天理不容，禍猶自取，身陷縲絏之中，父子不相見，兄弟妻子離散，可不悲哉！甚矣，爲小兒父兄者，可不知教子弟於兒童時，使之知禮義、知廉耻、知守王法、知保身家乎。

兹特於桂林陳榕門先生《養正》一編内，摘録其淺近易曉之《小兒語》，付之梓刻，分布里都，俾知教子弟者於垂髫總角時，隨口教授，使之音諧喜誦，是即於懽呼嘻笑間，已受一生至當至切之教，迨能領悟而躬行之，豈非《小兒語》即終身遵由之大路也與。然則《小兒語》於正人心、距詖行，亦實不無小補云。曹貽桂書於甌東觀察署之恭壽西軒。

吴士俊易學泝原序

《易》之作於皇初也，中六畫以迎陰陽，世謂羲《易》有卦畫而無文辭，考之《山海經》云：『伏羲作《易》，神農因之，曰《連山》，黄帝因之，曰《歸藏》。神農、黄帝所傳者皆伏羲易卦，《連山易》有陽豫、徙諸卦名，《歸藏易》以震爲鼈，坎爲犖，剥爲僕，蠱爲蜀，賁爲岑霹，大小畜爲大小毒畜，核與《周易》卦名或不同，庸詎知非羲皇畫卦時所創，周特爲改訂之，六十四卦之名，即羲皇所繫之易辭也。烏得謂羲《易》有卦畫而無文辭也哉。迨文王依以演彖，周公據以撰爻，《易》之辭大備。

第《易》有辭，告吉凶，不出乎理之存亡得失而已矣；《易》有理，定治亂，不外乎氣之消息虚盈而已矣。推之理闡顯微，則有在天在地之象焉；氣占變化，則有用九用六之數焉。理氣象數爲《周易》之秘要所在，説《易》自以理氣爲主，而象數實不容廢。《繫辭傳》曰：『河出圖，洛出書，聖人則之。』圖書者，象數之權輿，即作《易》之根本也。王巽卿《大易輯説》爲先後天卦探原，取《河圖》分緯之，以定羲《易》卦位，取《洛書》錯綜之，以置《周易》卦位，是作《易》者本皆從象數出，而解《易》者自當從象數入。象數乃聖人藉以傳理氣之妙，譬諸造酒醴在麴糵，得魚兔在筌蹄，若握理氣而遺象數，其與捐麴糵以釀酒醴，舍筌蹄以求魚兔何以异乎。故孔子十翼亦象數與理氣燦陳，斯爲該備。

慨自孔門《易》授商瞿子木後，五傳至漢田何，《易》學浸微，漸失師法。論象數者離奇怪誕，孟喜舉孝廉，爲曲臺署長，亦知《易》非徒供卜筮用，顧乃以《易》之數占驗灾變。嗣有東郡京房，托名孟氏學，作《積算雜占條例》一卷，擲三錢，視面背以定卦，火珠林即其遺法，術數小技駸駸乎爲《易》書之蠹焉，《易》學之失此其一。他如劉安著《易訓》，則九家之逸象補，虞翻垂《易義》，則八卦之半象傳，穿鑿傅會，揆諸絜静精微之《易》教，毫無關涉，《易》學之失又其一。此非推理氣者不知引用象數，要皆言象數者不克發明理氣。

象爻正旨，渺渺茫茫，學者厭之。魏有王弼出，忽以娓娓清言明義經奥趣，掃除哤雜，士林之耳目一新，於是乎馬、鄭、荀、陸諸家著述并歸廢弃，而小王之註獨行。弼之言曰：『義苟應健，何必乾乃爲馬；道苟合順，何必坤乃爲牛。』抛弃象數，直將孔子説卦一併斥駁，斯亦肆無忌憚。魏晋以來，習尚《老》《莊》，學《易》者惟弼之清談是從也，無足怪六朝後玄風渺矣。

唐之東鄉助有《周易物象釋疑》，劉禹錫有《辨易九六論》，《易》家非不欲象數與理氣兼賅，其奈唐祖老聃，《易》《老》并重，孔穎達奉太宗詔定《九經正義》，惑於時好所鍾，獨從王氏易注，違者斥爲异說。繼以宋講理學，專釋易理，亦樂王弼之説簡且便也，程伊川從王，朱新安從程，前明以程傳朱義頒布學宫，示天下士，習《易》而不遵程朱者罷勿用，自是王氏《易》行之愈遠，而漢儒所論象數書沈淪銷毀，蕩然無復存者。《易》學失傳，《易》旨久晦，迄今千數百年如長夜，此景迂晁氏所由慨嘆也。謂王弼爲《易》之罪人，當非刻論。

所賴有唐李鼎祚《易傳》，網羅散失，采漢馬融諸儒《易》説三十餘家，刊輔嗣[一]之空言，補康成之遺集。國朝西河毛奇齡昆季、元和、惠徵士棟、武進張臯文太史惠言，亦復祖述漢學，掇拾於廢亡之後，各彙成一編，俾得片詞隻字，稍留人世間，是爲《易》之幸，未嘗非學《易》者之幸也。乃今日者，棘闈試藝，每以先民之古義爲法程，而芸館傳經，猶以習俗之空談爲模楷，將所學非所用，得毋謬甚。

[一]底本誤作『嗣輔』。

予自束髮受書，苦於習舉子業，考訂未遑。通籍後，筮仕湖湘，簿書冗雜，《易》學荒疏久矣。道光丁未，解組歸田，授兒輩讀，得漢魏易家遺書，昕夕玩索，然後知文、周、孔三聖人之繫易辭，皆從羲六爻出，無一字没有來歷，其大要總不離乎理氣象數者近是。理者，人道之軌範也；氣者，天道之流行也；象數者，天道人道之響傳影落也。考爻位於二十八宿，先天之宓象猶存；營卦畫於四十九蓍，大衍之占數宛在。惟時説《易》者泛言象數，推演支離，則術同圖讖，雜而不純，自不足以爲經；衹論理氣，敷陳空廓，則語近玄禪，虚而不實，亦不得以爲《易》。夫《易》者，五經之祖，肅括閎深，豈宜管窺蠡測，理氣象數囿於一偏。

今逢聖天子稽古右文，旁求碩學，非若唐宋及明之黜鄭宗王，限以功令。予耄荒謭陋，博采旁搜，薈萃納甲、納音、爻辰、卦氣，以及焦氏世應、虞世消息諸《易》説，援漢京之遺編，闡羲爻之秘旨，務求從象數推勘理氣。且引彼卦證此卦，以經注經，使全《易》融會貫通，無惑自相矛盾，聊示後學，俾知《易》當無義不搜，無法不備，理氣象數，參互發揮，六通四闢，斯爲《易》學正宗。儻隨近今之所循誦習傳，空衍易理，則宋儒之説理最精詳矣，奚煩吾輩置喙耶。予憶自道光庚戌至同治丁卯，杜門不出，焚香讀《易》，稍得一知半解，隨筆書之，歲月浸深，積成二十四卷，并附録先儒講《易》古法於卷首，摘敘隋唐前後諸家《易》說，有合於漢儒者補綴卷末，藉延漢學於一線，綿先哲之矩矱，拓後人之學識，是又私衷之所冀倖者。《易》之今本，明成化年間奉化教諭成矩所定，註從朱子而書從王弼，《象傳》附卦，《象傳》附爻，學者不復知古《易》原本。顧亭林譏其顛錯淆亂，誠哉是言。但家沿户習三百餘年，今姑仍其舊者，非特便學人之尋省，傳本釋經，《彖辭》《爻辭》即依傳語參訂，折衷夫子，庶乎其不差耳。

華長卿尚書補闕序

天下虛僞競尚，而真實无妄之學不容於世，其由來久矣。余少時讀《周書·泰誓》三篇至『天命誅之』『時哉弗可失』『虐我則讎』，疑其義理矯誣，詞氣桀奡，不類當時史臣之筆。比長縱觀載籍，始知今本《書經》五十八篇中真僞淆亂，而《泰誓》其尤甚者也。古《尚書》百篇阨於秦火，賴有伏生壁藏之，其後兵起流亡，祇存二十八篇虞夏書四：《堯典》《咎繇謨》《禹貢》《甘誓》。商書五：《湯誓》《般庚》《高宗肜日》《西伯戡黎》《微子》。周書十九：《坶誓》《鴻範》《金縢》《大誥》《康誥》《酒誥》《梓材》《召誥》《洛誥》《多士》《无佚》《君奭》《多方》《立政》《顧命》《粊誓》《呂刑》《文侯之命》《秦誓》，以教授齊魯間。漢孝文時求能治《尚書》者，伏生年已九十餘矣，召不能行，遣鼂錯往受之。伏生口授其女，以授錯。武帝時，民有得《大誓》者，獻之，合於伏氏之書，并列於學官，夏侯、歐陽傳其學，以隸寫之，謂之今文。武帝末，魯共王壞孔子宅，得壁中所藏《尚書》五十八篇，字皆科斗，謂之古文，孔安國得以考博士所傳，多二十四篇，以今文讀之，皆進獻於朝，遭巫蠱事，故未得列於學官。漢人學重師承，習《尚書》者皆以二十九篇爲備真，古文已入中秘，校書者尚能察其篇目《舜典》《汨作》《九共》九篇、《大禹謨》《弃稷》《五子之歌》《嗣征》《湯誥》《咸有一德》《典寶》《伊訓》《肆命》《原命》《武成》《旅獒》《臩命》，又《盤庚》《大誓》皆析爲三，分《顧命》『王若曰』以下爲《康王之誥》，舉其遺文，賈逵、馬融、鄭康成皆有訓注，是孔氏之真古文也。

今世所謂古文者，乃梅賾之僞書僞孔氏《書》二十五篇：《大禹謨》《五子之歌》《胤征》《仲虺之誥》《湯誓》《伊訓》《太甲》三篇、《咸有一德》《說命》三篇、《泰誓》三篇、《武成》《旅獒》《微子之命》《蔡仲之命》《周官》《君陳》《畢命》《君牙》《冏命》。追至齊建武四年，姚方興於大航頭得『曰若稽古帝舜』二十八字，遂分《堯典》『慎徽五典』以下爲《舜典》，又分《皋陶謨》『帝曰來禹』以下爲《益稷》，非孔壁之舊文。然則東晉之古文出，而西漢之古文亡，淺人以僞古文爲即安國壁藏之書，謬矣。夫千年晚出之古文，字畫略無脱誤，平衍卑弱，如出一手，殊不類三代著作，且《禹謨》《胤征》文辭暢諧，反不若《盤庚》《大誥》之詰屈聱牙，豈伏生當日授經獨記其難讀者耶。唐孔穎達不辨真僞，爲之正義，宋蔡沈《集傳》作於朱文公殁後十年，托言授意撰述，詎知朱子早疑其僞，後儒授學，咸奉《集傳》爲圭臬，《堯典》諸篇賴以倖存。獨可惜者，《大誓》一篇出於漢代，立在學官，至梅賾僞《泰誓》行，而真《大誓》反爲所敚，以白魚赤烏、火流穀來之文乃王者膺命符瑞爲不足信，而反斥之。嗟乎！以僞亂真，以真爲僞，斡弃周鼎而寶康瓠，良堪弜耳。

国朝太原閻氏、元和惠氏、吴縣王氏、江氏、金壇段氏、陽湖孫氏諸家，祖述漢學，各有成書，而北方鄉塾知之者尠。余不揆檮昧，即《尚書大傳》《史記》《左傳》《論語》《孟子》諸書所引《大誓》之文，裒輯一册，并集馬、鄭諸家之注，以詁其義，名曰《尚書補闕》，俾學僮比而讀之，孰真孰僞，必有能辨之者，亦實事求是之一端云。

華長卿唐宋陽秋序

嘗讀《五代史》，愛其序次之簡潔，而惜其體例之乖盭也。朱温以大盜移國，凶逆淫暴，而列於《本紀》之首，稱爲太祖。石晋立於契丹，滅於契丹，奉表稱臣，靦然無耻，亦列於《本紀》，而尊之爲高祖，謬矣！

夫宋接周緒，祇以歷朝皆都汴洛，似屬相承，然而漢承晋，周承漢，尚屬有因。若後唐當未滅朱梁之先，已由晋王而踐帝位，至契丹立石晋以後，始携璽登樓而自焚，安得謂之代嬗哉！然只可名之曰『五季』，惡得名之曰『五代』。劉暠父子僅四年耳，即可稱爲一代乎！歷來史臣撰一代之史書，必盡載一代之事實，未有合七姓十三君而總爲一書者。况其建都也或汴或洛，記事既未能畫一，論其享國之年，遠不及南漢、吴越之久長也，則莫如仍以唐爲主，而列國皆分爲載記如《晋書》之例，又何必以中原七十八州之地，俯視晋蜀吴粤數千里、二百餘州之封域，而自居爲正統哉。或謂朱邪賜姓李氏，原非唐室同宗，即南唐雖係同姓，或祖吴王，或祖鄭王，亦世系荒遠，未得與昭烈之紹漢并論。是以史臣舍李唐而與朱梁，以著唐六臣挈國與賊之實不得已也夫。古來世家巨族尚有以家奴冒主人之姓者，况李氏立功

之，况姓氏久著青史乎。河朔，收復京城，賜姓已數十餘年矣，只取其能報仇雪恨可也，即非李姓，猶可與

若徐知誥本姓李氏，既已復本姓、立宗廟，以高祖、太宗爲不祧之主矣，復請詣長安修先代諸陵，事雖未行，與李存審略下邽，哭謁諸陵，同盡追遠奉先之志，史言知誥系出憲宗子建王恪，恪生超，超生志，志生榮，榮生知誥，乃憲宗四世孫，確有可憑也。然則以後唐繼唐，較之以梁繼唐，義至正；以南唐繼後唐，較之以石晋繼後唐，理至精也。

朱温以黄巢賊黨勢衰來降，用之爲四鎮節度使，錫以王爵，唐之待温恩極厚矣，乃窮凶極惡，弑二君一后，殺九王於九曲池，戕大臣三十餘人於白馬驛，付之濁流，以碭山一民滅唐家三百年社稷。其兄嘗斥責之，從來篡弑之臣，大抵外戚世禄，先建殊勛，然後漸干天位，未有以盗賊起家，而慘毒殘忍如温之甚者，直安禄山、史思明之亞耳。且其性同禽獸，奸詐淫凶，晚罹子禍，亦同安史，老賊萬段一死，不足蔽其辜，即斫棺焚尸，尚未足以泄唐人之憤。不料竟有含垢忍辱，圖報私恩而爲之祈免，僅鏟闕削樹之張全義者。噫！异矣。

若敬瑭以唐室懿親久蹋大藩，坐視國危而不救，反伺隙攘奪，恐力不能勝，摇

尾乞憐於契丹，賂之以重地，卒使燕雲十六州没於北虜，數百年而不能復。然契丹能立之，契丹即能滅之，彈指十年，侯封負義，遠徙黄龍，哀哉！皇帝上加一『兒』字，尊號千古奇文，乃甘心忍受，何無耻之尤也。

或又曰沙陀嘗據大同，寇忻代，似亦一跋扈將軍，與朱温未甚相遠也，惡可以正統與之？然朝廷已赦罪令討賊矣，當是時，鴉軍一至，賊衆敗逃，卒能破黄巢、復長安，獨眼龍軍功第一，賜爵隴西郡王，而朱温每欲害之，朝廷袒温，命張浚討之，大敗遁還，又論討三鎮功，進爵晋王。假使朝廷專心倚任，足以折賊温篡弑之謀，乃未竟其才，賫志以歿。悲夫！然則李氏雖崛起沙漠，世篤忠貞，即老敕使尚知推尊唐室，不忘舊德，與賊温相去霄壤矣，繼唐以興也宜哉。

或又曰知誥承楊吴創定基業而奪之，踞有二十一州，未能敵中原之半也，僅割據江淮，焉得以正統與之？不知金陵乃六朝都會舊地，名曰南朝，聲名文物甲於天下，誠衣冠禮樂之國也。雖武功稍弱，然亦嘗克閩，取建、汀、漳、泉，降王延政矣，又克楚，取潭州，降馬希崇矣。長江天塹與中原似南北畫疆，較之石晋興廢由契丹者，大相徑庭也。然不能與中原抗者，勢也。周興，用宋藝祖將兵决戰，遂失淮南，復獻江北，而南唐益不支矣。南唐一代事迹，馬令、陸游皆有《南唐書》，歷歷可考也。《通鑒綱目》一書非盡朱子手著，既定凡例，晚年付門人趙訥齊接續編輯，後七卷尤多乖舛。天佑四年以後，每年下皆冠以『岐』『晋』『吴』，稱『天佑某年』字樣，亦不肯以正統遽與賊温，然每事大書以梁爲主，竟於正統無异。何若直削其國號，比諸安史、黄巢而以後唐爲正。後唐既亡，亦不繼之以石晋，而更以南唐爲正，至南唐奉周正朔，去帝號、稱國主之後而始黜之，是南唐自黜之也。間一歲而大宋興矣，此唐宋相嬗之義也。

史載唐明宗亂極思治，在宫中焚香默祝，願天早生聖人，爲生民主，夾馬營赤光异香而生藝祖，豈偶然哉！豈偶然哉！夫周世宗五季之賢君也，智勇仁信，善政史不絶書，使天假之年，藝祖佐之，早可以平一海内，乃中道殂謝，主幼國疑，是以有陳橋之變，所謂『得之於小兒』也。然點檢作天子，世宗得尺木於文書囊中，而遂以藝祖代之，豈無意乎。迨宋興，天下一統，文章道學，踵出名儒，而家法亦遠過漢唐，三代後不世出之盛朝也。華山隱士曰：『天下從此太平矣！』迴思五季干戈紛擾，攘奪相仍，豈不迴然异哉！

華長卿千家姓序

蓋自天子建德，因生賜姓，或原發祥之地以命氏，或溯誕降之奇以分族。其後以號、以謚、以爵、以國、以官、以字、以居、以事、以職，姓分九種，派衍枝繁，欲博學而詳説之，學者每望洋興嘆也。

夫羲軒而上無論矣，即唐虞以降，每一支而分數姓焉。堯姓祁，又姓耆、姓伊，而唐氏、陶氏亦其後也；舜姓姚，又姓嬀，而虞氏、胡氏、陳氏、田氏亦其後也。祖孫不同姓，故橋牛姓橋而舜姓姚；兄弟不同姓，故稷契皆堯之弟，而一姓姬，一姓子也。相傳契母吞鳦子而生契，故姓子；稷母履大人迹而生稷，音轉而姓姬；禹母吞薏苡而生禹，故姓姒。而凡黃帝後之十二姓、夏后氏之十三姓、殷民之六族，皆概可知矣。夫姓氏之盛，始盛於文武之時，再盛於春秋之世，而姓氏之壞，初壞於楚漢之際，遂大壞於元魏之朝。何也？武王克商，光有天下，列五等爵，封者蓋千八百國，而兄弟之國十有五，姬姓之國四十人。

及春秋時，列國各分姓氏，或氏以王父字，或氏其采邑，或氏以官謚，如晉之趙、魏、韓、范，齊之崔、慶、國、高，楚之鬥、屈，宋之華、向，衛之孫、寧，魯三桓、鄭七穆者何其盛也。迨戰國之吕、秦、黄、楚，真僞難分。漢高帝賜婁敬、項伯姓劉，爲五代之唐晋作俑，而姓氏遂壞。及五胡亂華，百宗蕩析，元魏起沙漠，後凡複姓三四字姓者，皆改爲單字，與中原混處。《魏書·官氏》一志載之頗詳，如穆、陸、賀、劉、高、韓、陳、吕諸族，究難辨出自中華、出自夷狄，而姓氏之大壞更可問哉！

自漢以來有避諱改姓者矣，有避仇避難改姓者矣。避諱而改者：如荀氏避宣帝諱，改姓孫；奭氏避元帝諱，改姓盛；莊氏避明帝諱，改姓嚴；慶氏避安帝諱，改姓賀；他若籍改爲席，避項羽諱也；師改爲帥，避晋景諱也；沈去水爲尤，閩人避王審知諱也；檢易爲簡，又後人避明懷宗諱也；敬氏因避石敬瑭諱，更分爲二，一姓苟，一姓文，又謂避宋廟諱與去文爲苟者，不必細考。避仇而改者：共加水爲洪，薛加木爲櫱，端木去端而爲木，西門去門而爲西，棘改爲棗，疏改爲束，皆是也。避難而改者：楚改爲翠，力改爲劦，圈改爲卷，譚去言而爲覃，盆成去成而爲盆，段干去干而爲段，朝那去朝而爲那，羊舌去舌而爲羊，仇改爲裘者亦改爲求，薛改爲櫱者又改爲蘖，端木改爲太默，合改爲恰，智别族而爲輔，凡遭秦易爲氾，獨東樓公後巴康避董卓難改姓有三，曰把，曰杷，曰爬，一云本姓杞，而究其源流無殊也。

然又有改爲惡姓者焉：後魏改樂安王覽爲兀氏；南齊武帝以其子巴東王叛逆，改爲蛸氏；梁武帝改豫章王爲勃氏，隋煬誅楊元感，改其姓爲梟；漢明德皇后惡馬姓先人有反者，改其姓爲莽；唐改荆越王貞、琅邪郡王姓虺；武氏殺從兄惟良，改其姓爲蝮，皆屬可笑。又穆王寵盛姬，姬早卒，王哀痛不已，改其族爲痛氏，尤爲可笑。獨魏太武謂禿髮傉檀之子賀曰：『與君同源，可爲源氏。』尚有親親之意焉。

有因稱謂而改者：田千秋嘗乘小車出入省中，時人謂『車丞』，相因改姓車。有因嘲笑而改者：是儀本姓氏，孔融嘲之曰：『氏乃民無上。』儀遂改姓是。有因景慕先賢而改者：員半千本劉宋後，因齊禪奔魏，自比伍員，故改焉。有因不忘舊居而改者：嵇康本姓奚，避怨徙家稽山下，因姓嵇，取稽之半，志其本也。他若全氏封國白水，改姓泉；帛安道學於佛圖澄，改姓釋；唯吴孫皓以孫秀奔魏，改姓厲，不知其何所謂也；陸羽本無姓，而自占姓陸；京房本李姓，而推律爲京，與老聃指李木爲姓者將毋同，一云老聃之先咎繇後爲理官，逃難伊侯之墟，食木子，改姓李，不知孰是；而又有當黥而王之，相英布所以改爲黥布也；有草付應王之謡，蒲堅所以改爲苻堅也。又云苻堅背有赤文，隱起成艸『付』字，殆亦如文王生少子，有文在其手曰『武』，不啻生鞠，有文在其手曰『鞠』，而皆以命氏者同耶。又云苻堅家有蒲，長五丈五節，如竹形，時人謂之『蒲家』，因氏，殆亦如苟，草名，所居饒之，因姓苟，樆，木名，因有此樹，遂姓樆者同耶。夫謝服也，因出師不祥而改姓射，名咸；梁鴻也，因避徵不仕而改姓運，名期耀；有日興也，洪武加宀而爲宥哀貞也，嘉靖益畫而爲亱沮茂，與陜同音，天順御筆改作陜，此後世之姓所以愈變愈繁也。

夫有音轉而訛者：蠻荆之後爲瞞氏，音舛而變爲滿氏也；伶倫之後有伶氏，音訛而改爲冷氏也；齊人言衣聲如殷，故殷姓或改爲衣；敬仲謂田聲近陳，故陳姓遂改爲田也；郭本虢後，或稱郭公，音轉而改爲郭也；韓爲秦所滅，子孫散居江淮，音訛而改爲何也。

夫有一姓兩音至三四音者：如强、共、且、沈、渾、梅、苑、夸等姓，皆平上二音；雍、壯、浪、冠、鄢、抗、觀、縣、相、亢、員、義、畦、應、鄉、茹等姓，皆平去二音；扁、邴、載、闞等姓，皆上去二音也。其他如繁有婆、煩二音，射有舍、亦二音，娥、蛾皆有峨、蝗二音，郇有郇、環二音，禰有米、祧二音，郝有壑、釋二音，黨有党、掌二音，咸有賢、減二音，乾有錢、千二音，洗有喜、銑二音，宛有鴛、晚二音，翟有狄、宅二音，台有臺、怡二音，朝有昭、潮二音，繇有由、遥二音，區有驅、甌二音，蓋有盍、踏二音，車音居，又尺遮切，諸如此類，不可勝數。若一姓三音者：賁之音奔、此、肥也；番之音婆、翻、潘也；杜之音度、睹、徒也；絮之音緒、女、如也；莽之音蟒、母、芒也；吉之音及、佶、咭也；一諸姓也，音朱、遮、查，今又音之一；句姓也，音瞿、鉅、遘，今亦音巨，是一姓有四音也。

有減筆不同者：潞去水爲路；莘去草爲辛；彰去彡爲章；庳去、爲庳；姑去女爲吉；幕去巾爲莫；郌去邑加衣爲裴；邾、邘、郕、鄫去邑爲朱、于、成、曾是也。

有增筆不同者：竹加二爲竺；圭加魚爲鮭；丘、召加邑爲邱、邵；童、申加人爲僮、伸是也。有相通者：邴丙、管筦、璩蘧、泉全、繆穆、喬橋、尤游、倉蒼、晁鼂、隨隋也；兒與倪、郳也；郯與談、譚也；袁與爰、轅也；伏與宓、虙也；丕與丕、邳也。有不相通者：凌與淩別、郗與郄別、閻與閆別也。有從古文者：蔡古作祭；郭古作虢；垕，古厚字、埜，古野字是也。有從今音者：繆今讀妙、葉今讀夜、顔今讀宴、郝今讀蒿、郭今讀過、章今讀臧是也。

又如雲姓，春秋時爲芸、妘，西漢爲云，北朝又始爲雲。又如句姓，或加金爲鉤，或加糸爲絇，或加草爲茍，或增爲句龍。而箄姓之从厶不从口，諳姓之从工从白，尤罕見也。最難辨者，後漢《太尉陳球碑》有桂姓改爲炅、香、炔、炔，皆音桂，與梁四公子之姓蜀、姓䰟、姓𧨜、姓仉者焉。

夫姓氏之學，由來尚矣。《春秋正典》與柳氏《萬姓録》《世本》《國語》諸書，不可細考，唐張九齡有《姓源韵譜》一卷，林寶有《元和姓纂》十一卷，皆分四聲，以類相集。李林甫等又纂《天下郡望氏族譜》一卷，并附五音於後。邵思有《姓解》三卷，以偏旁字類爲一百七十門、二千五百六十八氏。何承天有《姓苑》二卷，凌迪知有《古今萬姓統譜》數十卷。其他如《通志·氏族略》《風俗通》《潛夫論》《急就章》《姓藪》《纂文》《廣韵》《正字通》《尚友録》與諸家姓譜，其辨别姓氏雖詳，然皆不便於幼學之誦讀也。

宋嘉佑八年，采真子以《姓苑》《姓源》等書撮取千姓，以四字爲句，每字爲一姓，題曰《千姓編》，三字亦三姓也，逐句文義亦頗相屬，今此書不傳。世所傳之《百家姓》全無文義，其非采真子所著無疑，列趙姓爲卷首，相傳爲宋人所爲，夫宋人必不爲此，明明係村學究所撰，而流傳至今，以貽誤幼學，豈淺鮮哉。而所收之姓僅四百有八，複姓僅三，是更屬脱略，且應有而不收入者，猶不啻十百倍蓰也。明洪武十四年，編修吴沈等據户部黄册編《千家姓》以進，今亦未見此書。

本朝康熙間，更世傳之《百家姓》仿《千字文》體，連以音韵，頗爲貫串，無爲蔣氏亦有家塾《百家姓》，奈所收姓氏仍不過四百三十有八，似非好學者之所滿志也。予竊憂焉，憂夫歷代姓氏之書多不便於幼學，《百家姓》雖便幼學，而集字成句，集句成聯，毫無文義相貫，誦之如土飯塵羹，令人思睡。故乙酉新春，齋居無事，博極古今群書，集爲四字一句，聯以文義，壓以音韻，月餘集成一千六百四十姓，名之曰《千家姓》，蓋擬采真子所著，竊黄册所名，非敢臆斷也。雖其間字句不盡妥帖，諒不至如《百家姓》『柏水竇章』『烏焦巴弓』之鄙俚也。夫摘群書之姓，一難也；牽以文義，二難也；句必四字，三難也；字必有姓，四難也；韻必和諧，五難也。此編爲幼學而設，雕蟲小技，遺譏於大雅之林，而有此五難，閲者其諒予之苦心焉。夫姓氏之學不傳久矣，今予集此編，亦欲綿不絶於一綫，唯大雅見之，有以正予之非、駁予之謬也，誠學問之一助也夫。

華長卿千家姓後序

乙酉正二月間，予有《千家姓》之編，頗爲同志所許。是秋報罷，閉户賦閑，硯田久輟，爰又搜羅各家姓氏譜，略以補正編所未備，爲補遺三百姓。猶覺未詳，又爲拾遺二百餘姓，其間有奇字奇姓、不見於經史者，又爲備考四十二姓，真無字不搜，無姓不備矣。予向之編《千家姓》時，集複姓五百二十餘，三字姓四十八，四字姓一，亦稍順其字句音韵，因舉業累身，未遑註釋。丙戌冬，夜讀餘暇，又搜羅姓氏各種，詳爲集註，然或作或輟，至丁亥閏五月，而正編、補遺、拾遺、備考、三字姓集註皆告成，獨複姓尚未加註，是雖一知半解，無關於學問之深，然《唐書》載李守素工於譜學，當時號爲『肉譜』，許敬宗謂虞世南曰：『李倉曹以善談人物，乃得此名，然非雅言，宜有以改之。』世南曰：『謂倉曹爲「人物志」可也。』今予此編有漸於人物之號，隱合於肉譜之稱，予不揣譾陋，即名是編爲『肉譜』，同志見之必爲之大噱也。哈哈。道光七年閏端午再識。

華長卿方輿韵編序

道光三十年正月二十六日，今上御極之初，詔以明年爲咸豐元年。禮臣擬上建元年號，時竟不知湖北施南府屬有咸豐縣，『宰相須用讀書人』，古今人不相及也。

二十七日奉上諭：『朕紹承大統，自應敬避皇考大行皇帝聖諱，惟宫殿廟宇舊名，及省郡州縣名印，宜如何分别？避易之處，著禮部詳慎妥議具奏。欽此。』謹案，乾隆元年部議，凡府州縣名有涉憲廟諱字偏旁者，亦應敬謹避易，遂改真定爲正定，儀直爲儀徵，真寧爲正寧。

今宣廟聖諱下一字，凡府名十三、直隸州名二、廳名一、州名十七、縣名六十六，禮臣因粤西蠢動，時事多艱，府州縣名若遽行改易，恐天下不寧，議奏仍舊，其識見鄙陋，無足較矣。乃未幾逆氛不靖，擾及廣東，竄至湖南、湖北、江西、安徽、江蘇、河南、山西、直隸，蔓延十省，荼毒億萬生靈，是未嘗敬避廟諱，天下幾不遑寧處。賊踞江寧已十閲月矣，詔旨屢下，俱改稱金陵，即諸臣引見奏對時，所官地名有涉聖諱者，衹稱某省某官，禮臣雖議格，不行，依然敬避也。

伏查賊自永安竄出，勢遂鴟張，十省之府州縣失守者，不下一百餘城。士大夫每聞一城失守，繙閲搢紳猶茫然莫辨，或誤稱某縣屬某府、某州隸某省，地名尚顛倒錯謬，何論山川形勝哉。竊見今之知縣矣，問縣名而不知，儼然知州矣，問州名而不知，驟然知府矣，問府名而不知，若錢穀兵刑，安望其籌策之盡善。

老子云：『不出户，知天下。』夫天下之大，誠不易知也。我朝發祥長白，定鼎燕京，十餘年遂統一寰宇，嗣又開拓新疆，延袤萬餘里，幅員之廣爲歷代所未及。其間省府州縣，雖沿勝朝之舊，而因革損益，隨時變通。乾隆初分十五省爲十八省，增安徽、湖南、甘肅，新設各府州廳，或裁省各州縣衛，至於升縣爲州，升州爲府者，更僕難數。道光間，復裁直隸之新安縣，升浙江定海縣爲廳。兹編以咸豐元年爲定，凡以前之增減分并不載焉。且府廳州縣有重名者，有同音者，有聲相近而易溷者，有字少見而誤讀者。儒生稽古數十年，尚不識盩厔字，良堪弢耳！

癸丑窮冬，衙齋間處，抱影兀坐，養痾寡懽，爰輯兩京十八省府聽州縣名，依韵編次，匝月而抄撮成書。撿韵得字即知某州某縣隸某省某府，展卷了然，不致舛盭，名曰《方輿韵編》。昔顧亭林著《天下郡國利病書》，洪稚存有《乾隆府廳州縣志》，淵博典贍，包括無遺，第每患卷帙繁重，殊難撿閲，請以此編爲二書之嚆矢可也。

華長卿兩晋南北朝十七國年表序

自司馬子長改編年而創爲本紀、表、書、世家、列傳，後世史臣奉爲楷式。乃

《漢書》改書以爲志而無世家，《晉書》改世家爲載紀而無表，《三國》獨存志名，紀傳而已，與《南史》《北史》皆無世家、志、表，《後漢書》《宋書》《齊書》《魏書》《隋書》則有帝紀、志、傳而無表，《梁書》《陳書》《北齊書》《周書》僅有紀傳而并無志、表，至《新唐書》則本紀、志、表、列傳全矣。《五代史》創爲司天、職方考，以補志之未備，世家年譜附録以補表傳之不足，誠盧陵史筆之精也。《遼》《金》二史附增之以國語解，《宋》《元》二史紀、傳、志、表俱備，而皆無世家。總之自《史》《漢》以後，至《唐書》而始有表，則彼十三史者，歷數之修短與諸侯之興廢，豈皆無考歟？抑闕之而別有意歟？《史記》於三代有《世表》，於春秋有《十二諸侯年表》，於戰國有《六國表》，於秦楚之際變而爲月表，漢興以來諸侯功臣、王子、將相俱有年表，《漢書》補之以《外戚恩澤侯》《百官公卿》二表，考據亦頗精嚴，獨《古今人表》妄分仁聖智愚爲上中下九等，且有古無今，甚屬荒謬。至《唐書》宰相、方鎮、宗室、世家亦可以徵文考獻，猶未足爲大觀也。

余嘗閲《五代史》，至《十國年譜》一卷而嘆其用意之妙，而服其取法之精，因思漢晉以後，五胡亂華，南北割據，干戈擾攘，歲月悠長，閲二百八十五年，隋文始統一之。前之三國，後之五代，未有如斯之久者。久則統緒易紊，年歲易淆，名位易舛。余不揣謭陋，擬盧陵之式，襲子長之名，自晋惠甲子迄隋開皇八年，抄集一表，以便讀史時檢閲，名曰《兩晋南北朝十七國年表》。辭繁不殺，録其實也，而其間之沿革、興廢、篡弑、征伐，悉以紫陽《綱目》爲準。明窗净几，酒後茶前，執此十數頁而展轉讀之，即作《晋書》《宋書》《齊書》《梁書》《陳書》《魏書》《北齊書》《周書》《隋書》《南史》《北史》觀也可矣。

華長卿蓬山詩存序

古稱不朽有三，立德、立功，俱必賴言以傳之。唐宋來詩人遺集，特立言之一體耳。道性情，端風化，表政治，懲惡而勸善，莫備於詩，其小者近者傳於一家，傳於一鄉，傳於一國，其大者遠者傳於殊方异域、天下後世，皆可稱立言不朽者也。乃自明代以後，詩稿之流傳者南方多而北方少，夫北方豈乏通儒碩彦耽吟咏，裒然成集，不可枚舉，而詩集獨鮮傳於世者，非其人不自收拾，即子孫秘密不宣，鏤版慳費，抄謄吝紙，什襲而家藏之，不肯示人，年湮日久，卒不免雨霉火毁、鼠齧蟫穿，或爲不肖子孫售鬻而弗知愛惜，雖有鴻篇巨製，卓然可傳，未能不朽於一鄉，不朽於一國，不朽於殊方异域、天下後世，而先朽於一家也，良可悲矣！昔唐李翺爲其祖實録曰：『先祖有美而不知，不明也；知而不傳，不仁也。』若吾鄉鄭懷樸昆仲，可謂明且仁矣。

懷樸之大父蓬山先生，由名進士出宰粤東，以廉明稱，雖案牘勞形，不廢吟咏。越八年，告歸，有詩藏之篋衍，迄今閲七十有七年矣。余始交懷樸叔弟静軒，同應童子試，静軒後需次河南，不得意，懷樸與仲弟午亭弃舉子業，就吏掾，非其志也。庚戌春，静軒殁於豫省，懷樸星馳往視，道相左，歸爲經理窀穸，撫諸孤如子，一門之内，和氣藹然，懷樸可謂篤於孝友者也。且夫古人貽厥孫謀，非廣田宅、殖産業、黄金滿籯、衣裳盈笥之謂也。古所謂繩其祖武，亦非以門第驕人，以車裘誇耀鄉里，捐高爵而博崇封之謂也。乃今之爲人子孫者，其寒畯不克振拔，每玷辱以貽先人羞，其富貴者又多坐擁厚貲，惟聲色是娱，玩好是尚，以酣豢口體之奉，至祖宗嗣墓、先人手澤，漫不經心，轉眴而同歸於盡，又何賴有此子孫哉！懷樸獨能矯勵澆俗，敦崇古處，凛不明不仁之誡，爲族黨表率。

嘗出其祖蓬山先生詩稿，屬余選刻，余雖略識聲韵，未諳體例，重以懷樸淳懇之意，何敢以不文辭，爰爲之抄撮。初作爲《南翔集》一卷，彙仕粤罷歸諸詩，爲

《出嶺集》一卷，裒輯與金芥舟倡和所謂《山舟草》者，爲《嶺海醻唱集》一卷。烏虖！先生篇什鴻富，必不袛此，而今所存者袛此，其散佚失傳者不知尚有幾許也。總名曰《蓬山詩存》，付之手民，開雕於金陵，藏版於天津，俾鄉黨後學讀先生詩者，可以知先生之重師恩、篤友誼、澹利禄、薄聲譽，則先生之詩傳，先生之人品亦與之俱傳，是亦可稱立言者也，而已不朽於一鄉矣。

懷樸之從子文波，年少工詩善書，慷慨慎交游，克紹其家學，余故樂爲之敘其顛末云。時咸豐辛亥正月。

華長卿綉餘吟館詩草序

吾鄉閨秀多勤習女紅，間有識字讀書者，每以韵語爲戒。自金含英、許雪棠後，解工韵語者不少概見也。夫韵語又何礙女紅哉？周、召二南大抵作自宫人，傳於江漢游女，以咏歌風化之所及，即漢氏安世房中樂亦得被之管弦，皆和平温厚之音也。蓋女子性貞而情正，心静而志專，發爲謳吟，以寫其幽間意致，能不失風人之旨，較男子難於學而易於工耳。

天津周友蘭女史，常琇衣谷中丞之曾孫女也，乃祖乃父相繼宦游山左，友蘭生長於泗沂泰岱間，得鐘毓靈秀之氣，其穎慧宜也。幼同諸弟讀書衙署，《毛詩》《列女傳》《論語》《孝經》皆能熟思而默識，尤工刺綉，巧度金針，黹紩餘閑偶拈短句以寄興。久之兼能作律詩、古體，稿多焚弃，不肯示人。年逾笄，歸餘杭朱□□[一]明府，官泰安之肥城，其間常往來於江浙，篷窗静坐，不廢吟咏，什襲於妝篋有年矣。其同懷弟子倫駕部需次都門，裒輯姊氏零星剩稿，得百數十首，不遠二千餘里郵寄，就正於余。余老矣，戢影冷齋，仍以詩遣興，憶從母潘虚白淑人與王澹音孺人，皆工詩之名媛，刊有專集，此編詞旨幽秀，意境深遠，即可與《不櫛吟》《環青閣》步後塵矣。爰爲點定而寄還駕部，以待付手民，又可見乃弟友愛之篤也。同治庚午四月。

華長卿菊坪詩鈔序

夫詩之爲教也，本興觀群怨之旨，發而爲温柔敦厚之音，故讀其詩者，可知其

[一]底本二字原闕。

人之真性情。若吾友姚君菊坪之爲人也，藹然可親，與之交，真實無僞，如飲醇醪，如入芝室，望而爲風雅中人也。

君善於文章詞賦，尤工於詩，詩律之和平純粹如其人。與余弱冠同學，晚歲同官，中年各以飢驅奔走於四方。余槖筆江淮，君羈栖河洛，不相見者有年矣。公車計偕，亦時時晤於都門，不過暫時聚首，射策十上，均屢薦未售，又紛然星散矣。夫有聚必有散者，世事之常耳，由聚而散者易，由散而復聚者難，若老年復聚一二十年之久者則尤難。若吾兩人者，居同里閈，自先祖省香公與令祖蔗田公先後同登科第，同官皖江，暨伯叔與兒孫輩已五世交游矣。今復同司鐸於遼東，又復年年相聚，各携童孫僑居旅館，寢則連床，食則共几，出門則車裘與共，静坐則剪燭談心，追憶故鄉儕侣，落落晨星，兩人碩果僅存，亦云幸也。君年届古稀，余亦久逾花甲，人生如寄，均視富貴如浮雲。今將刊詩集，屬序於余，讀其首卷，如《擬太冲咏史》《訪水西莊故趾》《津門新樂府》諸篇，俱少年共几席而同作者也，如舊游再至，好夢重尋，真恍如隔世也。故知君者莫如余，知君之詩者亦莫如余，掀髯拈毫而樂爲之序。同治十年夏五月既望。

華長卿和陶詩序

人必有真性情，而後始可與言詩。《詩》三百篇，皆從真性情中所結撰者也。風騷既熄，變四言爲五言，兩漢魏晋以來，若蘇李，若陳思，若嵇、阮、太冲，尚矣。然論詩品之高超，詩境之真摯，未有如陶公之臻絶詣者。唐賢繼起，王、孟、韋、柳皆奉陶公爲正宗，儲太祝曾污禄山僞職，人品已隳，詩雖學陶之質樸，亦何足比數也。若王右丞得陶之清腴，孟山人得陶之澹遠，韋蘇州得陶之冲和，柳柳州得陶之峻潔，無不各本性情之所近，至眉山蘇氏坡公曠代相感，於謫居海外時，嘗取陶公之詩題而依韵和之。今吾友王子賡棠尚友古人，於宦游邊外時，又取坡公和陶之詩題而分體和之，借前賢之韵語，抒一己之胸臆，洋洋乎嘆觀止矣。

賡棠以嘉興舊族寄籍大興，少壯以前顛沛流離，艱苦萬狀，不得已而學醫，孤詣深造，妙手回春，遂以醫學名于時。由張、劉、朱、李以上追吾家元化遠祖之仁術，所謂『扁鵲何須讓古人』者非耶？乃長材短馭，蠖屈末僚，今雖官晋一階，方興未艾，厚福未可量也。夫世之工詩者，大抵流連光景、月露風雲以及懷古咏物，偶得七律一聯，競相傳誦，究未得性情之真。以余論之，五言難于七言，四言更難于五言，束皙補亡，有識者尚譏其不類，甚矣詩學之難也。

賡棠涵泳功深，歸于平淡，著有《竹林草堂詩集》，已付手民。今復裒集近作《和陶詩》四卷，郵寄索序于余。訂交廿載，同官邊陲，年相若而居相近，何敢以不文辭。盥讀數過，愛不忍釋手，竊比其詩品之高超，如慶雲在霄，舒卷自如也。其詩境之真摯，如樸實説理，竈嫗可解也。奮乎千載而上，與陶公之性情針芥相投，與坡公之性情沆瀣一氣，可謂得性情之真者。詩以老而愈工，交以澹而彌永，吾謂其于詩道亦不啻三折肱矣，故樂而爲之序。同治甲戌六月下澣。

華長卿安園圖石刻跋

道光辛丑十一月，余來金陵，寓於雲巢舅氏署中。署有安園，爲明代中山王別墅，雖未及瞻園閎敞，而樓亭池榭、花樹泉石亦足以游目騁懷。斯時也，晴雪在竹，凍雀啄冰，古梅半開，奇柏聳翠。偶於屋奥間得《安園圖》石刻，拭塵摩讀，知往歲友竹表仲常招集同人宴賞於此，因徵詩繪圖，傳爲一時佳話。余來遲，未得厠諸左右，致足恨也。

夫難聚易散者，良朋之倡疇也；少達多窮者，人事之變遷也。乃距今甫及一載，車、陳二公相繼殂謝，斂庵同年就館他所，友竹表仲筮仕山左，需次任城，惟蓉橋、穆門尚居園内，亦鬖鬖漸有老態。余雖未與斯會，而撫今感昔，有不能自已者。爰泐數語於末，嵌石廊壁，他日友竹游宦重來，亦可爲雪泥鴻爪之一證云。

華長卿石鼓文跋

三代金石、鐘彝、尊卣半磨滅無存，而存者多贗物。至《岣嶁碑》《比干墓題字》、《延陵季子墓碑》皆漢以後模擬，《壇山刻石》巋然獨存，僅四字耳。若流傳至今堪供後之人歌咏臨摹，則岐陽《獵碣》其最古者也。

夫周宣以中興令主，選徒校射，歌詩銘勛，足補車攻吉日之未備，籀文爲大小篆變體，堪追誦頡之遺，鼓在唐時全文已闕，少陵詩云：『陳倉石鼓久已譌。』韋蘇州又云：『風雨缺譌落蘚嗞。』故昌黎見張生紙本，喜而作歌，以爲毫髮盡備也。

十鼓繆佚其一，宋皇祐初年始得於民間，因窪爲臼，其上半剥泐。歐陽永叔《集古録》存四百六十有五字，薛尚功《款識》所載多二字，胡世將所見者又多九字，范氏天一閣藏本四百三十有八字，潘愜山作《音訓》時僅存三百八十有六字而已，乃楊用脩謂得唐人拓本七百有二字者謬也。東坡詩云：『時得一二遺八九。』子由和之云：『字形漫汗隨石缺。』在宋時石拓已尠完本矣。

金陵陳雪峰先生嗜古淵博，工篆隸，多著述，家藏明拓石鼓本，舊爲何義門、項芝房諸先生鑒賞，第二鼓有『氐』『鮮』『鱒』『又』『之』五字未損，良可寶貴。嗣君伯輔茂才克紹家學，與余交好有年，丙午正月出此卷屬題。

按十鼓原無序次，薛氏、施氏、潘氏言人人殊，今以太學東西向側而甲乙之，第一、第三、第六、第九鼓字峻整者多，詩亦成誦，第四、第五、第七、第十鼓則漫漶過半矣，第八鼓剥蝕無一字，第二鼓尚存三十九字，共二百九十有四字，筆畫遒古，詩意樸茂，猶想見豐鎬典型焉。展觀旬日而歸之伯輔，其世世子孫并詩書而永寶用。道光二十有六年二月。

華長卿東坡行香子詞石刻跋

此《行香子》詞一闋，初刻於黄州雪堂，楷書六行，行十一字，字徑三寸，末行字微緊，下題『紹聖二年重九日眉山蘇軾』十一小字，石角剥落，『眉』字僅存一畫，『蘇』字殘缺，『軾』全泐。書法遒勁，與《醉翁亭記》相似，而詞意超脱，有富貴浮雲之樂。

按先生年譜，紹聖二年先生年六十時，已謫居惠州，上元夜遷於合江亭，得江樓豁徹之觀。又讀先生《和陶詩序》：『紹聖己亥，余還惠州一年，衣食漸窘，重九伊邇，尊俎蕭然，乃和淵明《貧士》七篇，以寄諸子侄。』第三章云：『佳晨愛重九，芳菊起自尋。』第四章云：『閑居惜重九，感此歲月周。』五章又有『典衣作重陽』之句，其情亦可悲矣。此詞作於重九，與詩旨略同，所云『雖抱文章，開口誰親。幾時歸去，作個閑人』，可想見先生謫居况味也。

《粤東金石略》載此詞刻石在瓊州府之洄酌亭，今爲蘇祠，有先生手書『浮粟泉』三字，又有《行香子》《臨江仙》二詞。乾隆初年，某總戎自黃州摹來者，神氣全失，今觀此刻尚奕奕生動，或仍是黃州舊刻耳。後七百五十二年，道光丙午重九日跋。

華長卿陸放翁鐘山題名跋

道光己酉，夏秋之交，避水遷居於秤它巷，與張容園爲鄰，晨夕過從，譚經史金石，甚愜。睹壁間懸有放翁《鐘山摩厓題名》二十字，字徑四寸，楷書五行，行四字，蓋陳雪峰先生訪得之，而容園親拓者也。

按乾道乙酉，放翁年四十有一，時通判建康，旋即佐郡京口，初秋大雨，獨游定林，逸興可謂豪邁不群矣。此題名下又有『乾道丁亥八月十日叔涣伯玉中父子雲无咎伯山方叔來游鐘山携八功德水過定林烹茶逌還』三十八字題名，筆迹與上髮鬍而并，無放翁名字。考《渭南文集》序《京口倡和詩》云：『韓无咎省親於潤，予時通判郡事，故與倡和。』此題名中之无咎蓋韓无咎耶？放翁於乾道丙戌[一]自鎮江量移豫章，七月罷官，卜居鏡湖，則丁亥八月放翁已歸笠澤，嘉泰甲子有詩云：『曩得京口俸，始卜湖邊居。』可證後之題名非放翁筆也。

此二題名至今已六百八十餘年，字畫尚逌勁完整，良堪寶貴。定林寺爲當日士大夫勝游之地，不數年遂遷於方山之麓，而墨客之游踪尠矣。

[一] 底本誤作『戊』。

華長卿貞節圖卷跋

道光己酉，江南大水，秋闈展於十月，錫山同族來應試者三十餘人。有名元超、名樂均者同舉選拔，時出《貞節堂圖卷》索題，長卿因得展觀累日，敬慕久之。

圖長四尺餘，寬一尺，絹本著色，山水松柏中有草堂，床上坐者爲陳太君，膝前子一捧杯匜，童孫二執壺，將進酒介壽意也。庭内萱草芭蕉，守之以鶴屋，後叢樹間隱隱放紅梅數枝，餘景有溪有橋，有泉有石，有竹有柳，所謂《文待詔圖卷》，惜無年月款識，印章已模糊難辨，而絹色古秀，筆采濃厚，真傳家希世寶也。卷首趙凡夫題『武陵家傳』四大字，篆兼隸體，明宣德七年，沈庶子作引，王詹事作記，鄭僉事作序，又有吴郡張柷、雲閒臣詢、東海徐理及項東嘉、成澹庵諸人詩贊，皆正統年間所題者，紙痕雖舊，墨光猶新。後有續卷，皆本朝名人詩歌，如朱石君、王勿庵、章桐門、汪雨園、鮑覺生、秦小峴先生，題識殆遍。考《宗譜·貞節略》，載陳太君生於元至元乙酉，年二十八守節，三十餘年，至正壬午旌表門閭，至正戊戌壽終里第，春秋七十有四。此圖卷藏之於家逾五百載，即記敘諸公墨迹至今已四百二十年矣。道光二十有九年十月既望，裔孫長卿盥手敬跋。

華長卿樂庵汪翁墓志銘跋

先大父塋在城西十二里之汪家莊，故明汪副使來之莊也。汪氏裔孫式微，以莊北隙地數畮、屋三椽租人作窑廠，大冶民羅姓諸人踞焉，掘土燒器，蓄水成塘，已五年矣。咸豐改元，得舊碣於土中，汪氏裔孫富以爲奇石，將售於石工，而富猝病，不敢售，覆茅舍以供奉之。壬子二月，大兒光鼐、猶子光第赴汪莊修墓，訪得此碑，知爲汪副使封翁刑部山西司主事樂庵配張安人墓志銘也。

三月二十八日，余携子侄展祖墓，至窑廠茆舍中訪此墓石，叩之淵淵作金聲，隨帶紙墨，兒輩遂手拓二紙以歸。用建初尺度之，方廣二尺八寸，篆額六行，行五字，末行一字，濰縣宋繼先書，志銘三十六行，行三十八字，前後數行參差不齊，吴興董份撰文，晋城裴宇書丹。文詞古潔，書法秀硬，惟篆法未盡合六書耳。

考汪濟、汪來僅見於《縣志》，今得汪氏墓志，可以備邑乘文獻之徵。此石勒於嘉靖戊午，迄今將三百載，甫得出土，非有神靈呵護，蚤已爲匠氏磨礱矣，汪氏子孫烏足以知之。咸豐二年三月三十日。

華長卿顔魯公祭侄文稿跋

咸豐七年三月，復州學正盧龍、薛樸庵安仁貽余以顔魯公《祭侄文稿》石刻，并云此帖刻於蘇州，今在復州矣。相傳道光初年，復州有漁人見海濱沙灘上每夜放光，清晨網得一石，後潮退又得二石，皆長三尺餘，寬尺餘，厚四寸，泥沙壅塞，不知其有字也，以爲無用，轉售於農家，農家亦不知其有字也，用堵猪圈，汙穢於糞壤中。時有趙秀才者，頗嗜金石文字，聞農家得巨石三，相隔數十里乘車往視之，見模糊似有字迹，以木板易之，載而歸，清泉滌净，觀之，乃顔魯公《祭侄文稿》刻石也，愛如拱璧，手搨以贈同人。今子孫析居，分而爲三，原拓殊不易覯也。

余觀審其文，見石角有殘缺數字，第一幅爲魯公親書《祭文稿》，第二幅爲陳深、陳繹曾二跋，前角亦殘數字，第三幅爲羅洪先、文徵明、鄧秉恒三跋，末有『吴門郡霖三摹鎸』七字。《祭文稿》後又有翁覃谿先生書，云『此所謂聶雙江本也念庵跋則後於停雲之刻九年矣亦足備考癸丑二月北平翁方綱』三十四字，考聶雙江名豹，《明史》有傳，吉安永豐人，正德十二年進士，初除松江華亭令，後援御史仕至兵部尚書。此墨迹一卷，得於華亭顧氏，後有二陳公手書題跋，嘉靖四年，文待詔見之，亦跋其尾，復摹勒上石，所謂『停雲館刻』，蓋在嘉靖二十年間也。

羅念庵名洪先，吉水人，見《明史·儒林傳》。未刻石以前已見此卷，嘉靖二十九年又跋，而亦勒諸石，其墨迹仍藏於聶氏，百三十餘年矣。至順治十三年，東昌鄧君秉恒官永豐，得見此卷，愛之。雙江五世孫荀因家貧求售，鄧君解數載鶴俸得之，康熙三年，亦跋其後，此卷遂歸於山東矣。《東坡集》謂此稿與《爭坐位稿》并藏於長安安師文家，至宋季陳深跋又云曾見於吳郡王氏，不知何時又歸華亭顧氏，後藏於永豐聶氏，復轉鬻於東昌鄧氏，溯自唐乾元元年戊戌至今咸豐丁巳已一千一百年矣。天生墨寶，尚在人間，定有神靈呵護。此墨迹之顛末也。

當停雲初刻時，第三石祇有文衡山一跋，而中間空餘半段，不解何故。後增念庵跋，而反刻於文氏之前，至康熙甲辰又增鄧君一跋，後識『邵某摹鐫』等字，豈復刻於吳門耶？若翁氏所題在乾隆五十八年，考覃谿先生壬申成進士，年甫二十，至癸丑年已六十一矣。《清秘述聞》載山東學政乾隆五十六年翁閣學任，則癸丑二月正任山東學政，時試東昌而見此石刻，因題識補刊，是此石仍在山東可知也。山東與復州隔一渤海，或由海舶覆溺，漂流至東岸耶？不然蘇州石刻何由至復州乎。此石刻之源委也。再考陳深，宋季吴門人，陳繹曾，元時吴興人，深跋爲行草書，繹曾與文羅諸跋俱小楷書，并皆佳妙，其辨證魯公兄侄死事綦詳。

嗚呼！魯公忠烈萃於一門，書法得乾坤之正氣，祭文尤哀慟悱惻，妙筆如虎卧龍跳，良堪寶貴，盥手展摹而樂爲之跋。

華長卿左忠毅公墨迹跋

此左忠毅公書楊忠愍詩，以贈史忠正者也。詩雖淺俗，而筆意豪爽，詞旨正大，竈嫗可解。人不以詩傳，詩乃以人傳。閣部爲桐城提學，鐖輔所取士早賞識於未第時，沆瀣一氣，書此詩以贈，有深意存焉。是卷縑素黯澹，而墨色晶瑩有光，筆勢飛舞，通城不以善書名，真贋亦未敢審定。忠臣手澤，已堪寶貴，昔岳忠武有言：『文官不愛錢，天下太平矣。』旨哉斯言，千古有同心也。嗟乎！忠愍既死於權奸，忠毅又死於閹宦，忠正卒殉於半壁江山，三忠皆不負讀書男兒，功名第一也。展卷敬觀，後世士夫之愛錢者，泚然有愧色矣。同治六年夏五。

趙新讀書舫文鈔序

古人云：『文以載道。』今之爲文者，類皆襲《史》《漢》，貌唐宋，剽竊膚末以盜名，否則雕繢塗飾，支離怪誕，甚或以俳優諧謔攙錯於其間，求一顯微闡幽，揚清激濁，大有關乎世道人心，而與道合者，蓋什百中不一見也。鄉先輩胡象三先生，曾於《津門詩鈔》中讀其詩，見其寄托遥深，意致清曠，望而知爲隱居樂道之士，求其文集，卒未一見，心竊憾焉。

歲乙丑，先生元孫小帆姻丈取《讀書舫遺稿》手自抄録，將付梓人，不憚千里走書索序，公餘之暇，反覆披閲，知先生之於文也，不事雕飾，脱口而出，傾吐其胸中所欲言，期於詞達而止。每遇忠孝節烈，雖庸夫俗子，亦必推闡盡致，極意表揚，使讀者如見其人，如親其事，而禮義廉耻之性，怦然有動於其中，此誠有係乎世道人心者，古人所謂載道之文，良不誣也。

予生晚，不得待先生謦欬，今復作風塵俗吏，軍書案牘，日益荒落，其何以答。小帆姻丈爲先生之元孫也，竟能舉先世散佚之文集而成之，其文其事，皆可風矣。或謂文只二十三篇，毋乃太少，然前人如羅鄂州、王長宗，文雖少，卒不可廢，蓋文期合乎道而已，又何取乎多哉。

楊光儀臺灣放棹圖跋

臺灣孤懸海外，自入我朝久隸版圖，居然一大都會矣。而濤瀧壯猛，官斯土者視爲畏途。華子聽橋赴粵東，舟行過此，山之險，物之怪，水之大且深，海立天驚，瞬息萬狀，無不呈奇效异於篷窗之際。爰倩同舟陳子蔚孫作《臺灣放棹圖》。倚窗長嘯，魚龍震動，是人視爲畏途者，聽橋獨覽之以爲快，其胸次何如耶。僕老矣，足迹未嘗出里門，欲一結山水緣，不可得。他日聽橋携圖歸來，假而懸諸壁，屋小於舟，有時狂風怒號，作波濤聲，僕亦可卧而游矣。

華光鼐書石鼓文跋後

按石鼓凡十，每鼓約徑三尺餘。甲鼓高一尺七寸，圍六尺六寸，字徑一寸，在國子監戟門内東側西向，凡十一行，行六字，共六十六字。潘氏《音訓》云：『原缺二字，計存六十四字。』今唯四十三字完好，僅存其半者三字，模糊可辨者十五字，校之《音訓》又缺三字，共十九句，句四字，重文十。

乙鼓高二尺一寸，圍六尺三寸，在戟門内東側西向，凡九行，行七字，末行五字，共六十一字，潘氏《音訓》云：『原缺一字，實存六十字。』今唯二十九字完好，僅存其半者十一字，校之《音訓》又殘缺二十字，共十七句，句四字，重文七。

丙鼓高一尺八寸，圍六尺四寸，在戟門内東側北向，凡十行，行七字，末行六字，共六十九字，潘氏《音訓》云：『存六十三字。』今唯三十二字完好，可識者十九字，存其半者九字，校之《音訓》又磨滅三字，共十八句，句五字者二。

丁鼓高二尺，圍七尺三寸，在戟門内東側北向，凡十行，行七字，末行六字，共六十九字，潘氏《音訓》云：『原缺十六字，存五十三字。』今唯二十六字完好，存其半者十一字，模糊可辨者五字，僅存末畫者三字，校之《音訓》又殘缺八字，共十八句，句五字者二。

戊鼓高二尺一寸，圍六尺八寸，在戟門内東側北向，凡十一行，行六字，共六十六字，潘氏《音訓》云：『存二十六字。』今唯十一字完好，存下數畫者二字，存偏旁者二字，校之《音訓》尚有十一字，今皆磨滅無存。

己鼓高一尺五寸，圍六尺八寸，在戟門内西側東向，潘氏《音訓》云：『乃散落民間穴中爲臼者。』凡十一行，上半殘缺，每行止存四字，末行一字，共四十一字，字皆完好，唯三字缺上數畫，俱不成句，蓋每行上皆有闕文，臼口平面有高廟《御製詩跋》。

庚鼓高二尺二寸，圍六尺七寸，凡十行，行六字，末行三字，共五十七字，在戟門内西側北向，潘氏《音訓》存十四字，今唯三字完好，模糊不全者六字，校之音訓，又剥落五字。

辛鼓高一尺六寸，圍六尺八寸，在戟門内西側東向，行字難辨，僅存十三字，施氏墨本所録尚多一『心』字，剥落可識者二字，峻整者十一字，褚氏家藏舊本止剩一『散』字，今盡亡矣。

壬鼓高二尺九寸，圍七尺八寸，在戟門内西北向，凡十五行，行五字，末行四字，共七十四字，潘氏《音訓》存五十二字，今唯二十二字完好，可辨識者十九字，僅存其半者二字，校之《音訓》，又剥落九字。

癸鼓高二尺一寸，圍六尺三寸，在戟門内西側北向，凡九行，行八字，共七十二字，潘氏《音訓》存二十五字，今唯一『又』字完好，缺畫可辨者四字，校之《音訓》所存又殘缺二十字。

自歐陽《集古》所録，其文可見者四百六十五字，磨滅不識者過半，後胡世將得先世藏本，在《集古》以前，可見者四百七十四字，孫巨源於佛龕中得唐人所録古文，可見者四百九十七字，視《資古》又前矣。據《古文苑》所載及王順伯、鄧漁仲二公《石鼓音》，皆言其文可見者四百七十四字，薛尚功《款識》所録乃得之前人石刻者，凡四百六十七字，東坡官鳳翔日所見者四百六十餘字，梅聖俞《贈逸老詩》亦云：『四百六十飛鳳凰。』趙夔《東坡詩注》云：『可見者四百一十七字，可識者二百七十二字。』元吾邱衍自謂以《甲秀堂譜》圖隨鼓形補闕字，又參以薛尚功諸作，亦僅得四百三十餘字，潘迪《音訓》凡三百九十九字，都元敬《金薤琳琅》、劉梅國《廣文選》所收與《音訓》同。永樂中，鄒緝所見者凡三百七十六字，劉侗《帝京景物略》、孫承澤《春明夢餘録》所載皆存三百二十五字，張養浩詩則以爲僅餘二百七十二字，至國朝馬驌所見者三百二十字，高士奇所見者三百二十五字，牛運震所見者三百二十二字，吴玉搢所見者三百十餘字，王昶所見者三百九字，《欽定日下舊聞考》核計全者止二百四十字，較諸家所見又少數十字矣。惟范氏天一閣所藏宋拓本最爲完備，然亦止四百六十二字，明楊慎乃謂得唐拓本，有七百二字之多，殊爲謬妄。元時唐愚士翻刻者六百五十七字，亦不足據。

此鼓不見稱於前代，至唐時始見於陳倉野中，韓昌黎爲博士時，請於祭酒，欲以數橐駝輿致太學，不從。憲宗初，鄭餘慶始遷之鳳翔孔子廟中，經五代之亂，遂至散失。宋司馬池知鳳翔日，輦置於府學門廡下，外以木櫺護之，其一已亡。皇祐四年，向傅師求於民間，得之，十鼓乃足。大觀二年，徙開封，初致之辟雍，置講堂後，辟雍廢，移入保和殿稽古閣，詔以金填其文，以示貴重，且絶摹拓之患。靖康末，金人得汴梁，奇玩悉輦至燕京，移者初不知此鼓爲何物，但見以金塗字，必貴物也，北徙之，置王宣撫宅，宅後爲大興府學。元大德末，虞集爲大都教授，得此鼓於泥土草萊中，皇慶癸丑，集助教成均言於時宰，得兵部差大車十承載之國學大成門内，分列左右壁下，爲磚壇以承之，有明一代仍其舊地。國朝乾隆五十五年，高廟臨雍講學，見石鼓原刻，懼其歲久漫漶，爲立重欄以蔽風雨，别選貞石摹勒十鼓之文，俾海内士人便於椎拓，誠千古藝林之快事也。

從來著録家如蘇昴《敘記》、徐浩《古迹記》、李嗣真《書後品》、張懷瓘《書斷》、竇臮《述書賦》、竇蒙《述書賦注》、李吉甫《元和郡縣志》、樂史《太平寰宇記》、周越《古今法書苑》、張彦遠《法書要録》、釋夢英《十八體書》、米芾《宣和書譜》、歐陽修《集古録》、薛尚功《鐘鼎款識》、黄長睿《東觀餘論》、趙明誠《金石録》、陳思《書苑菁華》、諸道《石刻録》、吴曾《能改齋漫録》、陳均《九朝編年備要》、高似孫《緯略》、王厚之《復齋碑録》、章樵《古女苑注》、秦觀《淮海集》、陳傅良《止齋集》、晁説之《嵩山集》、黄庶《伐檀集》、吾邱衍《學古編》、潘迪《石鼓文音訓》、郝經《陵川集》、趙彦材《東坡詩注》、曹昭《格古要論》、王佐《格古要論補》、朱存理《鐵網珊瑚》、徐官《古今印史》、都穆《金薤琳琅》、喬氏《金石古文》、楊慎《風雅逸篇》《升庵外集》、王世貞《弇州山人稿》、王直《文端公集》、陸深《金臺紀聞》、曹學佺《名勝志》、沈德符《野獲編》、周之士《游鶴堂墨藪》、謝肇淛《五雜俎》、婁堅《學古緒言》、趙崡《石墨鐫華》、朱茂曙《兩京求舊録》、劉侗《帝京景物略》、孫承澤《春明夢餘録》、吴玉搢《金石存》、王澍《虛舟題跋》諸書，并稱爲周宣王時史籀所書，其形諸歌咏者，自韋、韓、蘇而外，如梅堯臣《宛陵集》、蘇轍《欒城集》、張耒《宛邱集》、洪适《盤洲集》、周伯温《近光集》、張養浩《歸田稿》、揭傒斯《秋宜集》、宋褧《燕石集》、馬臻《霞外集》、吴師道《禮部集》、吴萊《淵穎集》、唐之淳《萍居稿》、宋濂《潛溪集》、程敏政《篁墩集》、李東陽《懷麓堂集》、何景明《大復集》、王家屏《復宿山房集》、朱國祚《介石齋集》，及《文翰類選》載李丙奎賦、《燕都游覽志》載羅曾賦、《鐵網珊瑚》載顧文昭、盧原質詩，《列朝詩集》載郭天中詩，胥無异議，他若董逌、程大昌據《左傳》成有『岐陽之蒐』，以爲成王物，從而和之者郭宗昌、諸九鼎、孫和斗、查慎行、毛先舒、梁章鉅也。鄧樵據『殹丞』二字見秦斤、秦權，以爲秦物，從而和之者鄧杓、鞏豐、楊慎《丹鉛録》也。馬定國據《後周書》以爲宇文物，從而和之者温彦威、姚寬、劉仁本、焦竑、顧炎武、萬斯同、孫星衍也。陸友仁據《北史》亦以爲元魏時所刻，翟耆年、黄穮、熊仁本諸家則并疑其僞，辨難紛紛，悉非定論也。

華光鼐書陸放翁鐘山題名跋後

《宋史》本傳，隆興二年，放翁出爲通判建康，時爲甲申，即此題名之前一年也。趙甌北《放翁年譜》據集中有《鎮江城隍忠神廟碑記》，故云『乾道元年乙酉，先生在鎮江』，而此題名并未引及，據此題名，則放翁自建康移官鎮江當在乙酉之冬，足正趙譜之疏舛。至《入蜀記》云：『乾道六年七月八日晨，至鐘山定林庵。今庵經火，尺椽無復存者。予乙酉秋嘗雨中獨來游，留字壁間，後人移刻崖石，讀之感嘆，蓋已五六年矣。』此更足補趙譜所未備。放翁先生游山題字，閲五六年，重到其地讀之，而不禁感嘆，然則六百八十餘年以後之人，復拓而讀之，其感嘆又何如也。

天津文鈔卷二終

天津文鈔卷三……書牘之屬

天津　華光鼐少梅輯
王守恂仁安編訂
同里　金鉞浚宣校訂

王文樸上大學士鄂公書

相公閣下：某自筮仕以來，即知天下有鄂公其人，蓋非常人也，所謂與聖賢爲徒者，竊以不得親炙於門下是耻。既而以吏部郎隨高安師相至江浙，因得仰瞻色笑，且於海岸追從數晝夜，深荷不鄙愚蒙，俾後學小子聞所未聞。返棹之際又辱賜賮，某雖未敢全領，而藉此以達維揚，得市牲醴祭，掃先塋，其自高曾以上皆拜恩貺，又不但某一身感戴已矣。

及抵京未三月，即蒙恩授河東運同。在任兢兢，惟恐少有隕越，以爲知己羞。無如書生不諳世故，緣事去職，蒙恩召見，發陝，以對品委署試用。自揣疏庸，不敢妄膺顯秩，求判扶風，不過奔走差遣，少盡臣子報效之私而已。詎意又染寒疾，值閣下經略西陲，竟不得泥首車前，叩謝前恩，負心之疚，實如芒刺。丑冬告歸，於今秋河干接見高安師相，述閣下眷注甚殷。某何人，乃辱大賢垂念至此，既感且愧，益欲嗚謝。

適遭國喪，普天下皆在痛悼之中，況某曾爲侍從之臣哉。攀尾無自，號泣靡涯。

伏念大行皇帝臨御十三年，修廢舉墜，治具畢张。今上御極，舉措新政，已洽輿望，而海内尤懽欣鼓舞者，以閣下起視事，與高安、桐城兩師相同心輔政，謨明弼諧，一時碩德重望如滇撫楊公、直撫李公相繼并起。此雖深山石隱，猶且共慶彈冠，况在某素邀青盼者哉。第患病以來，精力耗散，誠恐再有謬誤，重爲身名之累。且貧甚，不能具僕馬居停之費，自分已矣，無緣追隨執事，載記功德，而此中愚誠，實有不能自遏之處。當此千載一時，豈敢避越位之嫌，緘默不一吐露耶？

竊以啓沃者，輔弼講讀之任也，此外不過用人行政而已。然治天下者非行政之是亟，而惟不得人之足患，蓋徒法不能以自行也，請舉數十年之利弊而言之。我朝酌古準今，定爲規制，可謂極明且備。及聖祖末年，敦尚寬大，中外輾轉欺蒙，公行賄賂，剥民脂以奉其長官而不足。甚至竊庫藏以濟之，故一時多盗臣。先帝深知其弊，痛行懲創，凡内外司計，一切徹底澄清，乃奉行者不能洞察其原，妄意歸公，而其下屬化之一切奉行故事，毫無實力，故一時多具臣。即有少持公道之大吏，又至矯枉過正，昧大體而務苛細。即有少持公道之大吏，不過依違兩可，模棱而已。試問其聽聞者有一百姓在乎？不過大小各官朔望一拜而已。積貯社倉，功令也，試問其借給者有一實在窮民乎？不過食正、倉副市情於豪猾而已。慎簡刑獄，功令也，試問其成讞者果皆情得其平乎？不過彌縫附會，使案件易结而已。編查保甲，功令也，試問其設行者果使居民皆安堵乎？究之盜未弭而民先擾也。勸農興墾，開渠振濟，皆大利美政也，試問其承任者果皆因地制宜，俾窮黎皆得其所乎？究之功雖成而得不償失，事雖竣而實不稱名也。此豈古多循吏，而今日獨不然哉。其故蓋有二：一則用人之途太雜而不精，一則察吏之法止舉其末，而遺其本也。夫用人何以太雜？天下事有知之而未必盡能行之者，斷未有不知而能行者也。故人必深明尊君親上之義，而後可以致其腹心手足之誠，抑必實有民胞物與之懷，而後可以成其先憂後樂之志。如此者，固舍學無由矣。

我國家養士近百年，董以師儒，給以廩餼，程督之於歲科，選舉之於鄉會，合三年數千萬人之中，所拔者二三百人耳。儲之如此，其豫且備也；簡之如此，其慎且詳也。宜乎人皆稽古通今，有體而有用矣。而猶或有拘文牽義，不通世務者。至於捐納人員，多係富商賈兒，不達國體，不悉人情，乃一旦舉民社而授之，抑何其重之於學古之儒，而輕之於此輩也。

昔者某嘗言其十弊，另録呈覽外，幸於雍正二年秋，恭逢大行皇帝聖明獨斷，敕令停止捐納，天下四方，正切踴躍歡呼，未幾西師復興，加以各處工役復又紛紛開例，然不過一時權宜之計，原未嘗爲久遠之規也。今者達人服而大工以次竣，或者惜名器以尊國體，杜僥倖以求良材，永停捐納，此其時乎。至於现在入班人員，既已藉其財力，固不當無所酬以失大信，然斷不得冒濫相授，毫無别擇於其間。夫牧令者，民之父母，郡守爲表率之官，與民至近，其治民事亦至親。若以捐納者爲之，無論其不肖也，即使人而果賢，而亦不可以其市井之身型方而訓俗矣。請嗣後凡選掣守令、正印官，斷不得令捐納人員升補。至各員於謁選之年，飭令直省督撫查明該員家世是否清白，素行若何，有無欠糧并諸違礙等弊，取具切實，保結咨送吏部。日後有首告該員出身不正，及未仕以前惡迹者，審確，將出結之員一并治罪。督撫照失察律議罰。及赴部投供，應令各將所知時務或河工、漕運、屯田、營繕、圜法、鹽法、税務、馬政等類撰策一道，再律例原委，古今得失，并現今則例之中有未妥協，能自出識見詳定之處，撰論一篇，具卷隨供單投送，其卷頁必留餘幅，選司於議官日先期傳齊现月應選之員，指其所撰策論中駁問詰難數條，粘簽於上，使各按所指駁者條對於所留卷頁之後，選司止定其甲乙，於議官日呈堂公定去取。其不在所取者，飭令回籍學習，限一年，滿日再行赴部考定開缺，於下月另選。如三考皆不見取，足徵其下愚無識，則發回原籍，永不敘用。至掣籤後引見，即令該員將在部所對策論約略數語，繕寫入摺呈覽，恭候欽定。其科甲人員已於鄉會場中著有策論，自無庸復贅，止於履歷摺内條陳一二事，如舊例可也。若所條陳迂疏不可行，應作何改用之處，亦恭候欽定。如此則捐納人雖非學古人官，然亦不至一不無所知，或者猶可驅策耳。

至於察吏，何以舉其末而遺其本？蓋天子爲民而置督撫司道守令之臣，則未有舍民事而别有所爲事者也。今督撫察吏之法，其有爲民請命者，則斥之曰『沽名』，而别著考語曰『辦事』。是所謂事將在徵發、期會、催科及刀筆之簿書也，不幾區國與民爲二耶？不知守令之爱民，即督撫之愛民，其實奉宣德意，皆天子之愛民也。《書》曰：『勿違道以干百姓之譽。』蓋必違道以干譽，而後可曰『沽名』。如其道也，國家將求之而不可得者，奈何遽以『沽名』二字一概抹煞，無惑乎今日親民之官風，其民如秦越人之相視肥瘠也已。

夫庶司既不以民事爲事，而督撫大吏舉朝廷之仁心仁政，所以施及於民者，方且有加而無已。條教法制所以防其不然於民者，亦且三令而五申，譬如父母不能自育其兒，勢必雇倩乳母以代育，此自當擇其慈者而寄之可也。今也既不暇擇矣，而又恐乳母之慈其兒，將兒止知乳母之爲母，而不復知其母也，務自屢以果餅賜兒食，又戒其乳母不得蠱惑兒，乳母亦遂恝視焉，不時其飢飽而一切任之，或且掩其啼以欺父母之聽，如此者三年，兒雖不死，而體亦嘶羸矣。然則察吏之道即此可知也。請飭行各省督撫，於所屬守令，平日程督務責重在民事，及大集時，舉其所以爲養者如何，所以爲教者如何，各將其事實於四柱册政事之下，註明『慈』『惠』『寬』『嚴』等字，并將實迹開後，再於送部引見人員，出具考語，必以撫民爲先，庶幾顧名思義，在官者皆知民事之爲重矣。抑某更有請者，保薦一法實爲疏通之路，而薦賢蒙上賞，蔽賢膺顯戮，古之法也，查定例開載，凡舉非其人與應舉而不舉者，俱有處分。至於舉得其人，作何議敘，亦應定著爲例。庶人皆知鼓舞，而争以進賢爲務，則以實心行實政，又何患恩膏不實逮於小民哉！

王又樸上兩江制府尹公書

竊某於昨稟辭之際，伏見閣下憂國憂民，鬱然形於詞色間，自愧暗昧，無能仰副清問，退而思及平素友朋問答，亦似有愚人一得，雖身已即閑，義不謀政，然以受知門下，求所以慰釋慈懷者不得，故不揣冒妄，敢以私陳之。

竊計今日之時勢，其猶可爲力以補苴者有二：一天時，一人事。請先言人事。某知見未廣，止在廬言廬，即如無爲一州，地號産米之區，然當農務正殷之日，民之失時者亦多矣。何也？主苦於無種，佃苦於無牛，又或家無餘丁，耕耘收穫，不能不別募夫以助，而又苦於無資，及展轉稱貸，而幸而得之，則時已後，時既後則收必薄，是人事之絀，因而不能盡其地利也。一邑如此，他可類推矣。夫古人最重農時，誠不可以不豫也。愚昧之見，似應仿古田畯、臣工、保介所爲而設置農官，即今日之約正、約副、倉正、倉副中選擇充之，責令隨時履勘，查有不足者，即於社倉中那借以資助之。然先須清查社倉原貯米穀之數，以備所用，三年中如該農官管内畝出能增多昔日者，請錫之章服以榮之，其有才能奬，率九載三考，畝出數倍加增者，視其身有無職銜，抵捐一級，報部選授以酬，其庸無能者汰之，此亦省耕省斂之遺意也。官不另設，而即以民治民，法惟循舊，而稍爲變通，如此，雖不能盡收實效，然一處得人，自必獲一處之益矣。

至於天時，雖曰渺茫難憑，然其理則實有可信。古人藏冰出冰，行火變火，所以調燮陰陽，拟濟民生者，無所不至。及偶有旱乾水溢，則又修省祈禳，以爲之補救，理在而氣以行，天人上下未有不可通者也。今人則德不足，而感格者先已無其本，所謂修省，不過禁止屠酤而已，所謂祈禳，不過設壇拜跪而已，類皆虛應故事，而所以調燮之者又無其法，及天不我應，則曰氣數如此，人何能爲，豈《禹謨》所修，《洪範》所陳，參贊化育之功，輔相天地之宜，聖賢言論，概皆誣乎！某向往關中，見用董子《春秋繁露》之法祈求雨暘，無不應，及來吴，于濡于新安蓋三用之，皆效。又推其意建土星祠于江干，而江溜漸移，今已積沙不爲壩害矣。蓋其器則分五色，以配四令，其數則本《河圖》《洛書》以合生成，其理則調燮愆陽伏陰之氣，而使之順乎時之正。蓋推衍《謨》《範》所言而著爲成法，昔人以人力回天之事也，豈讖緯術數之可比哉。然某何足道，惟閣下德積諸躬，早有以孚乎天，而仁心仁政又浹洽乎三省，三省人民莫不戴之如父母，則閣下一人之身，實即三省百千萬人之身也。閣下能篤信《繁露》之説，設誠而致行之，則必效。何也？有董子之德，是故能行董子之事，而有董子之德，則又不可不行董子之事。譬如醫藥，德則醫也，其事則丸散湯劑之方也，雖然，醫雖良，豈能舍古方而活人哉。夫昆蟲草木之至不可比數者，猶足以已人之疾，則天地之疾謂人不能已之，無是理矣。閣下者三省之統率也，而三省之牧令則親民之官也，使今日牧令果能修董子之德，則用之而效亦如董子矣。不然，是又一具文也。

某不知其他，廬之屬吏有巢令狄寬者，一循謹書生耳，聞其在巢惟以孝弟力田督其民，近又開山田以爲圩，始而民苦之，至秋禾倍收，則又甚德之。然則地利尚有未盡者與？使州縣而有一二如狄令，則米穀所出必當多，使三省牧令而皆如狄令，則米穀所出當不可勝食矣。顧閣下廉訪之，果實，或再查有務本計若此者，皆旌之，以爲諸邑勸，其庶幾敏辯取給之輩非真才，而悃愊無華之中有良吏乎。

月之八日爲嶽降辰，某不能待而歸，然心難自釋也。謹命工繪古良相圖，而系之以辭，托鄉人張圻代呈之，其亦瓣香祝南豐之意云爾。惟愍節勞頤養，以壽身者壽世，某雖老，或猶及扶杖以觀德化之成，未可知矣。

王又樸答龔孝廉書

辱示謁闕里、登泰岱并前游華諸記，受而讀之，一似唐人百家中郭代公、李衛丞輩諸行記，而稍近淺。夫郭、李尚非文之至，況其淺焉耶。抑闕里、華岱，天下之巨觀也，其間包育深細，吞瀉萬有，崇閎瑰异之概，今欲指而稱之，所謂一部十七史從何處説起。將以志吾所歷歟？其由某至某，某名曰某，古及今歷焉者可更僕數乎？亦孰不皆知之而皆能言之。嗚呼！自非高文典册、擅雅頌謨誥之手，亦孰能與于斯哉。足下學道人，其心至虚，故直言之如此，雖樸所言未必即衷乎是，而其直故可取也。

竊以爲記者，原以記一時之景物人事，并其顛末成毁，此大凡也。然體有二：此物此事始無而今有，或有而廢，今興之，則論而記之，如《徐泗濠三州節度掌書記廳石記》《新修滕王閣記》《吉州學記》《豐樂亭記》等文是也；此物此事世有而未見，或見非一見，而得于一時之奇，則敘而記之，如《宜城驛記》《畫記》《峽州至喜亭記》《菱谿石記》等文是也。此皆提束有法，錯落有致，點綴有情，固非苟于作者矣。至于記游山者，則莫如柳州《始得西山宴游》《小石城山》《袁家渴》《鈷鉧潭》諸記，起結惝恍，另有結搆，并非處處藻繢，物物摹寫，爲同人先生所譏者也。唯柳州山水近治可游者一記始鱗次諸山水，然段落章法純學《禹貢》《水經注》，亦非山水帳簿可比。足下將此等文字熟讀數百過，則下筆自有法度矣。然近日多好學歐陽永叔《醉翁亭記》，不知此切不可學，蓋古無此體，而歐偶創爲之，可一不可有二者也。

抑吾又聞之，古不在字句，以意脉氣體古耳。是以學古人尤貴善學古人，不然優孟衣冠，神理都不似也。今之日可與共學者，孰有如君者耶？獨惜吾老矣，君未可量也。千里縷縷翹首，曷既謹奉近所爲記五、詩二，并已刻文四十首，《勸學詩》三十韵，以塵清覽，亦察其所用心，可乎？

王又樸乾州詳請興建水利樹桑養蠶議

爲勸課農桑、裕民衣食事，竊照關中沃野，古稱天府之國，然自明末爲流賊所殘，凋瘵未復。至康熙庚子、辛丑間，歲偶洊飢，遂至民有持千錢易粟不及二斗者，蓋民間之無蓋藏久矣。

雍正初議者，以歸公耗羨半給衆官養廉外，其半爲積貯費，於是常平社倉紛紛建置，制不可爲不詳也。然積貯者，必因通都大邑連歲皆大有秋，以至于粒米狼戾，農人有熟荒之患。於是官始收貯之，至歉歲則平糶以利民，所謂不得已以通其窮，雖于民未嘗無小補，而究非治平久大之良規也。何也？夫民間之粟，自在民間，非必水濕而火化也，豈必官貯之而後有濟哉。自貯之于官，則即一二地之偶豐，而亦必下采買之令，當其議采買之時，令長必取其時值報上官，及報可，則此一二邑即按所報之值發之行户，而責其輸于倉，而鄰封之粟不給者，又將收之於此，則甫一采買，而米價即未有不騰踊者矣。而吏又不能更爲請也，是民未享歉歲減粜之利，而先受豐年抑價之苦。而闤闠之買食亦又艱矣。且今日入之，异日出之，雖有幹吏，不能不假手于吏胥，而吏胥勢又不能不上下其手，而久貯又不免有濕熱蒸變、雀鼠耗損之虞。以致牧令交代，視爲畏途，然未有敢以積貯爲非者。

議者曰：『官不貯則奸販必囤積以爲利。』夫即囤積爲利，亦利在民耳。若官貯之，是官奪其利以爲利也。然則積貯者止可以利國病官，而實無所濟于民，欲此民之實有濟，則唯不以官養民，而俾官之自相爲養焉，則地利不可以不盡矣。查三輔地方，東自潼華以西，至于汧隴，南有太華、少華、終南、太白諸山，北有岐梁以及延綏一帶諸山，中間渭水一綫，納諸流而注之河，渭之南岸則皆平原高阜，遼闊奥衍，并無陂塘池澤以蓄水，故三輔之地不苦潦而苦旱。然涇、洛、滻、灞未嘗不可析而分流之，灃、潏、瀌、赤、頻、樊同武亭、漠谷、北塔、清澗、箕谷、皤溪、斜谷、韋谷、駱谷、黑澇諸水，未嘗不可閘而潴蓄之也。考之《周禮·田制》，有畎、有澮、有遂、有溝、有洫，則宅鎬京而成賦綜理蓋極詳。及秦開阡陌，而周制湮廢者幾二千餘年，或者其有待于今日乎？

職查各郡邑常平社倉今皆已充，是積者無庸再積矣。誠歲出其積貯備耗羨之半，分遣郡丞倅審今地勢而則古法，則從此耕三餘一，耕九餘三，而藏富於民者永無終窮矣。再職今所牧之乾州與邠接境，皆古豳國也，察其風土視三輔爲寒，似于蠶桑非宜，然《豳風》之詩曰：『蠶月條桑。』又曰：『八月載績，載元載黄。我朱孔陽，爲公子裳。』而《瞻卬》之刺幽王曰：『婦無公事，休其蠶織。』時則未東遷，依然豐鎬之舊也，然則古今豈异宜耶。雍正十一年，兖客有來漢沔教民之治蠶者，還過寶鷄，其令梁成武止之，以習其民爲縑，視兖而色微黝也，蓋無桑而蠶則食山中之槲葉也。茂陵楊生聞而慕之，乃手植桑二十株，督其婦拟治蠶，歲得縑數匹，亦與吴越無大异。楊生乃著《豳風廣義》一書，極言關中可治蠶狀，并悉其浴種、繅絲諸法，詳而且切。職親過其里，觀其桑蠶織具，蓋信然也。則推是而行之，亦何地之不可者。即請以水刑之餘資，置桑種數百十斛，散布各邑，令民各于其舍傍田畔雜種之，延吴婦以爲之師，將見不出數年而纖縞筐篚可敵湖嘉矣。

沈峻吴川防海議

高州東南距海以電白，吴川爲要害，電白外有大小放鷄，吴川外有硇洲，其地下鄰雷州、白鴿、錦囊，南至海安，自電白、放鷄而南，硇洲擺懸，其中暗礁暗沙難悉數，非熟諳者莫敢入，實足爲高州之護。然鄰境洋面未靖，則吴川防範宜嚴。

余以爲防海之策，外洋利哨探，内洋利攻擊。善攻擊者在勤操演、設團練。夫船猶馬也，水師之船若久泊内港，絶不行使，則人船不相習，不知風水之性，不歷波濤之險，臨敵方傾覆是懼，烏能制勝，故首勤操演。兵以衛民，不若使民自衛，編查各村壯丁，分領以團長，統領以團總，俾老成紳耆充之。官予軍火，以時操練，無事則守望，有事則出戰，既可補汛兵之不足，而居民亦藉以保護其身家，故次設團練，而其要則尤在絶盜需。蓋盜船必資料糧，愚民趨利若鶩，透漏交通，事所不免，應嚴查濱海漁船，祇許單桅平底，朝出暮歸，不許雙桅尖底，經旬不返。凡扛料硝磺之類悉厲禁，接濟内斷，盜自立散。至堵禦之法，宜合而不宜分，惟有固海岸、防港口，專致力於盜所從入之途而已。

梅成棟上王執軒觀察書

竊見自古荒歉之年，必有撫恤之典：或賜蠲賜賑，例有明條；或給米施粥，恩周格外。所以拯民命而救天灾者，全賴在位至德仁人，軫念民艱，曲爲調濟。如范文正公之發粟繼餉，富鄭公之捐資貸米，創非常之舉用，能續垂絶之命，消無形之患，而造無窮之福，往册可稽也。夫仁心仁政安見今不如古，而下情容未盡悉，不有人焉臚陳其形而上達之，亦布澤無由耳。

今年直隸水潦歉收，被灾數十州縣，津邑之灾大异往歲。往年救荒之政靡條不舉，四鄉飢民来就食者，或有賑可領，或有粥可餐，藉以延生，免至餓殍。今歲流亡來郡者，扶老提幼，踣頓而至，無所得食，晝則換門哀乞，夜無栖止之區，當此苦寒，飢凍而死者不知凡幾。目下斗米千錢，束薪百錢，擔負小民日獲之資，買薪則缺米，糴米則缺薪，日以一食爲常，其不能舉火者又不知幾千户也。津郡素號饒區，通衢闠市似不甚形荒瘠，其鵠形菜色之民惸惸聚泣者，皆在委巷之中、蓬門之下，賣兒鬻女，號寒啼飢，種種可憐之狀，莫忍見聞也。離城三四里外，葄屋窮檐，茹草啖糠，其形更慘。棟等聚族此土，故可周知，而臨民上者勢難遍燭。

夫民之病也其端有二：一由於上之未得見也，曰無告我者，豈能排户問之而拯之耶；一由於下之不敢言也，曰言之或恐不能用也。棟愚以爲不然，下勿言也，不得謂救者無人，上果用也，亦烏可言之不盡。恭惟觀察以股肱之重臣，膺鈞台之大任，駐節以來加惠商民，頌聲四溢，仁民爱物之心，何异於古之范文正公、富鄭公其人者，所有荒瘠情形不籲告于觀察而誰告乎。

竊以目前情况，以施粥爲急，施錢施米次之。郡城殷富之民相周相恤，未必無好行其德者，或憚於倡始，或不敢居名，或恐獨力莫支，其貲難繼，於是因循坐視，無爲援手。以觀察德望之隆，倘率文武同僚先爲提倡，一經鼓勵，再加勸勉，必有踴躍樂施之民仰承慈惠而恐後者。即如天津以海船營生者，米商糧店不下數十家，今年皆獲數倍之利，即内外各引商家雖有疲乏，亦有豐裕。諭以捐貲，分多潤寡，揆之情理，非强所難，四門内外，擇地設廠，或煮粥糜，或給錢米，悉有成條，可爲查核。枵腹之民，日獲一飽，庶老弱可免轉於溝壑，强壯不致迫爲盗賊，完其骨肉，保其廉耻，是續其垂絶之命而弭無形之患，造福豈有際耶。

往歲荒年，就食飢民冬來春散，爲有地可耕耳。明歲不然，田在水中，無從墾植，既無田可耕，又無鄉可返，勢不得不聚死於此，其事尚未可問乎。故粥米之施，不可再緩，似宜自今爲始，明年二月爲止，庶爲飢民延一綫之生，以上副聖天子降詔周諮、軫恤黎元之至意。

棟白屋寒士，目睹情形，深愧乏力，不敢不縷舉情形，代陳鈞聽，不勝惶悚之至。

華長卿上倭艮峰先生書

竊惟修史必遵體例，纂言首重發凡，况志乘统繫夫陪京，繕本恭呈於御覽，尤應博求涉獵，詳審校讎，俾能勒有成書，早得襄兹盛舉。謹就豹斑一得，敬擬蠡測十條，用備蕘詢，藉資芻采。

一、志書之有景定、建康尚矣，前明一代若康對山之《武功志》、王守溪之《姑蘇志》、吕涇野之《高陵志》、韓五泉之《朝邑志》，所謂鐵中錚錚者，亦指不數屈。我朝統一土宇，文教誕敷，高廟屢詔修輯，是以海澨山陬，莫不編纂，勒有成書。職曩讀《畿輔》《浙江》《江南》《河南》《山西通志》，暨各府州縣志，其撰輯精嚴以《山西通志》爲最，至於《盛京通志》吕洪山等處錯誤，經高廟改正，并奉有『舛漏遺缺，不一而足』之諭，現擬重修，必廣搜采，以補文獻之未備，應將十七史、《宋》《遼》《金》《元》《明史》《明一統志》《大清一統志》《會典》及諸家全集各書，凡可以引證者，彙列備考。

一、《堯典》《臯謨》乃虞廷史官之筆，非帝王聖製也，舊志以列聖詔諭詩文爲《典謨志》，殊乖體例，即以『詔諭』名志，似較質樸，敬擬曰宸章、曰宸翰、曰天章，罄無不宜，必聖製之有關於盛京者，敬謹裒集，若統諭各直省者，未敢恭繕，應盥讀列祖列宗諭旨、御製詩文集，恪恭抄録。

一、盛京爲國朝發祥根本重地，素精騎射，各鎮守星布雲屯，延袤數千里，統兵數十萬，兼轄東三盟，武備甲於各省，似應補《武備志》，將軍、副都統以下各武職及兵餉軍務詳悉載入。又東南三面濱海，控制日本、朝鮮諸國，而旅順各口，近對登萊，遠接大洋，時虞盜艇出没，舊有《旅順海防圖》，今已失載，似應補繪入《海防志》，金州水師各營炮臺戰船等項，一并附載。又沿邊東北嚴設十三邊門巡防，羅列吉林、黑龍江各城，密邇外藩，尤爲邊陲險要，似應補《邊防志》，凡城守防禦及巡察臺站差使隨時分載。

一、重修舊志，凡疆域、山川、物産諸類略加修飾，較易爲力，應采訪補輯者獨《職官》《選舉》《户口》《田賦》《人物》諸志最要也。

一、《古迹》一門凡千百年以前之城堡、樓臺、園亭、祠墓等有關名勝，令人景仰，與《懷舊志》將歷朝之廢府州縣一併開列，涉於泛濫。

一、《名宦志》即名宦祠應入之人，必能捍灾禦難、興利除弊、實有益於國計民生、兵農學校者，方應載入。且與《職官志》相通，分代纂輯舊志，遠列箕子爲周之名宦，又司馬懿爲三國之名宦，未免失實。

一、《人物志》即該括諸史之循吏、忠義、儒林、文苑等傳，總名『人物』也，必須生長斯土，確有可紀者，依次纂入。舊志載劣弱之公孫恭、賣父之李璀，亦屬非是。遼金二代遍入十之七八，即可當遼史、金史乎。本朝開國元勛彪炳都京，無异漢之豐沛，乃僅列名謚，未敘事實，應考《國史·大臣》等傳補入。

一、史書藝文志中分列經史子集，只載某書某人撰卷數而已，至志書則分碑、銘、傳、記、序、賦、詩文，然必著述有關於政績風化，使讀者感發則效，方傳不朽。舊志若《江西羅倫墓志》《懷古百韵》，均與盛京無涉，亦非名作，諸如此類，不勝枚舉。

一、志書體例向無《驛站》一門，似應附於《疆域》。又《隱逸》《孝義》應附於《人物志》中。至於《方伎》《仙釋》不必專立一門，附於《雜志》，則卷帙可省矣。

一、圖書原於河洛，有書即有圖也。按圖證書，瞭若列眉，然畫疆分界，必應計里開方，遠邇不至混沌，仍須剞劂精工，校讎詳慎，庶免淮雨別風之誤、烏焉帝虎之譌。

要之，府志與州縣志不同，通志與府志又异，所貴提要鈎元，總宏綱而不及瑣屑也。

華長卿采金議

蓋聞天不愛道，地不愛寶，寶藏具於山，貨財殖於水，然必資乎人力，斯取之不盡，用之不竭也。夫金、銀、銅、鐵、鉛、錫皆産於山，非蕴蓄數百年，則其苗不旺。向例封禁開采者，恐屢泄地氣，有妨地脈，又恐聚集游民，别滋事端，并非永遠封禁，任寶藏之興，而廢弃不用也。

奉天開原之東山綿亘數百里，南接象牙山，與鐵嶺交界，山中俱産金，土人每於砂石中揀得之，其小者如豆、如桃仁、如棗實，其大者如球、如杯。歷禁止采取，設有界官兵役嚴緝之，然奉行故事，相沿已久，其黠者或從中漁利，是以明禁之而實縱之也。十餘年前，砂金者不過圍場之獵户、邊口之山民耳，近來禁止宮參，而數千之丁夫無所事事。况利之所在，人共趨之，加以金復海蓋之灾民、山東登萊之游民相率北來，愈聚愈衆，而逃軍流犯亦不免溷迹其中，萃爲淵藪，遂釀成李四通一案。

李四通者，砂金之頭目也，在開原城東二百四十里之大金場居焉，豪踞一方，黨羽供其指使。四通以砂金爲業，每金一分，約售東錢數百。其黨萬餘人，日需糧數十石，皆仰給於八家子之常理。常理乃縣之革役，居城東一百九十里之八家子，賣糧致富，居室二百餘間。有鄉約丁貴者，藉團練爲名，横征暴斂，與常狼狽爲奸，四通之黨買糧於八家子，常理輒增其價，丁復加使用錢，四通怒率其黨，至八家子争辨，勢甚汹汹。常佯爲謝罪，甲寅五月，常與丁謀誘四通飲宴，醉斃支解而抛之水中。四通既死，其黨糾衆執械至八家子，毁常室而焚之，常、丁逃去，雙佐領、劉司獄前往弹壓，爲賊羈留者兩月。迨將常、丁二人正法，持其首級與賊，雙、劉始得歸。先是，某防禦至英額門稽查賊匪，竟爲陳姓者縛而挟之，贖歸不敢復往，此後砂金者益無忌憚矣。

現值國家經費支絀之時，議行鈔法、議鑄大錢、采買銅觔，究屬弊多而利少。夫欲節其流不若開其源，欲興其利必先除其害。今象牙山等處金苗甚旺，銀礦已裂，徒資無賴之山賊與四方之游民，遂至釀成巨案，更恐日復一日，其患有不可勝言者。何若開其禁，招其人使爲官采取，給其工費而收其寶藏，未始非裕國便民之一端也。説者謂開山有關陵脈，此惑於风水之説，未識地不愛寶之義者也。即使果於地脈有礙，官不采而任賊采之，其封禁者安在也。苟能明示教令，嚴定章程，因民之所利而利之，尤在乎用得其人，古所謂『有治人，無治法』者，一轉移間害除而利興矣，於經費未嘗無小補云。

天津文鈔卷三終

天津文鈔卷四·傳志之屬

天津　華光鼐少梅輯
王守恂仁安編訂
同里　金鉞浚宣校訂

朱函夏李仲白傳

李友太字仲白，大拙其别號也，少而慕義。有王金聲者，自山東携家赴京，困於天津旅次，鬻其子，同里邢秀才亦以貧鬻其女，先生一贈金遣之，一贖而嫁之。節婦梅氏歿，無以葬，先生葬之，正書以表其墓，人以是多稱之者。讀書不爲舉子業，好古其天性也，常覃精於金石之文，凡篆籀分隸、碑碣圖書、一切鼎彝古器，考核品題，摩挲不能去手。臨書無苟筆，結體方嚴，與其爲人適相肖也。造次舉步亦若有繩尺，不容改錯。遭婦人於塗，却立回身，度已去乃進。是以避俗成迂，踽行近僻，市中兒固姍笑之矣。

里人陳玠與爲忘年交，有宋某慕其爲人，欲有所問遺，而請介於陳子。陳往造之，冬月天寒，著短布襖出迎，入其屋可五六尺許，一拓僅容身，破硯置竈側，秃筆数管繩束之。性喜啜茗，茗熟，接膝清談，聞叩門聲，宋使來餉，却之甚力，雖陳詞懇款，十受其一，然迥非所欲也。晚歲松身鶴立，雙瞳煜煜有神。

男三人，女一人，女知書工畫，先生嚴於相攸，既歿，女遂終身不嫁。

王文樸江南三賢媛傳

古云『王化起於閨門』，閨門之貞邪，風俗之盛衰繫之，可不重歟。蓋女子一生有三節焉，未適人爲女，既適人爲婦，生子矣則爲母，此各有其道，過之猶不及也。然流俗靡靡，江河日下，非有奇節特性，何以迴既倒之狂瀾乎。余游吴，據所聞得三賢媛焉。

貞女郭氏者，故吴庠生郭華培之女，許字同里人洪仕灝，未歸而仕灝死，氏聞訃，請於父母曰：『兒當往。』父母執不可，輒號不食，不得已聽之。時年二十有三也。既往，其舅耄且病，事之儼如父。家故貧，薪水憂不給，氏乃佐之以十指，更出其金條，脱授翁曰：『少易甘旨費，老人豈堪此粗糲餐耶。』夫柩不能葬，爲盡鬻其釵梳衣飾，以營兆域，自築生壙於其右，蓋穀异室，死同穴，矢死靡他之志也。迨夫之弟生子，即撫爲嗣，不能延師，自訓之，并授女弟子，以終其身。親族欲申之當事，求表其廬，辭曰：『我未亡人，遄死爲幸，敢望旌乎。』迄今歲丁丑，氏年已六十一矣，皤皤黄髮，仍一處子云。此以女而爲婦者。

婦則有維揚江良錫之妻程氏焉。良錫生而周晬，時其母亡，四歲即依繼母高以長。少好學尚氣節，善詩，著《一枝吟》，然秘不以示人。母膺寒疾，藥無效，至刲股以進，終不起，而良錫亦病矣。宛轉床笫間，動止皆須其妻程扶策之，程亦以身任，不少委婢僕焉。朝夕禱神，乞以身代，叩首出血，眩而仆地，幾死者數矣。逾年良錫竟死，死時戒程曰：『爾有遺腹，果生男，撫之成立，此真節義之大者，慎勿殉！』程感其言，果生兒，名曰『甡』，夫所命也。兒少有知識，教之數與方名，及就外傅，凡師所授句讀，歸必督其覆，偶有遺誤，必撻之，如此者八年。然程終以殉夫志匪石不可轉也。又拮据，上奉其舅，下撫其夫之弟與子，力過瘁，致疾以死。其舅傷之，命次子良鑒必求聞人以闡其幽貞，無使泯泯也。良鑒志不忘，見有學行之達者，必跽而請，且至出涕，觀良鑒之誠懇如此，則程之賢可知矣。此則以婦而兼母者。

母則於維揚又得一人焉，曰徐氏，蓋故浙之寧波守汪起之妾也。嫡喬氏無所出，徐氏有二子，事喬甚謹，喬性多操切，遇氏多不以禮，氏甘之，未嘗有幾微憾。未幾喬歿，後其夫亦亡，家故饒，甲於淮南之業鹽者，氏既擁厚貲，二子幼，一手操家政，然悉守喬之舊，無所更。總會計者仍即喬之弟某也，僅歲給其弟與侄數百金曰：『爾非幹才，贍其家足矣。』不令干一事。有戚黨某會爲幹紀其業，負金萬餘，懼而逸，氏念其舊勞，仍歲以例得之辛俸給其家以養，某歸，感且慚，不敢見氏，再三慰諭之，俾仍司其事，其厚德如此。然御子過嚴，一衣一食皆必稟領於氏，無得敢擅取，其子至自典質衣物以給所私用焉。家不畜優伶，不養食客，門以内凛然清静，儼如寒素家，此則以妾而盡母道者也。

論曰：郭氏以室女守貞，程以篤伉儷至不愛其死，徐止知以儉約守家法，而不能令其子尊師取友以成其德，禮賢下士以廣其譽，準之於禮皆過焉。然孔子曰：『不得中行而與之，必也狂狷乎。』孟子則曰：『伯夷隘，柳下惠不恭，隘與不恭，君子不由然。』又曰：『伯夷聖之清，柳下惠聖之和。』此何以説焉？況在巾幗之流，而卓卓立心制行如此，可不謂賢乎。而吾於徐氏則更有感焉。夫炫己而忮人者，俗士之情也，修怨而泄忿者，世人之常也，此在鬚眉丈夫有不能免者，而近日士大夫爲尤甚。以余所見，前人有善政，雖極詳密無間，而承其後者雖無隙，猶必力爲吹索，改紀其舊以自爲功，蓋比比多是也，以視徐氏，其有不忸於心而汗於顔者乎。是雖妾婦也，而蕭曹矣。余故亟録之，以風世之有位者。

王又樸李大拙先生傳

大拙先生者，姓李氏，名友太，天津人，生於前明崇禎之五年，鼎革時年十三，故自號曰『逸民』，而隱其身於黄冠。性迂，甚以禮法自繩，不肯少逾尺寸，世皆目爲怪，不顧也。嘗過市遇雨，不覺踉蹌趨，己自咎曰：『誤矣！』仍返始趨處，徐徐行如故步，其他迂態皆類此。交游憚之，邂逅里閈中，無不引避者，然篤久，要生死不易，友人子雖已顯，見之受拜如平時。有隋生者，奉其父命來謁，偶忘拜，先生大聲斥責，命跪庭中，將予之夏楚，隋生叩頭謝，久之乃解。極重節義，匹夫匹婦有善行，力爲表闡之。尤嗜古物，凡周秦彝器及金石刻、宋元明人書畫，一見即能别其真贋，無毫髮爽。然不善治生，又以嗜古，傾貲易所不急物，以故家日落，而志操益勵，不少衰貶云。餉司赫公以農部督榷津關務，雅重先生名，以束帛求致先生，先生不可，乃躬造廬以請，先生則逾垣避，卒不見。先生曰：『吾勝朝逸民，豈可以見此日之士大夫乎。』

余得見先生時，先生年已七十八，目炯炯如寒星，步履健甚，雖少年有不逮焉。生二子，不教，名其長曰『狗尾』，次曰『滑涯』，謂不足以繼，而冀倖無爲世用也。一女知書，工繪事，白描人物不下李龍眠，然自以女子筆墨不可爲世人見，隨作隨毁，無一存者，後以家貧，作大士像數幅，遣蒼頭走京師鬻以自給，不自署名，其秘惜如此。以父黄冠也，亦爲女道士，終其身不嫁。

王又樸翟誠齋先生傳

先生姓翟氏，名恂義，字誠齋，山西之聞喜縣人。先生之父爲象陸先生，官方伯，方伯公生二子，長曰貞儀，早歿，仲即先生也。先生生而篤實好學，不務紛華榮利，長游國學，屢試不第，益厭弃之。遂專肆力於心性之業，其讀書惟務自得，自經籍諸史以及宋儒語録，俱有會心，而證以前人之説，未有不合者。餘亦旁及天文、地理、兵法、醫卜諸書，無不搜微剔隱，分别其是非得失之藴，然未嘗一升講座，不立門户，與人言，肫如也，人化其誠，遂舉其字稱之曰『誠齋先生』云。

然當是時，山西有兩先生，一爲太原傅徵君，一爲曲沃衞匪莪先生，徵君以氣節顯，而衞先生温厚和平，不立崖岸，雖徵君見之，亦且避席，以師禮事。然世多知徵君，而鮮有知衞先生者。先生既與衞先生壤相接，而衞先生又来聞喜講學日最久，先生與之上下往復論辨，人皆謂先生氣象彷彿衛先生，而不知其得力於方伯公之家教者，蓋有自也。當先生爲兒時，志趣即异，嘗書一紙云：『以心性爲本體，以誠敬爲功夫，以天地萬物一體爲度量。』納於袖，適趨庭爲方伯公見，意爲果餌或嬉具，索得則大驚喜，于是遂盡以所學授之。蓋方伯公之學本於桑暉升先生，桑暉升者與吕新吾、曹真予、鄒甫臯、馮少墟諸君子共倡明程朱正學，而方伯公實得其薪傳者也。先生家學既有淵源，而其暗澹潛修，亦天性然矣。

至康熙庚子，先生年六十一，以疾卒於家。有子二，長崇觀，次光觀，皆能守其教，不求人知云。

王又樸孝子金生傳略

金之鵬字北鯤，性至孝，早年喪母，哀慕甚，每祭掃及忌辰拜奠，輒泣涕淋漓，殆終身如一日。事後母不异所生，無兄弟，獨承父志，以貧不能養，讀書外兼業醫術，既精，家漸裕矣，而自奉猶昔。所以進之親者，則甘旨必備，服飾鮮麗，父尤嗜飲，供無缺日，陶陶醉鄉間，卒年八十餘。哀毁盡禮，備物盡志，蓋不遺餘力焉。

守三年喪，服闋後始預族黨宴會，遇祭奠，其哭泣一如喪毋時。性亦能飲，然父卒後，非留賓奉母輒不獨酌，曰：『數十年侍飲，今獨酌何能下咽耶！』今年逾七旬，而於後母猶循循如孺子。母時近耄，頗健，其妻亦體其志，敬事之不衰云。

乾隆癸亥歲，北鯤之友人吴秋岩預修州志，欲以其孝行白之當事而臚入焉，輒固謝不可，曰：『孝何易言，即孝亦人子分内事。某方以不孝自怨艾，奈何污郡乘，是重吾罪也。』其不務名如此。生平與人交，肫誠無僞，醫藥不計利，詩亦清新絶俗，皆其餘事也。

金相王節母傳

節母鄧氏，鴻臚寺序班王應祥繼配也，年十七歸鴻臚公，逮事舅姑，先意承志，食必親嘗，衣必手紉而後進，不委之婢媵，恐其不潔與不工也。舅舅相繼謝世，相夫子治喪營冢墓，哀毁如禮，里人稱之。其事鴻臚公也，奉巾櫛，主中饋，治家以勤儉聞，鴻臚卧病日，侍床簀，調飲食，進藥餌，目不交睫、衣不解帶者逾年無倦色。公即世，食貧勵節，訓子孫輩，文行有聲，子公度食餼，貢成均，孫緯中乾隆己未進士，純戊午副榜貢生，皆孺人和丸畫荻之所致也。

前室于孺人遺子公弼，僅五齡，孺人教養備至，視己出不少异，閲十年，游於庠，弼妻李亡月餘，弼亦繼逝，孤孫緒方在襁褓，孺人哺食拭穢，手口卒瘏，克撫成立。先是，鴻臚公歿，强宗豪族借端傾陷，戚友間有假貸不償與背恩反噬者，孺人或折之以理，或示之以恩，莫不感格而去。他若謹守基業，以遺子孫，御下寛仁而使之感泣，又其餘事矣。予讀書中秘，闡幽彰微，史職也，故論列而傳之，以風世云。

論曰：孺人之節孝尚矣。顧能撫前室之子若孫，恩勤懇摯，有加無已，此人情所難，而孺人天性慈祥，毫無勉强，足令人感慕不忘也。建坊旌表，崇祀宫墻，夫豈倖致哉。吾於兹竊有慨焉，慨夫世之爲繼母者，視前室子如草芥，不惟不憫其疾苦，而且戕賊其生者，雖古昔或且不免，而况於晚近乎。聞孺人之風，亦可以愧而知返矣。

周自邠繆韓二孝子合傳

津門得風化先，百餘年來以懿行著者多矣，獨於泯泯無傳中得兩孝子，曰繆氏，曰韓氏，此二公者皆以火成其孝，而中有幸不幸焉。

繆公文璧者，字焕庭，文學諱大超公仲子也。幼早孤，事母傅孺人至孝，一語不敢忘。嘗自塾歸，母見雙髻不整，叱曰：『汝不學是務而荒於嬉，吾何望矣！』焕庭愯然懼，再入塾，必端坐誦讀，無惰容，有呼與嬉者，輒嚴拒之，恐違母命也。年既長，補博士弟子員，人皆爲焕庭賀，焕庭曰：『青衿不足光先緒，倘倖獲一第，以彰母苦節，則區區之願爾。』進功益力，顧數困棘闈，不獲售。歲戊寅，繆母下世，焕庭自恨未能酬素志，晝夜號泣，幾喪明。未幾，其家復有逸火事，繆母之卒也，焕庭家貧，弗克葬，停柩在室，柩與竈故相近，己卯夏四月六日，家人晨炊不戒，致薪火起柩前，毀及户牖，維時呼水不得至，咸彷徨嗟嘆，以爲柩與室將爲灰燼。焕庭捶胸大呼曰：『母柩不能救，安用生爲！』遂奮身躍火中，俛抱柩，火愈熾，毛髮俱盡，焕庭不少挫，卒抱柩出屋外，火顿殺，柩得以全，而焕庭已皮膚迸裂，昏絶於地，醫家咸謂不可治，焕庭於僵卧中覺胸膈若有撫摩者，以故毒不得入。

越日稍蘇，創痕腐潰，五十餘日乃結痂，鬚眉復生，天之庇佑善人固如此。

其後二十五年甲辰，繆母奉旨旌獎，既入祠，明年，焕庭製巨册，備書母事迹，屬予徵詩文以彰懿德。予姻家韓子立三見其逸火事，嘆曰：『焕庭之孝，獲免於死也宜哉！雖然，其何解吾弟大佩之以孝死耶！』余愕然，叩其故，立三欷歔久之，乃述顛末以告曰：『予從堂弟大佩，先七叔柯亭公庶出之第八子也。生母常氏生三子，大佩最少。柯亭公官凉州鎮都督，卒於任。時大佩方四歲，旋里後喜讀書，性篤孝，遭生母喪，哀毁骨立，顧家中落，不得已弃儒而賈，居常怏怏，非其志也。歲甲午，居東城内，亦於四月六日遭火變。時夜方半，大佩驚覺，急唤家人起，自鳴鑾走街巷呼救，且出城至予家，報嫡母王夫人知，旋奔返，予亦踵至。比及門，火已起家祠，於是闔巷喧騰，奚啻鼎沸，至焦灼中有人無人不及見、不及聞，亦不暇問也。迨火稍熄，諸弟俱集，而大佩獨不見，衆議嘩然，謂豈有既出門肯復入火以死者，予曰：「不然。渠之歸在火起家祠時，得毋即以救家祠故捐其生耶？」因命人掘之，閲數處不獲，最後乃得諸敗楹下，周身衣俱盡，尸黝如鐵蒲狀，蠖屈若有所護者，方移置間而先人影像與木主俱在懷中抱焉。予不覺大慟曰：「以十七齡之童子而能捨生殉義若此，吾弟真死而不死矣！」急用白布纏其尸舁置别室。比曉，有傭媪者爲予述大佩被焚狀，尤傷心不忍聽也。先是火熾時，救者於内院曳此媪出，焦頭爛額，扶掖以去，至是媪始歸曰：「方火之起家祠也，吾見公子冒烟突火以入，呼之不應，有頃，於火光中見其抱卷軸奔出。甫及門，忽一火粱從空下，公子遭而踣，第見火勢旋繞其身，兩足起落，其慘殆不可形狀，而上身之護持者如故。吾急爲呼救，詎人聲喧沸，不得聞，故立見其死也。」嗚呼！大佩之至性過人，其諸焕庭之媲與？而獨不免受禍以死，其可哀也夫！

予聞而嘆曰：『孔子曰：「見義不爲無勇也。」如二公者，可謂有勇者哉！當火起時，苟略涉依違，則禍可免，禍免而終天之恨必不可免矣。惟其勇之至、義之盡，止知有親，不知有身，是以各行其志而不悔。且夫孝一也，而生死异，此豈有數存乎？然生以彰孝子之報，死以堅孝子之心，其亦理之并行不悖者歟！』

沈峻簡庵兄家傳

兄諱嶧，字東岩，號簡庵，乾隆丙午科舉人，生於壬戌年九月十八日丑時，以辛亥五月十四日酉時卒，得年五十。子二：兆源、兆瀛。女一。同懷弟峻爲廣東吴川令，是歲八月，凶問至，既爲位祭而哭之，於是撰次生平行事，立傳附家乘，以貽後嗣。

兄長峻二歲，性和易徑直，寡嗜好，與人按罕寒温語，遇知己談論輒娓娓不倦。善事父母，承顔下氣，能得歡心，以故數十年未嘗離左右。又性狷介，不妄取予，自奉喜淡泊，鄉黨稱爲真孝廉云。初，先君子筮仕江西，兄與峻皆幼，稚挈至任所，貧甚，力不能延師，就外傅者十年。官廨饒池臺卉木，常偕弱弟昆藝樹畜魚爲樂，日課一詩，怡愉無間，竟不知人世間尚有何事可好也。

峻即冠，附舟北旋，與試，入諸生籍，既而中副榜，充教習，不克南返。兄娶嫂氏，逾數年，先君子乞休歸里，兄始游泮，旋中庚子科副榜，授徒鄉塾以爲養，由是文益精。先君子有聲庠序，久困埸屋，不得已俯就簿領，見兒輩前後列科名，嘗謂兄曰：『汝弟以甲午中式二十八名，出座主嵩閣學之門，今汝師及名次恰符，亦是佳話。』逮兄舉於鄉，而先君子已弃世五年，不獲親見爲憾也。

兄體素羸弱，少患咯血，庚戌禮闈以抱恙不得與試，憤激而病益增，家居静攝，恒惘惘不自得。嘗與峻書云：『余病不足慮，惟弟作官，好爲之，勿蹉跎，他日或能對床聽雨，未可知也。』其言若甚戚者。嗚呼！孰知兄不久化去，而峻竟墜落至此極也。

先是辛亥二月，嫂氏卒，太孺人哭之哀，兄方思繼娶以慰母心，乃數月兄遽歿，太孺人益慟悼，遂致不起矣。泉下有靈，兄與嫂尚得追隨侍側，而峻困躓餘生，何日歸田哭拜墓下乎？

兄工篆刻，嘗作小畫，寓興而已，所著詩文詞賦數百篇，爲《嚶鳴集》，藏於家。

嗚呼！兄年甫五十，作鄉里善人，不克膺中壽，峻少不自暇逸，足迹邁萬里，徒以一念竊禄，遭際多艱，較兄勞逸奚啻倍蓰，功名文字又遠不及，更何敢冀後福、享大年乎！今峻病且殆，視世事益淡，自度無以取重於後，安得如兄之文傳峻者乎。臨紙涕泣，諸猶子其勉旃謹傳。

徐汝瀾先恭人趙太君傳略

恭人姓趙氏，天津人，外祖諱瑛，儒學生，以捐餉議敘七品銜。恭人其季女也，幼莊敬，不苟言笑，婉娩聽從，善承父母意。先大夫既喪，吾前母陸恭人請繼室焉，及笄來歸，於是先大夫爲諸生，先王父朝議公、先繼王母胡太恭人俱在堂，晨羞夕膳，侍視惟謹，縫紉浣濯，身先婢媪，屑屑不自休，先王父喜曰：『吾以新婦富家女，恐不習爲婦，今吾無憂矣。』先大夫以雍正乙卯舉於鄉，筮仕粤東鹽課大使，以至歷官郡縣四十餘年，閫以内事無巨細，悉以付恭人，自養生送死、嫁女娶婦，以至宴饗問遺、予賜賑給，量力之所及，以求無憾，豐不逾禮，儉不愧心，遠邇親疏，咸嘆服焉。

先大夫在粤東遭先王父憂，及令粤西罣吏議，間關萬里，提携幼弱，家累數十口，儲偫不時。恭人常典衣釵以佐米鹽費，牽補支吾，殫竭心力。比爲二千石，官尊禄厚，獨兢兢以汰侈爲戒。惠州地接重洋，海外珍奇百貨所集，恭人視之泊如也。

乾隆甲辰，先大夫引年乞休，久宦初歸，百事草創，恭人隨宜區處，田園、倉廥、門庭、井竈皆有職司，日出而作，各從其事，重門之内，綱紀肅然。是歲恭人年已七十，而神明不衰，綜理家政至於殁齒未嘗一日自暇逸也。

恭人性闓明，議論持大體，智識過人。先大夫之令漳浦也，奸民盧茂等爲亂，率衆攻縣城，先大夫督鄉勇殲渠魁，悉擒要犯三百餘人，事遂定。恭人居里中，道路傳聞汹汹不可測，家人恇懼，恭人謂：『此小醜耳，光天化日之下何能爲？且以吾家累世積德，而罹凶暴之燼，非天道也。』未幾信至果，奉特旨録功，由是皆服恭人之先識爲不可及。歲戊寅，吾鄉苦澇，旁村飢民百餘人持囊橐至門，勢將攘攫，恭人令招其老者十餘人，諭之曰：『汝等爲此犯法事，吾告有司，汝輩罪不可測。今以桑梓情，不忍視汝困餓，人給三斗粟，可供一月食，於汝足矣。』衆皆懽謝以去。當是時，事起倉猝，皆驚擾失措，恭人處之若無事，卒以鎮定，人以爲丈夫不如也。

叔松崖公爲先王父幼子，少先大夫二十餘歲，從兄弟婚嫁，恭人一任其勞，而撫養如子，數十年無一閑言。宗族鄉里歲時賙救，嫁娶喪葬以空乏告者，竭力應之，無倦容，亦無德色。

先大夫諱觀孫，歷官武定府知府，乙巳春，恭預千叟宴，享年八十。先恭人生於康熙乙未十月初二日子時，享年七十八，再封孺人，晋封恭人，三受覃恩，諸子繼登仕版，汝瀾成進士，長孫彙吉補博士弟子，孫曾繞膝，人以爲羡。恭人未嘗少自滿，假居常訓子孫，獨諄諄以盡心報國、潔己愛民爲勖。吾前母無所出，先恭人生子三人，如源、如灝、汝瀾，女二人，孫十人，孫女四人，曾孫二人。

欒立本周公理夫殉難傳略

余外兄周公，宦閩省二十餘年，丙午死臺匪之難，天子下部議恤，恩賞雲騎尉世職，子孫承襲，并欽賜祭葬銀兩。一時公忠烈之名嘖嘖里黨間，顧卒無能道其詳者。己酉，公子琦及璠航海負骨歸，未至津，琦以勞瘁卒於途。明年，璠奉父兄遺骸旋里，始爲予備述顛末，且請立傳，余詰曰：『公之罹難，乘間一至者，惟葉君耳。葉君所未見，子烏從而知之？』璠曰：『璠兄弟之抵閩也，璠候領葬項，故先兄先渡海抵嘉義，嘉義之民間而聚觀，有備述所見至於涕零者，璠兄弟蓋得之嘉義衆民之口，非第憑諸葉君也。』余聞此始豁然，乃爲立傳，以存其事。

周公者，天津世家也，諱大綸，字理夫，父躍滄公官江西觀察。公生而岐嶷，慷慨有氣節，讀書不求甚解，嘗曰：『丈夫自有真，奈何效章句儒，老死牖下耶！』狀貌魁梧，長八尺，豐準虬鬚，好劇談，人莫能當其鋒。援例授州司馬，改漳浦鹽場，歷官臺灣彰化縣、南投社縣丞，所至有聲，商民多感悦。然性耿介清苦逾齊民，八口不能養，遂遣歸，孑然一官而已。

丙午，俸滿將歸省，先謁郡守，守以嘉義有公款未清，因委公往催焉。嘉義者，天子嘉諸羅之民能向義殺賊，而新賜之名也。地當南北孔道，公任彰化，往來必由此。有葉友伯者，廣東嘉應州人，古行君子也，與公莫逆。公至嘉義，值公款未交，遂主友伯家。

俄而賊匪林爽文倡爲亂，首陷彰化，轉寇嘉義，公聞變急趨縣治，謂令曰：『賊至矣，胡不禦？』時令方與一老幕相對泣曰：『我素不習兵，何能當賊衆？惟死爾死爾！』公厲聲曰：『賊烏合耳！率民登陴，誓以死，城未必陷。坐以待斃，無益也。且朝廷建官爲能守，非爲能死，死以塞責，小丈夫耳，何足貴。』譬喻百端，終不聽，公太息曰：『行見與公灰燼矣！』拂袖出，甫抵舍，城遂陷。在城諸官皆死，公奮然曰：『賊能傾之，我必復之！』於是與友伯潛募義勇，爲殺賊計。已而爲賊所物色，蜂擁而至，急索公，公嘆曰：『事不可爲矣。雖然，吾不可以苟死。』挺身而出，遂被執。見賊首林爽文，賊勸之降，公亦諭賊降曰：『爾輩率土食毛，沐聖主恩久矣，何爲作赤族事？急自新，盛朝寬大，或可赦也。』賊不聽，脅以威，公怒詈曰：『哈！賊匪！大兵至，方將洞爾筋、擢爾骨，求爲溷中蛆，偷生旦暮不可得，乃敢迫天子命官降耶！』賊怒喝，從賊批公頰，公大呼曰：『吾不可受賊辱！』以頭觸柱，血流被面，僵於地。賊知不可脅，乃以公付其黨何北海而去，時丙午十二月初八日也。

何北海者，相傳即何有志，因公於縣治前押犯之所，繫髮石礅，使卧其上，而懸兩足於粱，公僅衣單衫，凍幾死。僕人陳德，紹興人也，實左右之，公屢諭，不肯去。友伯密探公狀，冒危至，袖粥一盞、橘餅二枚貽公，公感其意，爲一啜粥，急使去曰：『勿再來也！』每有賊來勸降，公輒閉目不應，或嫚駡之，凡五晝夜。會何北海出，公自牖見之，詈曰：『賊奴何不速殺我！』賊盼曰：『彼竟不降耶？捉來見。』於是賊還坐縣堂上，從賊數百，列白刃，擁公至，使跪，公瞋目叱曰：『此膝跪朝廷，不跪賊匪！』賊怒，斫公足，落將指，公痛極，愈大駡，齒鬚皆掠盡，卒不挫賊。乃縛公赴西門外校軍場施慘毒焉。公傷足不能行，陳德涕泣扶之，公睨曰：『此何時，尚不去耶！』德不應。既至，公北面謝聖恩三叩興，復三叩曰：『此謝吾親也。』顔色不變，遂被害。時陳德在旁，急以身擁護曰：『寧殺我，勿殺我主！』賊怒擊德仆地，德仰視公被害狀，奮起奪賊刀，奔上廳曰：『我與賊不兩立！』旁有賊斷德臂，臂與刀墜廳下，德猶奮身向前，欲以頭相撞，群賊乃殺德於廳上，視公尤慘焉，時十二月十二日也。

賊既散，兩尸暴露一晝夜，無人收，友伯嘆息泣曰：『此我之責也！』糾義民十餘人，夜詣尸所，掘地爲兩坎，以朝冠蟒服葬公於正坎，而以陳德附葬其旁，哭拜而後去。嗣大兵克復嘉義，太守楊公廷樺憫公之死，札嘉義令使覓公尸，令訪諸友伯，相與發冢，公肌膚俱盡，惟白骨在焉，蓋臺郡土脈剛勁，故肌膚先化也。然赤心猶在，色如生人，咸异之。令乃貯木函中，舁入郡，厝南檀寺後。公子琦至，始負骨以歸，皆友伯與太守力也。

公生六子，琦、瑋、璠、瓚、琰、璪，琦以負公骨渡海，驚颶風搆疾，卒於維揚旅次，其至性可哀也。瓚、璪已先卒，餘皆英偉駿發。琦子嗣榮、嗣明、嗣會，亦皆少年踔厲，他日子若孫襲公職，登仕版，必有遂其顯揚之志者。善人必有後，諒哉！

牛坤周蓮峰中丞傳

周蓮峰中丞諱人驥，字芷囊，號蓮峰，天津泥沽村人也。公生而岐嶷，卓犖有奇志，資性端重，修眉目，美鬚髯，狀貌甚偉。幼補博士弟子員，淹貫經史，不屑章句，於書無所不讀，爲文如泉涌。雍正丙午，舉於鄉，明年丁未，成進士，授禮部祠祭司額外主事。初視事禮曹，即嫺於政體，諸前輩嘆以爲不及，相推爲偉器。蒙憲皇特達之知，以主事加翰林院編修銜，提督四川學政，凡考試利弊，興剔殆盡，三載中自青矜主文衡，士林榮之。差竣復命，補禮部精膳司主事，擢儀制司員外郎，典試福建副考官，選授貴州道監察御史，丁母憂，服闋補廣東道監察御史，轉吏科給事中，巡視南漕，歷任科道，前後三載。

時恭逢高廟御極之始，方旁求俊乂，治益求治，公既博通經史，遇事直陳，不邀名，不立异，斟酌古今，言中體要，有關國計民生者建白最切，奏上嘉納，故名重西臺，授廣西右江道。下車日，有苗民隔省争山，訟久不决，公爲勘定界址，遂息訟，苗民歡呼而散。柳潯諸郡邑文風樸陋，每集諸生討論經義，授以讀書臨文之法，不憚勤勞，於是士風丕變。擢湖南按察使，刑家律例久嫺於胸，凡輕重得失、出入生死，無不平允，沈寃滯獄，爲之一清。去任日，凡發奸摘伏計二百案，編彙成帙，題曰《臬楚摘案》，付之剞劂，見者允服。擢陝西布政使，旋調湖南，楚南風土人情，素所熟悉，一切設施，更合機宜。偶值洞庭水漲，濒湖居民奔走入會城，鵠面鳩形，死在旦夕。公捐廉分廠煮賑，計口授食，全活無算，調浙江布政使。入覲，以歷藩臬，著有成效，屢蒙召見，疊沛温旨，因拜浙江巡撫之命。

公撫浙江二年，除漕弊，補積逋，植樹畜以足民，禁左道以厚俗，清理積案，緝獲巨盜，請公帑修築海塘，發倉穀活窮黎被水者，凡諸惠政，莫不畢舉。以失察前撫鄂公事，致罣吏議，革職去。未幾，有署廣東巡撫之命，諸大惠政一如撫浙時。調貴州巡撫，首清錢法，勸植棉麻，以充民用，又奏開南明河，利銅運，節經費，避川江之險，且取道甚近，凡黔省民間百貨、絲枲、鹽絺之屬，取資於鄰省者，皆因之流通，惟崖壑絕險，流湍激石，功難驟致，會有以縻帑累民爲言者，遂以此革職歸里。旋奉罰修完縣城垣，工方及半卒，年六十有八。

公生平清介，才氣過人，職司言責，人謂有名臣之風，三歷封圻，廉潔自矢，未嘗謀身家之利，不與人輕交，無門户之見，每接僚屬，諮詢民生休戚、風俗好尚，語不及他。凡屬吏賢否，隨事體察，恐其病民也。一切官書，不假手賓佐，盛暑祁寒，躬親裁決，恐他手失於輕重也。善射，工詩，諸倡和者皆海内鴻博之士，精於書法，人得片紙隻字，皆寶惜焉。著有《香遠堂詩集》行世。同里後學牛坤爲之志。

牛坤周衣亭太史傳

衣亭太史姓周氏，諱人麒，字次游，號晴嶽，衣亭其別號也，天津泥沽村人。公生而端方，舉動如成人，年十二，鋭然以勤學自勵。初入塾受書，每鍵關夜讀，書聲琅琅動四鄰，聞者早識爲遠到器，故少而能文，嘗落筆千言立就，文思之縱横，師友皆驚，謂公性鈍而學思遽進，蓋好學其天性也。

乾隆戊午，舉於鄉，明年己未，成進士。蒙聖恩拔置詞垣，充《大清一統志》纂修官，乙丑五月散館，奉旨授翰林院檢討。維時方崇尚風雅，天子萬幾清晏，每引見詞臣，分韵賦詩，公嘗恭進詩篇，雅意清裁，有初唐之風味，以此每邀恩賚，當道諸公與海内鴻博之士，皆相推重，聲名藉甚。惟公體氣素弱，由少奮志學問，不惜精力，故勞而成疾，嗣患疫症，歷久不痊，遵例休致歸里，人皆爲公惜。

卧痾沽村，家雖貧，不問産，惟閉户著書而已，於是鄉黨好學之士從游者接踵。嗣金金門太守文淳，公同年友也，時守順德，由順德調任天津，暇即過公，講道藝。以順德文風不振，數科無叨鄉薦者，敦聘主龍岡書院講席，公義不獲辭。既抵龍岡，生徒聞公講説，莫不鼓舞而前。彼處人士固敦實學，公因道以經術、漢唐以來所以爲文之法，自是肄業者日增，咸知肆力稽古爲文學藪。太守耿公爲之嘆曰：『師道立則善人多，吾於先生見之矣！』凡七年中登賢書者五，皆出門下，人謂公大有造於龍岡，咸頌不絶於口云。時公年已七十，因動歸老之思，遂囊書旋里。平居品行清高，學問有本，所授生徒，莫不因材而各得所成就，及歸家，生徒日益進。年八十，卒於家。

公性清介，雅量不凡，孝友承家，崇尚風節，少年勤學，老而彌篤，致休家居，益發憤，刻意經學，淹貫百家，以道義爲指歸，暑窗雪案，手未嘗釋卷。用力既勤，沈思既久，能發前人所未發，觀其著述，廣集衆論，推見精義，卒成通儒。著有《檢定唐宋文録解》《史記約録評解》《毛詩簡明録》《尚書檢明録》《禮記纂言》《昭明文選約録》《唐詩類疏》《左傳輯評》，自著《保積堂館課詩賦》《保積堂制藝》若干卷，他如《古文雜體》，俱有定本，惟《孟子讀法附記》刊行于世。

殷秉鏞湖北保康縣典史蕭公死事狀

嘉慶元年春，楚北白蓮教煽亂，是時承平日久，守土官倉猝不及備，致有授命者。若保康縣典史蕭公，闔門八口殉節捐生，其風烈尤罕并焉。

公廣東平遠縣人，名水清，字廉泉，祖炎以部郎知福建興化府，父應鋭官貴州平遠州，皆以政績稱。公少習舉子業，屢躓場屋，遂納粟得保康尉。公雖世宦，無紈袴習，莅保康，號公廉，士庶皆敬之。

及賊竊發，襄鄖間同時蜂起，保康首亂者爲王蘭、曾世興，嘯聚萬人。公聞之，遂同邑令檄四鄉，曉勸團練鄉勇，激以忠義，授方略，使各保衛，兼扞縣城，邑民素戴公，靡不響應，乃事未集而賊突至。先公詗知賊黨有楊昭者居城中，陰與賊約爲内應，公假名檢户籍，遽入昭家，得賊往來書，遂縛而置之法。賊聞憾甚，聲言爲昭報復，星夜薄城。公急入明倫堂，召紳耆爲守城計。武營不能成部伍，遂發閭左僅數百人，登陴嬰守，而城垣土築高不逾丈，乃慷慨誓衆，勉以大義，無不願放死，宵晝不稍懈。奈賊聚愈衆，緣梯蟻傅上，守陴者力絀，死傷各半。公知事不可爲，旋入署集家人曰：『城且陷，吾位雖卑，乃朝廷命官，存亡當與城共。汝曹宜早自爲計。』孺人林氏憤然曰：『此何容計！夫死忠，妻死節，分所宜當然，先侍於地下。』其長子其馨亦跪且泣曰：『大人爲國死事，兒恨不能殺賊，敢偷息於世耶！』復遍詢之，俱以死誓。公乃軒渠曰：『有是哉！吾目瞑矣。』遂出，遇賊於縣門前，與巷戰，力不支，身被重傷而殁。長子其馨、幼子其芳、侄祚超、妻弟林良鳳操刃助戰，并死之。孺人林氏、長媳韓氏、女孫瀛仙皆自刎。賊入署，惟二稚子伏尸哭，一爲公女，一爲長孫步丹，時皆八歲，賊刺以矛，殞絶一晝夜，復蘇，良鳳弟良材伺賊退，携之去。步丹即其馨出，克延其嗣，咸以爲忠孝所感，有神佑云。公有四子，次其薰，季其芬，適應鄉試，先期奉公庶母歸里，故不及於難。

公死爲二月二十日也。邑人環泣，醵資以殮，及恒將軍瑞文總戎圖統師至，賊已竄入烏呼埡據焉。烏呼埡者，縣西之極險峻處，密林懸嶂，誠一夫扼守，可阻萬人地也。下臨粉青河，水尤湍急，猝不可渡。賊殊死守，大軍與持一晝夜，炮鏃不能及，莫可爲計。詰朝，忽見對岩賊紛紛鳥獸散，我兵始得乘之渡河，殲賊至盡。其初追賊致紛竄者，皆頭戴小青箬籃，遍山而來此，哨探始知公所檄召鄉勇由山後樵徑攻賊，已猝擒賊首王蘭、曾世興以獻，小青箬藍者，即公檄所指示隱爲號以别賊者，其得攻賊要害，使賊不及防，皆檄中機宜、奉以行之者。然則我軍一鼓得獲全捷，不致蔓延爲患，非公之力歟！

嗚呼！公之死良可惜矣。夫以公之才，猝然部署，即賴以滅賊，向使有崇墉廣池可憑，資以兵力，雖恃長城可也，豈特一小邑哉。乃功底成而身已死，不能親觀其效，而僅以身殉，垂名於世，公之始願詎若是哉，公之死誠可痛矣！自公之殁，迨將四十年，其一門凛然之節，已邀贈卹而予世蔭，雖婦孺皆能言之，惟烏呼埡之役，恐知之者鮮，余乃聞諸成都將軍呢公碼善，蓋將軍時以侍衛領隊，戎間所目擊，迨來鎮宛，嘗嗟嘆其事，余耳之熟矣。初公殁，後學士大夫咏歌其忠節，有《生氣千秋集》，錢冼馬東生爲題其籤，集中固多杰作，然幅頗隘。今公季嗣其芬来宰南陽，余忝守是郡，適將徵詩以崇先烈，而繼《生氣集》之後。余慮烏呼埡之事未能播聞，因追敘其略，俾操觚者有所考，庶公之大節久而益彰焉。

周璠張嘯崖先生傳

公姓張氏，諱虎拜，字嘯崖，號召臣，直隸天津人。公之先世居撫寧，遷居天津，至公已歷數世，蓋自公以上，忠厚傳家，代有偉人。公生而端方，貌豐體厚，儼然儒者氣象。初，髫齡受書，沈潛好學，嘗以青燈自課，達旦不寐，故發而爲文章，超越儕輩。中乾隆戊子舉人，明年，成進士，歸部以知縣銓選。公才非百里，改官中書，供職内廷，朝考列上等，遂名書御屏，果蒙特達之知。典試己亥科江西副主考，如劉公鳳誥、程公卓樑，皆公是科所得士也。次年庚子，由中書加翰林院編修職銜，提督河南學政。拜命之日，中州人士聞公學品，寒畯并慰。初試開封，所取皆一時英俊，謁見時多有感泣者。他郡人士方期公次第按臨，得以作我人才，興起風化。不意公以外艱去任，皆爲公惜。服闋後起復原官，充戊申科順天鄉試同考官，如汪公滋畹、王公宗誠、姚公杰，皆公所得士也。又充壬子科順天鄉試同考官，得士如吴公邦基輩，當時皆稱俊彦。

公在中書歷俸最久，出入禁闥，舉业肅然，敬慎和平，介然特立。時大學士阿公出爲將領，入贊綸扉，勤勞王家，聲名藉甚，未嘗輕交士類，獨重公品，公恐涉門户之見，亦未嘗相與周旋。久之，補授宗人府主事。公淹貫經史，奉職清閑，猶復温習故事，嘗手一編不輟，敝車羸馬，謹慎趨公，米鹽恒不充，公處之晏如，未嘗以室家不足爲戚。一夕疾作，遽爾告終，卒年五十有三。生平工詩善文，尤精書法，人得片紙隻字，皆寶惜焉。公既卒，鄉黨長老莫不爲公駭嘆，謂公心仁厚，事親克孝，敦德立品，罕有比倫，節操清廉，後人足式，方學期於行，遽然溘逝，竟不得大展其用也。惜哉！

梅成棟金芥舟先生傳

余童年已耳芥舟先生名，觀其筆墨，心嚮往之。迨余娶婦金氏，爲先生侄孫女，始獲縱觀先生平生諸作，益知先生之爲人。先生孫麗江囑余爲先生立傳，余愧無以表先生之逸行，而又恐先生之湮没於後也，僅掇其生平大略，以俟修邑乘者采焉。

先生名玉岡，字西崑，號芥舟，其先浙江會稽人，留寓津門，遂家焉。先生幼有至性，以孝友聞，家有薄産，舉以付諸弟，事親盡孺子歡，閭里欽重之。然高潔恬淡，貧居晏如，不求仕進，博覽群書，精通百家，工詩善畫，當道重其學，争聘不就。性喜游，凡海内名山大川，莫不遍歷。嘗泛海至尉陵島觀日出，東越鴨緑江，西出嘉峪關，窮冰山雪嶺、青海無人之境，南游栖霞、雁蕩，眺西湖，入山陰，探禹穴，訪蘭亭遺址，省先人墳墓，所至必有題咏。金金門先生嘗書坡公句贈之曰：『身游萬里半天下，僧卧一庵初白頭。』其風概可想。

居城之西北隅小築，杞園有亭曰『篬筤』，顔其室曰『黄竹山房』，植黄竹一叢，晚自號黄竹老人。暇時栽花疊石，與三津諸名士相盤桓。畜一鶴，每先生煮茗弹琴，鶴侍立左右若童子。

詩主性靈，天懷高淡，著有《天台雁蕩記游詩草》一卷、《浮槎集》一卷、《嶺南集》一卷，不下二千餘首。畫得雲林瀟灑之致，一邱一壑，動合天趣，斷幅片紙，人争以爲寶。故先生遨游時橐筆硯，一老僕負襆被，蕭然長往，到處賣畫爲眺覽資，窮極幽遐，搜剔异境，雲水一生焉。年六十三，游羅浮，卒於嶺南惠來縣。

先生嗜飲，床側嘗置一巨罌，詩興勃發，輒取瓢探飲之，易簀之夕，酒罌中忽飛出五色蝴蝶一雙，大如掌，翩翾繞先生舞，徐徐隨風去。是夜，先生卧室中有大聲如雷，驚視之，已趺坐而化。床褥間詩稿積寸許，中有絶筆四首，語多了悟，蓋自知來去人也。羅浮乃陳泥九、白玉蟾二真仙得道之洞天，先生心慕神契，其殆出塵而拔俗歟。

梅成棟金野田先生傳

嘗讀列史見古高士如晋陶潜、唐李約、宋林逋諸人，泉石孤清，不滓塵濁，心慕其人，每以生不同時爲憾。今觀吾鄉野田金先生者，其清風潔操，殆無异於古所云歟。

先生籍本會稽，隨父來游於津，童年入藉，補博士弟子員，絶意進取。工草隸諸書，於晉魏唐宋名賢真迹靡不搜覽規摹，精求神理。性篤孝，堂上兩親各壽九十餘，先生鬖鬖白髮，盡孺子歡。家故貧，鬻書自給，人争購之，門檻爲穿。善弈能詩，詩宗陶阮，古淡之旨，絶烟火氣，無存稿焉。風雨之夕，焚香默坐，或與二三老人彈棋飲酒，陶然終日。性不喜争，人亦無争與者，蓋胸次坦夷，迥超塵俗，莫測其涯際也。有問先生者曰：『公一寒若此，而貌充然、意欣然者何耶？』笑曰：『人有所欲則有所求，求不獲遂，必有所不樂，故多營營，亦多戚戚也。予何營哉！境之窮達任諸天，無以與吾力焉，故無在而非樂境。』先生之持論若此。

阿雨窗制軍林保都轉長蘆時，雅重先生名，數造其廬，不得見，後屏騶從徒步來訪，遂訂文字交。李海門先生宰天津時訪之，入門見籬菊數叢，槐屋中一爐一硯，古帖數十册，凝塵滿案，道宇翛然，留詩云：『有道貧何病，無田菊是秋。』風概亦於是可想。年七十七，忽病眩暈，數日卒，無以殮，有勸先生子蔭庭告於當道者，蔭庭曰：『吾父一生不受人憐顧，於身後我敗之耶？我罪多矣。』卒鬻宅以葬。

先生名銓，字鈞衡，野田其號也。子蔭庭名澍，亦能書，有父風。

梅成棟蔣雄甫傳

蔣公玉虹字雄甫，天津人，父業裝潢爲生，赤貧。先生四五齡岐嶷多力，性好書，苦無筆墨，鄰有塾，俟散塾時童子經其門，要而遮之，使不得行，出片瓦曰：『以墨假我，放汝去。』衆不獲已，争出墨，任公研瓦上幾滿，又索敗筆數枝，欣然歸，濡墨習畫書，墨盡，或研取竈煤代之，終日塗鴉不已，亦不知其所習爲何也。七歲時父欲令世其業，公堅求讀書，送之塾，讀《三字經》至『爲學者，宜立志』句，舉筆題其旁曰：『人不立志，便非爲人。』師异之，識非常人也。每日父給二文，不肯食，蓄以鬻書。績學精苦，風雨寒暑不輟，甫弱冠即稱通儒，常以文請業於同邑高滄谷先生。滄谷名喆，宿儒也，奇賞之，嘆爲不羈才。已而補文學，食餼，授徒，竭所入以養親。

公於古今典藉無不該通，嘗嘆邑志簡略，多所缺訛，欲續修之，采訪搜輯二十餘年不倦，風天雪夕，袖一筆一硯，遍覓荒庵野寺間，無論數十里之遠，有殘碑斷碣、廢鼎卧鐘，必掘土剜苔，摩挲辨識於金石漫漶之餘，且讀且録，魯魚亥豕之譌必爲詳辨，積年既久，核考綦精。聞津門之義夫節婦、孝子忠臣及鴻才逸品之彦，必求遺老詳詢顛末，綜其實迹，爲立傳志，故懷袖間卷籍恒滿。著《幽冥録》十餘卷，采鬼神果報事極博，以寓勸懲。有笑其迂誕者，輒毅然争之曰：『大《易》言鬼神之情狀，是不惟有情，且有其狀，聖人垂訓，豈誣妄者！』

先生制行高朴，善言論，多風趣，衣冠補綴，而徐視闊步，胸襟洒然，所至之處，人環坐聽公説忠孝事，眉飛色舞，使聞者慷慨悚息，欲歌欲泣，如晤古人於抵掌間。鄉閭婦孺皆以『蔣先生』呼之，所居城南僻巷，近狹邪區，溽暑斗室或就門外置矮几著書，倚門婦往往侍硯旁，敬先生而執役焉，公不以爲忤。然外和内介，窮不受憐，信義所在，赴之如徇。平生著诗古文詞盈篋，長嗣大鏞入泮，先公殁。公年六十二卒，所著俱付於孫，珍之不出以示人，曰：『秉公訓，留待賢邑侯，呈備纂輯。』故罕有見者。

梅成棟浙江安吉知縣趙公傳

公諱大綸，字允言，號蓉湖，天津人。父拱辰公生公兄弟二人，公其次也。幼而岐嶷，聰慧秀出，讀書不忘。家素貧，傷父兄營食於外，躬自刻苦，夜漏三下，猶手一卷，就燈讀不輟。屢困童子試，後家稍裕，遂納粟入太學，游京師，文名甚噪，日下名流皆傾身友之。乾隆戊子，以副榜充貢，邑俊秀無發科者，有之自公始也。旋考充滿洲鑲黃旗教習，期滿授浙江桐廬令，莅任甫一年，因公落職。大府重公才，送部引見，奉旨仍發原省以知縣用。今上登極元年，補安吉，在任五年，廉勤自矢，簿書旁午不遑暇食，有勸公以節勞自愛者，公慨然曰：『我本一介孤寒，蒙主上恩擢司民牧，猶勿竭誠努力圖報萬一，於心安乎！』以故積勞成疾。原品致仕，家居三年，卒。

初公之任桐廬也，值霪雨，山水驟發，冲決民間田墓不可記數，上游棺木蔽江下，公惻然憫之，募夫編筏，制長鈎，撈獲不下數百口，設坎掩理，編號記簿，插竹幟以憑識認。是歲大荒，桐邑被灾，士民呈請暫借常平倉穀以賑，上憲格于例，飭勿發，滿城老幼哀號待斃，公鋭然開倉分給，歡聲大震，自請劾職，以全民命，卒以恩免。公之子元元而惠死生有如此者。桐安二邑入本朝百餘年，罕登賢書者，公捐俸立義塾，延名儒教授生徒，公餘必親造其所，評文課詩，孜孜不厭，其後文學蔚興，春秋二榜有獲捷者，公之教也。

娶王氏，封孺人，女二，乏嗣，繼兄子采爲嗣。采與棟有僚婿之誼，故知公詳，然公之禔躬澤物恐猶未能備述，姑傳其梗概如此，以俟諸修邑乘者。

贊曰：古人學古入官，原以利濟生民也，而今或不然。公之居官，前後僅六載耳，其治勣已卓卓可傳，若是揆之古循吏風，有以异哉。使天稍永其年，以爲國用，其設施必大有可觀者。惜哉！年方未艾而痾疾遽嬰，遂令人有哲人早萎之恨與。

梅成棟　李孝子傳

孝子李姓，名長清，天津人。充鹽運署隸，粗給衣食，事母綦謹，年四十餘，妻王氏，甫生一子，三日招戚眷作湯餅，會以室湫隘院起蘆棚，夜半火起於厨，李驚起出呼救，四鄰畢至，火騰於棚院如火城。李子聞母在室中呼，突身入，鄰人牽曳之曰：『入俱死矣！』李躍地號曰：『天乎！人有立視母死不救者乎。』絶衣騰身入，共見其負母出，甫至天井，棚塌覆焉。一院作慘碧色，迄撲滅，闔宅俱燼，掘見二尸焦爛伏地，負母如故，觀者識與不識争爲泣下。

嗟乎！忠臣死忠，孝子死孝，根乎天性，非學成也。士大夫讀書覽古，津津談節義甚悉，一朝臨君父大難，逡巡畏縮，袖手不前，致身敗名虧、貽百世羞者，所學安在。孝子一隸耳，詩書明訓，知爲何物，乃臨難决然，奮不顧命，此與血濺帝衣、身蹈油沸者豈有异哉！豈有异哉！方火熾時，門已不可入，一有力者持鈎破其室，後壁有呻吟聲，掖出，乃其妻也，烟逼垂絶，子猶在抱中無恙。嗚呼！獨留其嗣以延其宗，天於孝子寧無意哉。事在嘉慶十七年四月。

梅成棟宋孝子傳

吾友孫瑞郊兆麟，誠篤士也，不妄言，一日語棟曰：『邑有宋孝子，汝識之乎？』因道孝子事甚詳。

孝子姓宋，名大成，家世編户，少孤，父歿時遺子女三，大成一姊一弟，貧無以養，遂傭身爲奴。侍運署庫胥，性謹確，胥倚之，得漸糊口。每日四更方歸，歸必市果餌或餹脯，日易其品，至母床前，諦視顔色，母老且聾，宋大聲呼曰：『娘！今日快乎？』探物於懷，置母前，母嘗之曰：『甘。』孝子喜曰：『兒今日不空回矣。』對母徐話日間瑣事可笑樂者，博母歡，視母寢，乃入室。有時視母色不豫，必究問家人誰觸犯者，如其妻也，擊拳叱詈，令妻長跪謝罪，母不霽顔不敢起。設犯母者爲弟媳，呼弟使前，痛哭責之曰：『母少年孀苦，人世酸楚嘗盡，撫我兄弟至成人，何所圖報？忍使衰暮之年尚不歡乎。汝之不謹，兄之咎耳。』自批其頰，或置身於地，搏顙求死，弟夫婦感痛流涕，謝罪而後已，以是家人無勿謹順者。

姊之嫁、弟之婚，皆出其力，姊婿貧不自贍，又多子女，宋周濟不令母知。母又最憐姊，宋事姊夫婦如兄嫂，遂全家依之。宋爲葺屋製衣，夏葛冬絮，不待母言，與己同。其恩甥男女如其子女，人勿辨爲异姓也。瑞郊與宋居隔一壁，動静瑣屑皆知之，兄弟妯娌終歲怡怡無間言，二十餘年如一日。

楝聞而慨然曰：『有是哉！大成之善養親志也，其在禮曰：「親之所愛亦愛之，親之所敬亦敬之。」謂士君子當如是也。自世教衰，文人學士猶難，况奴豎乎。邑有父成進士，子舉孝廉，同仕宦者，父卒，孝廉顧其母曰：「胡不同死，又累我三年憂耶。」一孝廉弟卒，母悲之，戒勿令哭，母鬱以死。孝廉課其孤侄，日事棰楚，曰：「我望其成人。」實快其死以釋累。弟妻子擁敗絮，啜脱粟，默默聚泣，孝廉肥甘紈綉自若也。聞宋大成之風，嘻可愧矣！』

梅成棟山西趙城令楊公殉難狀略

道光十五年乙未三月初五日，山西趙城縣民變戕官，劫獄掠庫，首逆曹順逃至山東，拿獲正法，事平，初不知其詳也。是年九月，汪君志賢自山西歸，道其事甚悉。汪從及門李静亭明府游，李署沁水縣事，沁水去趙城二百里，聲息相通，余得而志楊公之烈焉。

曹順者，趙城之耿峪村人也，年三十餘，歪頸重髮，多機詐，師李福林習邪教，以燒香治病惑人，人争信之。有張文彬、李吉星兒、韓建、韓奇等數十人奉爲教主。耿峪村與跑蹄村、東壁村接壤，居民千餘家，從其教者半。有文童苗贊廷者，乳名三娃，借占卜爲參謀，定於本年三月初十日乘堯廟賽會起事，宵聚明散，演習邪法，村民知其謀，憚其勢不敢鳴於官。

邑宰楊公名延亮，字菊泉，湖南長沙人，嘉慶癸酉以第一人領鄉薦，庚辰成進士，以知縣分發山西，補趙城。在官清正，得士心，宰趙城十年，以卓异遷雲南昆明州牧，未行。其爲政也，寬以培士而威以御下，治匪徒尤嚴，故署之胥役不敢横，而銜恨日深，不逞之徒尤切齒焉。僧道洪，刁惡健訟者也，公屢加懲責，恨尤刺骨，遂投賊曹順黨，與之協謀爲内應。是時三村之民人情洶洶，事頗泄公，初未之信，至是潛使快役郭金相、狀丁耿思亮、郭二魁等先後偵探，不知三人乃賊之耳目也，見賊順，促之反，而以僞言報公曹。順等遂於三月初五日招其黨三百餘人持械赴城，距城五里有驛曰『窑兒』，上郵廨在焉，驛夫閻朝花者早通逆。是夜三鼓，賊抵驛會食，乘驛騎抵城，賊道洪開門納之，登縣堂作鳴冤狀。公知變作，朝服出堂上，據案慷慨，曉以大義曰：『汝等無知！苟殺我，豈能逃法網耶！及早解散，尚可活。』爲首數人有退意，道洪大呼曰：『此言詐也，將我擒矣。今不先之，悔何及！』露刃而前。公大罵賊，奇率衆環撲，刃叠下，遂肢解焉。闔門九人同遇害，幕賓、家人均與難。賊縱火焚署毁尸，破獄放囚。天已曙，分其黨攻霍州、洪洞縣城，二邑戒嚴，轟以巨炮，賊潰。越三日，官軍四集，獲賊黨二百餘人，惟曹順逸焉。撫軍申奏，皇上哀悼，恩加優恤，照滑縣知縣强克捷殉難例，建祠崇祀，全家配享。

曹順逃至山東觀城境，與韓奇、李吉星兒宿於古寺中，觀城宰陳公光緒拿獲，解往趙城正法。梟示之日，撫軍鄂公順安率屬列香案，摘曹順、韓奇、韓建、李吉星兒、僧道洪之心祭於公靈，行三叩首禮，伏地大慟，時軍民觀者數千人，同聲一哭。苟非生而清正，死而忠烈，豈易得此。嗚呼！公之捐軀，可謂榮矣！

沈兆澐梅樹君先生傳

公諱成棟，字樹君，號吟齋，明駙馬榮定公殷嫡裔。永樂時，遠祖襲世爵，自金陵遷居天津，世爲望族。公父雅树公諱履端，少孤，事節母至孝，工書法，善畫竹蘭，海内知名，争寶貴之。不仕，娶導江朱公岷女，是爲公母，子四，公其仲也。性孝友，幼穎悟，好爲詩，受業舅氏仰文、朱孝廉光覲之門。弱冠補諸生，二十四歲登嘉慶庚申秋榜，與慶雲崔曉、林旭同出張船山先生房，京師有『一門得兩詩人』之目，船山先生曰：『此余之崔黄葉、梅宛陵也。』公獲師友助，詩益工。天津，詩藪也，顧多不自收拾，刊刻寥寥，公念歷來詩家著作漸就湮没，乃竭力搜輯無遺，精選梓行，曰《津門詩鈔》，十八卷，流傳不朽，公特創爲之。

郭外舊水西莊，查蓮坡先生别業也，會集諸名士觴咏流連，極一時之盛。道光丁亥，公結梅花詩社於其中，提唱宗風，南北詩朋分牋叠韵，幾無虛日，而風雅復振。迨大名陶鳧薌太守延主天雄書院，與崔曉林襄輯《畿輔詩傳》，而公亦垂老矣。

公自領鄉薦後，十三上春官，不售，遂息意名場，藉硯田爲生活，游於門者科第綿延不絶。居恒以濟物利人爲念，家無擔石，而濟人之急無難色，親黨中孤寡賴以舉火者若干家，故交子弟賴以存活者若干人。津邑士子多寒素，無力從師。戊子，公與同里侯公肇安請於金文波觀察，立輔仁書院，課生童百餘人，并倡捐膏火獎賞費，以贍貧士，公主講十餘年，成就甚衆。乙未歲，旱，糧貴艱食，公請於王執軒觀察，勸捐賑米，設四廠，各分男婦，一日領五日之糧，一人代五人之數，查有舊族不便赴廠者，輒送米於其家，計施米二萬餘石，窮黎免飢餒流亡，全活無算。大吏擬請議敘，公辭之曰：『吾非爲榮己計也。』公之濟人而不以爲功如此。嗣選永平府訓導，任七載，負笈從游者室爲之隘，因材造就，深得士心。甲辰六月，以疾卒於任，年六十有九，聞者莫不感泣焉。

所著有《欲起竹間樓詩集》十卷、古文三卷、《吟齋筆存》四卷、《儒釋合談》一卷、《四書講義》二卷、《管見編》四卷。子四：寶岩年十四入泮，有神童之目，早卒，寶熊、寶璐、寶辰皆孝友相沿，殫心著述，以文章科第世其家。

贊曰：公余耐久朋也，兹墓已宿草矣，猶憶公貌清癯，口吃，喜吟咏，廣交游，不設城府，不矜己長，不言人過，貌嚴而心慈，見義必爲推食解衣，不少吝。生平著作純以表彰忠孝節義、維持風化爲心，蓋文苑而兼義行者也。古所謂鄉先生没而祭於社者，其斯人與！其斯人與！

樊彬高寄泉先生傳

寄泉名繼珩，順天寶坻人。少孤，長於外家，舅氏王痦厓先生，殊洽各宿也，教之讀，寄泉專意攻苦。杜石樵太傅時督學順天，首拔識之。戊寅舉於鄉，以親老館於天津。天津文物之地，多江南北豪俊寓公，咸願交，寄泉結珮攬環，靡不心折。時梅丈樹君成楝、崔丈念堂旭結梅花詩社，社中數十人，寄泉詩出，每奪其幟。念堂以《畿輔詩》屢輯未成，屬寄泉采訪，寄泉專心致志，窮二十餘年之力，訪得六百餘家，陶凫香師爲刊之。上春官，數薦不售，挑二等，以祿養就選，初選樂城，丁母憂，邑人留主書院講席，修《樂城志》，以韓五泉、康對山、陸清獻爲則，刊成，頗有文減事增之目。起復選河間教諭，因文勵行，教士以誠，著《演教諭語》三十三則，春秋兩試售者相望也，調大名教諭。

咸豐三年，粤匪北擾，寄泉奉大吏檄，委練勇防堵，與士卒同甘苦，先清户口，約賢紳，守城門，詰奸細。四年三月，贼至冠縣，相距七十里，以有備，未來窺伺，走臨清，破之。四月，復至冠縣，寄泉帥勇渡河禦賊，擒獲數十名。時兵民皆奮勇争先，格殺者無算，共擒獲三百餘名，大名城獲保全，與有力焉，大吏上其功，奉旨賞戴藍翎。咸豐四年，黄河銅瓦厢决口，河北開州、東明、長垣一帶盡成澤國，寄泉奉檄赴長垣，查户口，解賑銀，收賑米，顧車拉運，逐户散放錢米，跋涉風雨泥淖中，鬭兩年，不辭勞瘁，全活無算。俸滿保薦，奉旨以知縣用，抵選廣東博茂場鹽課大使。

寄泉温其如玉，與人交終身無忤，然遇事敢任，要其表裏如一，皆一誠主之也。

樊椿郭公墓志銘

先大夫好交游，一時賢士朝夕過從。椿生也晚，父執交不多見，得常謁者，惟自牧先生。其長嗣穉山别駕與椿訂車笠，故稱兩世好，公歸道山，葬之先，别駕以椿知梗概，屬爲銘。

謹按，公姓郭氏，諱謙，字地山，號自牧。世居平陽臨邑，先代有厚德，傳至資政公，家益大。資政公諱善述，公曾祖也，以子貴，贈資政大夫，妣張氏贈夫人。祖泰峰候選道員，輸餉修嶺，通師行，邀獎勵，授資政大夫，妣王氏封夫人。父執政任民部郎官，有循聲，封奉直大夫，以公官贈武翼都尉，前母李氏、母范氏俱封宜人，以公官贈封淑人。公生而穎异，朗如玉山，得民部公及范淑人歡，甫六齡，民部公謝世，公哀毁。逾成人，侍母益謹，及長，克自樹立，歸窆民部公，開新阡，復以托業蘆鹾，迎養淑人於沽上，往返數千里，艱辛獨任。嘗謂丈夫見用於世，豈必盡在占畢間。遂投筆就銓游戎，欲之官，以淑人年高，不果。居恒衣樸素，食儉約，至恤族敦友，予千金無吝色。津之東鄉居民無告，公遣紀綱濟之，垂二十年，飢歲衣粟有加。公將殯，遮道會送者數百人。當是時，别駕昆仲始知受惠爲某某，他人猶不解也，公德之隱，率皆類此。若設渡船、造橋梁、恤孀孤、施藥餌，又其顯見者耳。

公工書善繪，釋佛經，著弈譜，才藝之成爲人所莫及。使登高科，膺顯宦，見於事爲者，即古人無或過之，豈僅稱頌一時、延譽一鄉已哉。生於乾隆庚子三月十一日，卒於道光壬寅二月三十日，春秋六十有三，是年某月某日葬於城東翟村先塋昭位。遵例授武翼都尉，以别駕官封朝議大夫。配宋淑人，同郡宋果亭公女，側室李宜人先公卒。子五：長松年選順天糧馬通判；次汝驄，國學生，己卯鄉試，挑取謄録議敘通判；次筠，候選鹽課大使；次拱極，候選守禦所千總；次栢年，候選副指揮。俱宋淑人出。孫十九，女孫十八，曾孫女一。銘曰：

鬱矣郭君，晋之英杰。孝以事親，送養一轍。信而交友，終始罔缺。惠澤加人，清風遠揭。存仁處義，潤槁續折。生德死名，永著奕葉。

華長卿劉海二明府合傳

嗚呼！士窮見節義，世亂識忠臣。奉天二百年來承平日久，未遭兵燹，萑苻之騎馬持械者，初不過劫行旅、掠貨財，聞官軍至則竄匿，乃爲虺弗摧，養癰貽患，近則嘯聚山林者千百成群，馬彊炮利，公然旅距，盗弄兵於潢池，且破城戕官，劫獄焚署矣。文恬武嬉，相率趨避，賊氛於是乎益熾也。而牧令中慷慨捐軀、没於王事者，得两人焉，一劉公景醇，一海公盛。

劉公名景醇，原名冕，字伯黼，直隸清苑籍江蘇陽湖人也。少爲名諸生，文筆敏捷，久困南北闈，年將四十，始舉順天鄉試，又屢躓公車。館京師十餘年，由宗學教習。咸豐甲寅，揀發奉天知縣，年已五十餘矣。時府尹文露軒先生爲公庚子座師，素知公有良吏才，需次数日即委署蓋平知縣。公善於聽斷，弊絶風清，邑大治。敘防海功，加通判銜，逾年兼署復州事。州距蓋平一百八十里，公往來其間，案無留牘，經理裕如，實有兼人之長，兩地頌神君焉。逾年卸復州事，逾年又卸蓋平事，改署糧廳理事通判。丁巳調署遼陽知州，遼陽事益繁劇，公得以展其才。宗室覺羅之强横者，皆斂迹。刑部待郎某惑蜚語，罷公職，公意殊翛然，待郎亦悔之。戊午捐復，仍需次瀋陽，己未署承德縣事。承德，首邑也，接上使下，并發審通省案件，井井有條，治中郡試向例承德知縣提調點名，因治中謹厚長者多有不肯往者，公獨循例遵辦彈壓童場舞弊。治中于役錦州送西門門外者，惟余與公二人而已。

庚申調署昌圖理事通判，昌圖爲極邊要區，管轄延袤數百里，命盜案件尤繁，公履任二年，地方靖謐。己未二月，署新民廳同知，廳爲省西衝衢，差務絡繹，柳何溝冲徙無常，改建河神廟，親製碑文勒石。廳未設學官，有關帝廟二，東西相去數里，公朔望分詣行香焉。数月卸新民同知事。同治元年，奉省采買米豆，由海運天津，風濤之險，凍阻之虞，委員多視爲畏途。大憲廉公不辭勞瘁，委公接運，抵津交倉數萬石，無升斗缺，差竣旋省，昌圖缺出，以公熟悉地方情形，復委署通判事，商民咸歡樂之。敘獲盜功，加同知銜，逾年交卸。乙丑六月，署興京理事通判，時賊勢猖獗，逼近山陵，公即日束裝，抵任後，練團護陵，協力防守，事必躬親，備嘗艱苦，緝獲賊首多名。

王洛疙疸者，奉旨嚴拿之巨盜也，禀請就地正法，未奉批行。九月，賊衆蜂至，時大軍屯駐陵街城中，兵單民散，公招募壯勇堵禦，越日，賊撲北門，公親督外委張洪興帶勇接仗，奮力殺賊數十名，賊分股攻城東南隅，公登陴固守，見勢不支，誓以身殉。命胞弟煒懷印請援，煒號泣出城，而賊已竄入城垣，劫獄焚署。公轉戰至東北城上，身受多傷，力竭陣亡。張洪興與僕人李升、差役孫學成皆死之，時九月二十八日也。越五十八日，昌圖有海公殉難事。

海公姓納喇氏，名海盛，字仙洲，福建駐防滿洲正白旗人，世居福州。弱冠與兄海順同舉於鄉，時有『雙丁』之目。海順丙辰成進士，觀政禮部，公益自奮勵，會試屢薦，考繙譯，又未售。咸豐己未，揀發奉天以知縣後補。時海疆防堵，充副都統，增某委員，因修造田莊台北岸炮臺，劝成，府尹景星橋先生保薦，加知州銜。逾年辛酉三月，署復州知州事，公勵精圖治，久之，訟簡刑清，不名一錢，士商愛戴，百姓咸稱之曰『海青天』。壬戌三月，卸任時送萬名衣傘，祖餞盈路，至車不得行。是年秋，署開原縣知縣，開原地接三邊，訟案坌積，公清釐勤慎，手自批判，不專恃幕賓。察吏役尤嚴，商民畏服，有獻『公正廉明』匾額者。考試拔取寒畯，紳士無不樂頌。每聞賊至，即親督勇役前往，爲武弁士卒先，體恤罪囚，飢寒者常賞犒之。聽訟善斷，力絶苞苴，頗得廉名，而猶有稟控拖欠商債者。噫！异矣。

公自乙卯由閩入都，嗣來奉天家書鮮達，有勸公迎接眷屬者，公曰：『一身勤勞王事，何以家爲。』又有勸公納妾者，公笑而不答。性好潔居，室几案無纖塵，衣裘華美，遇祭祀大典必朝服將事。矢恭矢慎，喜宴客，餚饌豐腆，善飲，十巨觥無醉容。

甲子九月，去開原，紳民餞送一如去復州時。逾月，隨阜將軍往吉林審訊庫欠重案，時與治中蔣和叔先生偕往，皆精明幹練才也。長途風雪，往返再四，查訊明確，備歷勤勞。乙丑夏始銷差回省，秋間即帶兵剿賊，自西而北，自北而東，身履戎行者數月矣。東山遼河向爲盜賊淵藪，酋目許占一黨羽千人，尤跋扈，公單騎入山，親往招撫，説之以大義，慑之以軍威，占一悔罪，泥首投誠，率衆來歸。餘黨不服者復沿途焚掠，竄至興京，蓋劉公景醇死節時也。

大憲悉公廉能遂於十一月委署昌圖廳事，昌圖新升撫民同知，公星夜馳赴新任，整辦團練。布置甫定，聞所屬之金家屯有賊盤踞，公親督勇役前往堵禦。賊首馬姓，聞公至，驅散勇役，迎公入屯，挾公以釋放獄囚，并索練勇八大會首事，公厲聲叱之，群賊顧失色。乃突有悍賊二人持刀矛猝至，賊酋以身蔽之，弗及，而矛已刺入左肋，血流如注，賊衆環而泣，急敷以藥，隨即將二悍賊縛跪公前，支解以雪恨。公旋因傷而殂，賊酋覓縫人裁制衣衾，備棺成殮，有出涕者，有哭失聲者。次日即有賊匪到昌圖劫獄焚署，公門丁張姓懷印奔至開原，闔城震驚，百姓聞之，婦孺皆嘆曰：『海公死矣！』嗟乎！海公不死也。公年四十有六，子一，僅十餘齡，遠在閩海，萬里孤魂，十年死别。哀哉！

扶餘外史曰：劉公短小精悍，目光爛爛如岩下電，六十有四，精力强健如壯年。任承德時，值學使歲試，各城校官萃集，公廣開筵宴，招同人暢飲，盡地主情，可謂篤交同寮矣。余司鐸開原十餘載，凡丞倅牧令之至於斯者，絶迹冷齋間，或僅投一刺，公則每過必排闥入，握手如平生歡，可見公之情誼也。公子一，楙勛議敘知縣。孫三，艾生、耀生、耆生。海公身弱而神旺，喜怒不形於色，生長八閩，絶無京都八旗世家習。工書法，作擘窠大字，得平原筆意。與余交，澹而彌永，嘗會請李烈婦旌表事，知其長於駢體文。甲子早春，劉公過開原，海公招余陪席，同席只三人，談盜賊充斥事，二公皆慷慨拊髀，多血性語。今甫閲一年，相繼殉國，余獨何心能不悲哉。劉公有豪俠氣，海公有清廉名，劉公儉以持己，海公豐以待人，性异而情同，姑就余所知者濡墨爲之傳。

華長卿陳于兩廣文合傳

陳公成烈字懷芳，天津縣人。恩榮五代，壽届期頤，月舫老人之第七孫也。性恬静，好學深思，善弈棋，與人交謙抑和藹，朋儕論古今事，各持意見，每以一言决之，是非立判。弱冠補縣學生，旋食餼，工製藝，能抉題奥窔無淺語，同學尚才氣者咸以爲弗及，竊公緒餘輒得高第以去，公乃十入鄉闈，屢薦未售，僅挑取謄録。年將五十歲，貢成均，以國史館議叙得教職。咸豐四年四月，選授獻縣訓導。時予將赴任奉天，由山西旋津，訪公於僦居陋室，暢談竟日，公時年已六十二矣，自是曠隔音問。後有自河間來遼東者，言及公勤於訓迪諸生，受業登甲乙榜者甚衆。

同治七年三月，予在瀋陽閲邸鈔，直督官相國文片奏，據河間府禀報，二月初五日，據獻縣分防管河主簿薛學勤禀稱，初三日見鄉民紛紛逃奔，僉稱縣城於初二日失守，縣官學官均已陣亡，薛主簿即帶鄉勇初四日馳抵縣城，賊大股甫退，尚有零匪在城，鄉勇追殺二名，餘賊悉遁，立將城池收復。詢在城居民，均稱初二日申刻，賊匪大隊驟來，由西北門繞至南門，知縣熊存瀚、訓導陳成烈帶勇上城，開放槍炮，斃賊数名，賊愈來愈衆，勇力不繼，致賊攻破南門。熊某與陳某，并陳某子康詳復與賊巷戰，寡不敵衆，登時一同力竭陣亡，鄉勇家丁跟隨同死者不計其數。典史李灝、城守把總劉飛虎均無下落，教諭李鍾蔚買辦祭器，先期公出，獨熊縣官與陳學官父子殺賊捐軀，洵不愧城亡與亡之義，實堪憫惜。懇恩飭部從，議優恤，以慰忠魂。軍機大臣奉旨，熊存瀚、陈成烈等均著從優議恤，欽此。當陳公被戕時，其長孫媳聶氏、次孫媳牛氏、女孫五姑均各投水死節，其慘未及請恤，公時年已七十六矣。倘如教諭，未嘗不可以幸存，乃能守大節，與縣官上城禦賊，父子同時捐軀，在署之孫婦孫女亦一同殉難，誠可謂一門忠節，不負所學。庠序爲之增色矣。公子三人，孫二人：長子康和，邑庠生；次子康安，邑增生；幼子康詳，候選從九品，即與公同死者也。而是年正月，先有于廣文在祁州全家殉難之事。

于公壯圖字毅亭，亦天津縣人。乾隆壬申進士，虹亭先生之孫。善畫，柳橋先生之子也。少聰穎，讀書能强記，因口吃沈默寡言，同學有詼諧嘲謔者，輒期期艾艾，變色正言以責之。事親孝，先意承志，友愛昆季，終身不析居。慎交游，所近多賢士。年未冠，即補博士弟子員，時道光十一年也。十四年順天鄉試中式，甲午科舉人，會試屢膺房薦，至二十四年甲辰，大挑二等，因銓選無期，游幕江蘇者數年。予計偕入都，每於棘闈中得一再晤焉。咸豐五年三月，選授祁州學正，迎養老母，終署時，諸弟咸謀食於外家，無恒業，并接弟婦侄輩偕妻孥以來，食指日繁，冷宦益形竭，而家庭和睦，娣姒無間言，諸弟亦時至衙齋，怡怡相聚，如是者十餘年矣。訓課及門，始終弗怠，嘗采訪祁州節婦守志合年例者，詳請旌表。母氏衰年多病，躬侍湯藥不倦，至同治六年冬壽終，殯殮周備如禮。貧不能即歸，卸任後，全家尚羈滯於祁，擬春暖扶柩歸葬。

不料七年正月間，捻逆竄擾畿南一帶，由深州、束鹿、安平徑撲祁州，逆首張總愚率悍黨數千人，風馳電掣，官軍尾追至，輒繞路竄逸。十二日州城陷，賊蜂擁至，公保護靈輀，忠憤填胸，大聲罵賊。賊衆刀矛斫刺，身受三十餘傷，至死罵不絕口。嗚呼烈矣！公之繼妻王氏、弟婦解氏、朱氏携其侄慶光、媳李氏、侄婦鹿氏、侄女大姑、女三姑、孫女成姑九人同時投井死，忠孝節烈萃於一門。時軍務倉皇，又因非在任官員，竟無人詳報。梓里聞之，無不墮泪稱嘆。至四月，天津在籍紳士吴霖宇、觀察惠元等公，懇署直督崇侍郎厚奏請賜恤建祠。查陳于兩廣文以司鐸文員，於賊匪竄陷之時，均能舍生就義，大節無虧，其各妻女子婦等亦均深明大義，完節捐軀，死事尤極慘烈，實堪嘉憫，獻縣訓導陳成烈已蒙直督奏奉恩旨優恤在案，相應據情奏懇天恩，將祁州學正于壯圖一員飭部從優議恤，并准於原籍地方由紳民捐建兩廣文專祠，其陳廣文之孫婦、孫女等三人，于廣文之妻王氏等九人，一并附祀，以彰忠節而廣皇仁。軍機大臣奉旨著照所請該部知道。欽此。

扶餘外史曰：陳公與予爲中表兄弟，品學文章，固視爲畏友，其晚節之奇，父子同時捐軀，婦女均能殉節，吁可敬也。于公以丁憂卸事之員，罵賊不屈，身受多傷，卒能死孝死忠，爲士林之完人，而全家亦無不視死如歸，其烈魄忠魂，馨香奕世也宜哉。若獻縣教諭、祁州知州、訓導輩，至今仍列名搢紳，則又不可知矣。

華長卿廖君墓志銘

君諱炳奎，字豸峰，福建順昌人。父廷鵬，乾隆五十七年舉人，詔安訓導，母游氏。君天資穎悟，至性過人。年十四，補縣學生，嘉慶十八年拔貢，連試京兆，不得志，游幕山東、山西及塞外蒙古地，幾廿載，始考充正紅旗官舉教習。期滿授山東昌樂知縣，勤慎治獄，有政聲，乃以拙於催科褫職。道光己亥，來天津董閩粵會館事，觴咏自娱，意豁如也。逾年，海禁商舶入洋，有挾私貨來者，或以蜚語誣君，總督某更媒蘖之，坐罪，謫廣東。迨夷人擾粵海，投效軍營，敘防海功，予八品銜，赦歸。計居粵十載，交賢士大夫，一時聲稱藉甚。

己酉，復來天津，愛川原清曠，卜居於大河之濱，閉户著書，有終焉之志。時與沽上詩人結社聯吟，主壇坫，提唱風雅。甫一載，以道光三十年十二月二十三日卒於寓館，享年七十有三。君三娶：元配葉氏，生子鏊，佐幕山東；次配劉氏，生子鈞，館京師；今孺人周氏，生子鑾。明年咸豐紀元某月某日，鑾將葬君於天津稍直口新阡，遵先志也。銘曰：

天靳其禄，德厚遇窮。天憐其才，位卑名崇。以八閩之詩人，而瘞於三津之濱。

梅寶璐楊醉六先生傳

先生諱慎恭，醉六其别號也，行三，吾津詩書舊裔，爲乾隆戊午孝廉，任隆平學博，玉堂公諱輝祖之孫，品端學粹，雖貧無立錐，而嘯歌之聲若出金石，簞瓢陋巷，裕如也。博稽群書，能窺古今涯奥。生平一介不苟，行必踐言，以舌耕爲業。年逾不惑，中咸豐乙卯科副榜，遇可知也。所著詩古文詞自抒機軸，不落恒溪。貌清臞，而議論風生，境屢空而氣不餒。有憐其困乏而周之者，固辭不受，風節在夷、惠之間，士林中務時尚者鮮知之，先生亦不樂人知也。著有《故吾吟草》及文集，雜作亦甚夥，竟以潦倒終。同治十一年十月二十九日卒，年六十三歲。

楊光儀張孝子傳

孝子名淦，字德華，天津人，吾師書田先生次子也。猶記問業時，德華恒隨其兄象生來館中，客與之言，應對如成人。少時即温雅，有恂恂之意，人皆异之。及吾師選授延慶州學正，携眷之任，德華年甫冠，以去天津遠，未應童子試，援例入國子監。三年大比，象生舉於鄉，德華再試不售，旋由實録館供事議敘以典史選用，仍隨侍任所。事親益篤，而素有腹疾，不時發，人又代憂之。

夫孝爲庸行，非必有度越一世之概，而爲古今不經見之事，使天下見之聞之者動色相告，皆樂道其姓氏，以爲美談，即或適遭其變，有不得徑行吾孝者，其操心慮患，至危且深，艱難委曲之中，庸行也幾成奇節，人亦且相與流傳，二老謂若人無愧孝子矣。抑知此乃人子之不幸，非必如是而後乃可爲孝也。今德華安常處順，乃欲無恙，兄弟怡怡，衹自行其所安，以期無歉於心，孝矣！而家人且習與相忘，特舉其一二事，以爲是德華之孝，烏可得哉。

昔寓保迨捐館後，象生送其柩來津，向余泣而訴曰：『吾弟之孝行未易殫述。陽時，賊氛已逼，吾父雖無守土責，而自以策名銓部，義不可去，疾遣眷屬出城，旋後出者呵責之，吾弟獨侍立不語。吾父顧而嘆曰：「吾知汝志矣。」遂不之强。亦無患。及隨侍延慶。吾母病目，幾不見物，吾弟日視湯藥，先意承志，無使少拂於心，目由是復明。無何，母又卧病，吾弟衣不解帶者越月，乘間於東齋叩禱，額血入地寸許，復刺指血書疏告天，祈減己算以益母壽，必不忍謂命數難移，天道甚遠，在爲人子者於醫藥外得有餘地以自處。不意母病愈而弟之舊疾忽發，即於是而長逝矣。』

余聞而志之，因思人子於親，必孺慕之情久而彌摯，然後乃有以一生死、格鬼神，初非欲爲奇特之行，而矯情欺世及一切務爲名高者流，卒不得僞爲。又可知今之獨爲所難爲者，即其素行之安於故常，無從指而數之者也。余於德華知之最早，爰撮其梗概而爲之傳。

鄭學川胡孝子傳

孝子名柄泰，字小帆，姓胡氏。其先本會稽著姓，後徙天津，歲久遂家焉。康熙間有象三先生諱捷者，爲名諸生，聰敏過人，幼有神童之目，與查蓮坡先生友善，嘗於水西莊文宴酬唱，有詩載縣志中，是爲孝子高伯祖。

孝子未弱冠，失怙，母朱氏生孝子最晚。性篤孝，自幼至少未嘗稍忤母意旨，及壯，承父業，入鈔關署爲司籍吏。居常以奉母爲務本學，晨出暮歸，無間風雨，視母安，乃喜，嘗曰：『人子除竭力奉親外，餘皆泛設，即顯揚，猶落第二義。』又云：『吾生平不解有大憂患，惟值母有疾，則皇皇不可終日。』母畏雷聲，孝子聞雷即趨侍，不敢須臾離。姊妹四人，母尤鍾愛孝子，先意承志，餽遺無不周。愛諸甥如家人，遇緩急事，雖窘乏不使母知，必百計摒擋，各如其意。舉凡博母歡、娱母志，察於無聲，視於無形，呼吸相通，至誠悠久，蓋數十年如一日也。

同治癸酉，母年八十五，三月，感寒疾，醫藥罔效，孝子廢寢食侍左右，憂形於色，祈天籲命，終不效。廿四日，母卒，孝子哭盡哀，兀坐母柩旁，日有所書，家人不獲見。廿七日亥刻，乘間仰藥以殉。孝子畢命前，家人環泣，勸用解毒飲，孝子端坐不顧，自云：『吾得侍母地下，心甚安舒，無他苦。』指所遺書分給家人戚友，囑未完事，無私語，遂瞑目而逝，年四十有五。

妻陳氏生子女數人，皆不育，僅遺幼女一，胞兄柄乾先母卒，有子二人承宗祀，其他諸善行如創建廣善惜字社、重修貞節烈女墓，一力完成，尤卓卓傳誦人口。

王文錦華梅莊先生傳略

梅莊先生華姓，諱長卿，字枚宗，晚年自號米齋老人，榜名長懋，直隸天津人。祖蘭，乾隆庚子舉人，官安徽知縣，以循吏稱。工詩善畫，先生克紹其家學，幼有宿慧，弱冠補諸生，精心汲古，有覽輒記，下筆千言立就，於文無所不工，尤以詩詞名海内。與任邱邊公浴禮、寶坻高公繼珩并稱畿南三才子，存詩自十六歲始，名曰《先庚集》。道光辛卯，舉於鄉，初入京師，才名藉甚，所交多知名士。屢試禮部不第，絶意進取。南游金陵時，其舅氏沈文和督江安糧儲，爲幕中客十載，縱游吴越，溯大江之楚北，旋復由皖至汴、至齊、至晋，足迹半天下。

癸丑選開原訓導，時倭文端官奉天府尹，奇其才，檄纂《盛京通志》，逾年成志稿三十六卷。開原，小邑也，地處邊隅，嚮學者少，以經史相觀摩，以文行相敦勉，訓迪有法，科甲遂蒸蒸日上，士子以『久道化成』額其署。在任廿六年，告歸，衆門人請留於縣，縣詳於大吏，給假，卒引退。去官之日，雨雪載塗，不獨寅僚紳衿設席祖餞，即商賈兵民亦皆遠送於野。

歸田後，書數篋而已，無問寒暑，手不釋卷，顔其居曰『時還讀我書屋』。奉天學使王公家璧尤欽重之，奏保得旨，賞國子監學正録銜。生於嘉慶乙丑八月，卒於光緒辛巳二月，年七十有七。

先生髯長尺餘，風神散朗，如魏晋間人，而激揚風義，甄拔寒畯，有古烈士風。士有一藝之長，莫不被其容接，每談經籍至夜分不倦。遇有忠孝節烈，輒詩文紀之，悽愴激楚，令人不忍卒讀。究心經史，宏覽多聞，於金石、譜録、書畫、詞章之學，皆能抉摘精審。善書，篆隷行楷，體無不工，尤功深漢碑。畫梅深得元章之妙，其品不在童羅下也。著有《古本周易集注》十二卷、《尚書補闕》一卷、《毛詩識小録》四卷、《春秋三傳异同辨》二卷、《論語類編》一卷、《唐宋陽秋》五卷、《説雅》十九卷、《史駢箋注》四卷、《歷代宰相表》五卷、《兩晋南北朝十七國年表》三卷、《聖廟從祀圖考》二卷、《石鼓文存》一卷、《漢碑所見録》三卷、《正字原》七卷、《説文形聲表》十五卷、《説文引經考》一卷、《疑年録小傳》四卷、《畿辅人物表》六卷、《沽上陽秋》一卷、《津門選舉録》六卷、《俗音正誤》一卷、《韵籟》四卷、《方輿韵編》二卷、《千家姓》三卷、《華氏姓藪》四卷、《泉譜》一卷、《時還讀我書屋文鈔》八卷、《梅莊詩鈔》十六卷、《續詩鈔》十六卷、《賸香館詞鈔》二卷。

子三：長光鼐，字少梅，名諸生，蚤卒，著有《東觀室詩文鈔》八卷、《津門文鈔》二十四卷、《脞録》二卷；次鼎元，以增貢生官江蘇知府，著有《津門徵獻詩》《津門通典》《爾雅注》《儒林傳旁證》《梓里聯珠集》；次觀澄，官刑部司務。孫四：鐸、敔、彤、彭。

華鼎元謝明府傳

公諱子澄，字雲舫，四川新都人也。道光壬辰科舉人，以大挑一等選直隸知縣，所至有聲績。咸豐壬子春，來治吾津邑，邑爲畿南要區，俗尚氣節，好勇而善鬥，公卧閣以治，境宇帖然，首以實德化民爲本。

明年秋，津邑大水，運河決南岸。當是時，粤匪犯直隸州縣，勢極猖獗，公出示安民，并招募義民守城，共分三十八局，計千九百餘人。未幾，賊入静海，公出獄中敢死士劉積德等六七人，許其立功贖罪，衆皆願以死從。九月二十八日，賊由静海東竄，公申明紀律，率衆出城禦賊於稍直口，遂擊却之。方賊匪之未至也，士民待命於公堂，官僚胥在，士民曰：『吾等禦賊，未審孰爲領隊者。』衆嘿然，而公獨身任之。是時津城四圍皆巨浸，由静海達津，惟河岸南堤可行。公命蘆團二百名伏河北岸，蘆團者，即楊都轉招募義民也，經費器械出自長蘆鹽商，故曰『蘆團』。又令雁户伏南面水中，雁户者，平日伏水中以獲水禽者也。頃聞河北岸炮聲不絶，賊急南却，遥見南面雁户，意欲招而濟之，而雁户乘勢遂擊死二百餘人。當是時，附近村民十餘處悉藏匿不出，及公擊賊，村民皆從壁上觀，我兵勇無不一以當十，村民呼聲動天，賊匪無不人人惴恐，於是大破之。越二日，勝都統抵津，知公有膽識，偕公去，擊賊於楊柳青，復破之，蒙恩加知府銜，賞戴花翎。賊退踞獨流鎮，築土壘以抗官軍，相持不下者五十餘日矣。冬十一月二十三日，公與賊戰，賊退入土壘，適佟都統爲賊所困，公奮勇救之，未及數里，賊突出，公急拒之，身受重傷十三處，馬與御者皆失去，義民負之以行，公曰：『事急矣！若等當自爲謀，勿因我禍及。』遂投水而没。

逾日，公尸入津城，士民跪迎郊外者不下四萬人，悲嘆之聲盈道路，然則公之德在津邑何如也。已而奉旨加布政使銜，謚忠愍，命津邑建祠以祀焉。於戲！公在則津邑共恃爲保障，惟恐公之或去，公今既没矣，尚不知後之治津邑者果能如公否也。此士之受恩深重者，聞公之卒，不能不泣然流涕以悲也。

番山外史曰：公之至性大節，倜儻奇偉，古俠烈丈夫所不一二見。使其横身當事，任社稷之重，紓君父之急，當不僅以忠義傳也。彼臨事退縮者，而卒不免於一死。悲夫！

天津文鈔卷四終

天津文鈔卷五……碑記之屬

天津　華光鼐少梅輯

王守恂仁安編訂

同里　金鉞浚宣校訂

汪來天津整飭副使毛公德政碑

毛公愷字達和，越之江山人，以讀書起家，任天津整飭副使，三年，擢山西參政。於其行也，天津人遮道涕泣而留之，去後涕泣而思之，爲之立生祠，號曰『報功祠』，又爲之立碑。今十年，天津人又涕泣而思之，又爲之立碑。十年之間，追琢者二三，何思公之深也！

蓋天津近東海，故荒石蘆荻處，永樂初始闢而居之，雜以閩、廣、吴、楚、齊、梁之民，風俗不甚統一，心性少淳樸，官不讀書，皆武流。且萬竈沿河而居，日以戈矛弓矢爲事，兵馬倥偬之際而欲其和輯小民，不亦難乎。既不讀書，争相驕侈爲高，日則事游獵、從歌舞，俱在綺繻紈袴之間，而欲其道德揖讓，不亦難乎。武以儲將，因有終身在家死守一事，而不願他出爲將，他出復返，返而復在家死守一事，冀利有澤藪也。又以中貴人皆所親屬與故所善，齎金必脱於法，又善所過者齎金亦脱於法。公至，以大振公道爲先，不信私書爲本，一年，不廢鞭笞；二年，半鞭笞，半不鞭笞；三年，鞭笞不用。上者講兵，陶鎔將才數輩，中者和平公正，若讀書人，下者亦知奮發，不至廢墜。

天津地下九河之水從兹而入，岸懸如線，往時壅潰不修，惟公築堤修堰，長三百里，下屯蘆草以作固，上植楊柳萬本以生材，亦以作固，兹事具，人得其利焉。水安其流，利於桔槔，與漢時搴茭築樹引淮渠何以异哉。天津無沃田，人皆以賈趨利，既以賈趨利，彼必與時俯仰。然不平其值，人皆散之。魚鹽贏蛤，不販天津而販都會；絮帛粟稻，不之天津而之豐臺；麴紙板木，不泊天津而泊河西務。闤闠之中惟薪稿滿車，醬醢滿甑。彼賈者性苦而嗇，善保物，不以予人，彼安得不散。公至，罷官價夙弊，彼與時俯仰，此亦與時高下，一時魚鹽贏蛤、絮帛粟稻、麴紙板木復從都會、豐臺、河西務至焉，至則頗有立産業基址者。

又燕俗剽悍，萑葦彌途，豺狼易生，烟水連天，鯨鯢肆出，是盗賊出入，不可不爲之備。公至，簡武流中有志節、有勇力一二人，又州縣中有志節、有勇力一二人，往來捕索殆盡。往時不爲捕索，反繫亡家，後不敢告，以故浸廣。間捕索一二，則沿門抵誣，坐與巨寇通，甚至大酒肥肉，邀巨寇於上坐，令其指某家某，巨寇有良心，亦負氣决不肯指某家某，彼必怒叱而拷掠之。又群小趍之使言，亦不得不爲言之，兹事甚於掠殺也。

什伍中有缺者，則從籍選家人子，閩廣萬里，吴楚三千里，齊梁千里，來豈容易，管轄者利其田，而來則必令去。且家人子起田中，從軍亦有故鄉之思，令其去，亦樂去。公至，嚴隱占屯田、埋没軍伍之禁，而萬里、三千里、千里稍稍有至者，至則樂業，無敢去。

天津不出城廓，設巡捕官三，設小委巡捕官三，又設把總一，把總管操官一，事權太分，號令不一，煩擾若此，非計之得者也。公至，革二把總，如明旌旗，擊刁斗，嚴機警，則付武流處斷，而他政不與焉，他政在賢有司。賢有司多讀書、明義理，寓情於法，寬在嚴中，於是天津無坐不辜之人。什伍中子弟有歲辦公家銀，往時徵銀設有銀頭，銀頭選在賈中，公革去。蓋徵銀不以官而以賈，非法也。什伍中有鼓樂官，有僕獄，有卒，往時亦選賈中，公亦革去。蓋銀頭以賈，則爲審户奇貨；鼓樂以賈，則爲中軍奇貨；僕以賈，則爲印捕奇貨；卒以賈，則爲鎮撫奇貨。諸賈盡在諸君門下，日夜焦勞，所得不足供其所求，少有不遂，則呈侵欺而欲其賠，遂使諸賈不出銀辦公家，而出銀辦私家，皆下户也，下户貧必亡去。服食，人所欲，往時造酒出於沽釀家，養鷹取於屠彘家，設席陳綉帷、列翠屏，夏以湘簟，冬以絨氈，取於賈家，夜則游宴列炬之外，隨以燈籠。公下令，不敢復蹈前愆，間有一二，衆皆醜之，久則肅然矣。驛遞用財出力，公非持節者不應，非執符者不應，他以資以蔭，自能出路，又安用應。往時用度無節，致擾閭巷，少壯者戍於邊，家有頽叟弱齡，又爲人牽纜送船，仁人不忍見聞也。軍有脚户，船有綱户，往時一出於私家，公至，革之。往時天菑流行，百姓多死，遺骸骨於中野，公惡其暴而掩之。以至重學校、廣賙賻、恤孤貧、逐娼優、驅游惰。其大節大要在好惡公正，奸宄難容，扶植善類，始終如一，法逾久而名逾著。公何以得此？蓋出途中則問之耕牧，入則延父老，問以飢寒疾苦之狀，故按脈而治，治無不平。

公自奉儉約，布衣瓦器，飯常蔬菜，衣食必以常禄，非常禄所出則弗衣食。學宗孔孟，際時而行，於道家《道德》《參同契》諸書、釋家《法華》《楞嚴》諸書，亦無不究極其義。又嘗梓《真武垂訓》以教人。公容貌清癯，精神烔烔，外若自下而志念常伸焉。其景、滄、鹽、濟諸州縣善政甚夥，兹不復書。

張霔遂閑別墅移柳記

山無水不活，居無樹不幽，居固不可不有樹也。然居有因樹而結者，莫便於山林；樹有因居而移者，莫不便於城市。遂閑別墅築於人境，閑則閑矣，而不幽，無樹故也，於是乎移柳云。

樹之中惟柳最賤，柳之中惟垂楊差貴，以津門甚少，少斯貴耳。其一扶疏池上而分映亭榭者，移自倩緑園也；其一近鶴院、一傍竹關，而兩兩交覆者，移自問津園也；其畫樓左右四株，參差環顧而高出墻垣者，移自高氏園也。其移法不一，或束縛其條而竟自門入，或門不可入而自屋上過之，至屋上亦不得過而破壁進之，總之於極不便之中而求至便之法，人力固不惜也。前後遠近共得七株，津門之垂楊亦幾幾告盡，而遂閑之居亦無地可種矣。主人乃屬作《七柳記》，志不更移也。

夫垂楊雖貴，不離柳類，使其各安園土，不過曉風殘月、聽人攀折耳。今一旦得佳地，深培厚養，遂覺蒼翠之色逾彼松柏。嗟呼！松柏豈不及楊柳耶。楊柳可移而松柏不可移，主人亦置其不可移而就其可移，惟曰吾以適吾意而已，然寧忘歲寒哉。

龍震游杭記略

癸未八月念六日，同施繼常并其弟友安游杭，自蘇之葑溪發棹，過吴江，夜泊平望鎮。

念七日，由平望過烏鎮，又過寒山，夜泊新市。

念八日，由新市至塘西，過北新關，大雨，泊杭州黑橋頭。

念九日，乘雨易小舟，至松毛廠，乘笋輿過石甑山、保叔塔、巾子峰，至烏石峰，止恬庵和尚静室，窗中望見西湖錢塘及湖上諸山，恍然如夢中。雨霽，同恬庵謁武穆王墓，題墓前分尸檜及鐵秦檜、長舌婦像，至麯院看秋風吹敗荷，心頗愛之。登小舟繞孤山一匝，過放鶴亭，拜林處士墓，至湖心亭，過西泠橋，訪蘇小小墓，墓已不可復識，橋畔尚餘古柏一株，云年來被風拔矣。蘇堤足四五里，接六橋界，湖中上有春曉亭，兩傍桃柳不勝憔悴。聞南屏鐘罷，歸烏峰。

九月二日，携恬庵、聞修二僧泛湖，時湖光新霽，朝旭蕩漾，如雜寶在水，覆以五色玻璃，閃爍眩目，東坡所謂『湖光瀲灧晴方好』，信不誣也。進清波門，登吴山第一峰，左湖右江，杭城在前，諸山在後。自清波門折而東南，爲鳳凰山，其麓爲萬松嶺，南宋故宫址也，流覽之下，感慨係之。過夢鶴樓，得羽士施旅岩，同游瑞石山，謁丁野鶴祠。祠前奇石種種肖物，有飛來一石爲衆石懸架，睹之動心駭目。上有卧柏一株，蟠如病虬，亦古物也。出山欲看江潮，此日潮甚小，但見潮由海門來，至定山輒抑遏，則噴怒如雷聲。海門在海寧之赭山、紹興之龕山相對處，出涌金門，過斷橋，并柳浪聞鶯處。此時夕照在雷峰塔下，緩棹過平湖，仍歸烏峰。

三日，於岳廟前登舟至茅家埠，至鷄籠山下，得土人馬瑞生，約爲鄉導，東游虎洞，拜開山雲谷禪師遺像。此地竹樹深密，穴幽岩峭，傍有泉清泠可愛，取一杓飲之。上老三台，翻山登南高峰，望天目、五雲諸山，盡入懷抱。北至新庵，庵外奇石竹樹交錯，石壁間有樹一株由石隙挺出，石抱樹外，真天巧非人力也。憩鉢池庵，庵中有泉池如鉢盂形，水亦清洌，四圍高竹萬竿，聲如蒼雨。僧爲余煮鞭笋、作午餐。食後出庵，由風篁嶺過龍井寺，寺即高僧辨才道場。飲龍井水一杯，看片雲石，游觀音洞，出楊梅塢，過郎當嶺，轉九溪十八澗，上幽淙嶺，是夜宿上天竺鯨音山房之索句樓，與僧曉人吟詩爲樂。

四日，過中、下二竺，下竺有三生石在焉。至靈隱寺，寺山後一峰獨聳者，乃北高峰也。寺之前有冷泉，泉有亭，坐亭上看飛來峰，玲瓏奇秀，惜爲楊髡鑿佛像無數，秀氣傷矣。出回龍橋，飲蕭九娘家酒亭。由九里松過兩峰插雲亭，仍歸烏峰。

五日，自岳廟放船至花港觀魚，步行至小西湖，過雷峰夕照亭，入净慈寺謁濟顛遺像。至三潭印月所，有三小塔鎮潭心亭，後即放生池，石梁轉折，池水清深，其中潑剌之聲不絶，此處觀魚頗勝玉泉、花港也。繞湖一周，回舟至斷橋，而雷電忽發，湖山一片盡在空濛中。乃命酒大酌，施友安取横竹吹《水龍吟》，笛聲欲裂，聞者驚爲君山響。至岳廟，雨大作，冒雨持松炬登山，叶笑聲振山谷，真快事也。

六日，與恬庵和尚别。

七日將夕，過鶯脰湖，風雨不息。

八日，至寶帶橋，入杭城。

往返十有三日，得詩九十二首，故記之。

胡捷徐熙百花圖記

徐熙寫《百花圖》共一卷，宋内府御物也。前後有政和宣和御押，卷之始末鈐邊處爲史彌遠圖記。夫徽廟寵任奸回，縱欲自佚，花石寶玩，盡入艮岳，天下騷然，遂釀靖康之禍，猩袍玉帶，流落遥塵，帝王之慘，至斯極矣！而此卷經兵燹之餘，得留人間，復爲史彌遠之秘玩。夫彌遠獨相二十六年，位重任專，使稍有人心者，恥祖宗之仇未雪，有執此卷而爲之流涕者矣。乃招致僉壬，擠排善類，致天變而不知，置强敵於不問，而宋之東南一隅益不可爲矣。此宋室君臣之暗陋，閲此卷而堪三嘆者也。至於畫之寫生妙手，盡態極妍，洵屬神品，姑不具論。

王又樸重修無爲州文廟碑記

儒學之敝也甚矣。歲之乙丑，余莅是邦，問之州人曰：『地不少賢豪，何聽其敝至此？』州人曰：『百年前曾葺之，費如干；五十年前曾葺之，費如干；即今十數年前亦葺之，費又如干。』『然則奈何若是之敝？』則曰：『所爲如干者，大半爲當局者乾没矣。蓋分斂由之，度支由之，州之人莫不以其欺謾爲厭，今殆不可復乎？』余曰：『是不難，必多其首事，而聽本生之自輸，貯之公所。公取之，公用之，官師程之而弗與焉，則何弊之有。』州人曰：『然。』然余方從事於浚河築壩之役，其間又歷署别郡，於此事蓋未之能及也。

至戊辰之歲，州刺史朱君偕余置酒，延諸紳士於學，謀興之。地有太學生戴烈者，首輸二百金，既而又欲獨任大成殿，於是州人士咸躍然以興，遂於是歲八月十一日經始，或任崇聖宫，或任兩廡，或任忠孝、節義二祠，而其衆輸者亦至一萬數千餘金。州之人亦可謂篤於義而勇於爲者矣。於是卑者崇之，欹者正之，朽者易之，漫者鮮之。取材惟其良而無苟就，募工計以日而無速成，雖更其舊而新是圖，然實無异於締造也。由是爲殿、爲廡、爲祠宇、爲櫺星戟門、爲坊表、泮池、堦墀、庭砌，以及尊經、天香兩閣，明倫堂，博文、約禮兩齋舍與學師之署，莫不實實枚枚，有嚴有翼。又特構魁星樓於南城之偏，增置外垣，環學基而周之，一時結構之精、宏麗之觀，蓋甲江左焉。

先是，學博、史唐二君啓余曰：『修學必有記，而公實首其事，則記非公不可。』余唯唯未敢應也。夫天下郡以百十數，郡屬之邑又千百數，莫不皆有學，其創建記之，其重修則又記之，自漢唐至今，一學之碑且林立，取其在天下者讀，可歲月竟乎？然今學士之所傳誦，歐、王、曾數記耳，而吾獨推李泰伯之《袁州學記》爲最，蓋以忠孝勵人，所言者大而得體，而詞義亦復嚴且切也。其餘非侈制作之美，即矜張爲之者之人，是諛而已矣。余今摛筆而隨其後，得毋同之乎？故遲之一年餘，乃今且歸，則不能已於言也。

於是進都人士而語之曰：諸生皆努力修學者，然亦知夫所謂學乎？朱子固言之曰：『學之爲言效也，後覺者必效先覺之所爲，此爲學也已矣。』故路曰『義路』，而門曰『禮門』，睹宫墻之美富，則必有以升其堂而入其室；觀俎豆之紛陳，則必洋洋乎如在其上，如在其左右。雖曰『賢希聖』，而賢亦猶夫人也；雖曰『聖希天』，而聖亦猶夫人也。乃人不能而賢能之，賢不能而聖能之，豈聖與賢别有一耳目心思乎哉。故不獨游此中者，所傳所習，皆聖賢之語言行事，朝省之而身可依，夕思之而神可接也。即逐利之商賈、錮良之卒隸，下及輿儓、厮養之賤，婦人女子之微，而其惻隱、羞惡、辭讓、是非之心，亦莫不有時猝然發之而不自禁，油然出之而不自知者。夫此猝然油然之時，此即聖即賢也，特未轉瞬而即失耳。使其猝然油然者，時時發之，時時出之，則時時聖、時時賢也。彼聖賢者，亦不過無時無處而非此猝然不自禁、油然不自知者之所充周焉，而不息焉耳。故曰：『人皆可以爲堯舜。』又曰：『行之而不著，習矣而不察，終身由之，而不知其道。』又曰：『人之所以异於禽獸者幾希。庶民去之，君子存之。』去之者禽獸，存之者人也。聖賢，人也，我，亦人也，人不能爲聖賢，人將不能爲人乎哉！然則諸生亦返己自求焉可矣，毋徒曰『吾能捐資如干金，吾於某某爲吾力所獨成』，遂沾沾焉以爲己有功於聖門也。

時乾隆十有五年，歲次庚午，十二月之朔。

王又樸咸陽石堤碑記

《禹貢》導渭自烏鼠同穴東會于灃，又東會于涇，又東過漆沮，入于河，《漢志》謂行一千八百七十里。考灃渭之會，在今咸陽邑城東五里，而近其下流至河，計里五百有奇，逆溯之則一千三百餘里矣。而隴清、汧雍、武亭、漠谷諸水，皆自西北來，流于南而注之，南則鹽官、八弓、石鼓諸山，東亘太白、終南，岩壑競流，之北塔、清澗、箕谷、磻溪、斜谷、五谷、韋谷、駱谷、墨水、赤谷、澇水，莫不奔騰輸灌于其中。至短溝小港、涓涓細流者，猶不可悉數也。

然則渭不必復合灃涇，始爲洪川巨浸矣。渭既至咸陽而已大，而咸陽南城之闉適當其衝，邑治、倉庫、闤闠、市井在焉。凡符命、冠蓋、羽檄、輦輸，東達京畿、冀、青、兖、豫、吴、楚之交，西通蜀漢、甘凉以及玉門、湟中西域諸部落者，輪蹄絡繹，晝夜交馳，無不取道于此，使激湍震蕩，日齧其垠，無岸則無城，無城則無邑、無民、無市、無中外往來，是渭與咸陽所關甚巨。

乾隆上章涒灘之歲，姚令宰斯邑，俯瞰舊築之石堤而已腐敗傾没，不可復禦渭流之怒，城之去水者蓋不及數武，惄然憂之，急請易新堤，以資保障焉。適制軍尹公闢邊還，余隨至此省閲其勢，時已冬仲，水波猶涌，覺城邑有不能固存者。白于中丞張公，公具疏上請，得報可。余亟檄姚令庀材鳩工，無緩厥事，姚令乃齋沐告神，伐石于南山之麓，埋樁于石堤之根，融鐵爲錠爲鍋，火其石之碎者而灰之。爰擇良工，砌築并舉，河泊亦效靈助順，春漲不興，頂溜西移，而運石之渡，沙刷流澌，一葦直杭。于是工作咸便，石次鱗比，灰彌其縫，鍋錠勾嵌首尾，層層聯綴若一。經始于歲正之初，落成于首夏之望，爲堤六百尺，其崇九十五寸，横竟六十寸至三十六寸，蓋自下而上漸殺焉。樁以個計，爲數三千五百，灰以石計，爲數若干，鐵以斤計，爲數若干斤，工以日計，用夫若干人，動司農錢五百二十二萬一千九百六十有五。邑氏咸持以寧，商旅樂出其塗，而渭亦得安流，會灃與涇，以入于河，而無泛濫潰決、失其性之患。噫！亦善矣夫，利必待人而興者也。姚令之于是役，可謂能舉其職而無怠也哉。

姚令名世道，浙之進士，於此堤也實董其事，主之者西安守今候補道朱閑聖，先是，估工者候補道府今署西安守白嶸同州府、大荔縣令沈應俞，工之興，監督者漢中府倅王又樸、咸陽邑丞龔志遠、涇陽邑丞譚一豫，分修者咸陽尉楊祜元，邑太學生竇鑄、里人趙登雲皆有事于是役，例得備書。

王文樸教忠祠祭田記

戊辰之春，余因公至省，謁吾師望溪先生于教忠祠之齋廬，值時祭，余因得拜斷事公以爲榮。斷事公者，先生之五世祖，死忠于明建文之世者也。先生爲余言曰：『余搆此祠七年矣。始鬻吾桐城田以給，繼則弃吾蓮池及田之在廬江者以益之，而并置祭田焉。田蓋在江寧、高淳二邑，共三百餘畝，以供祭祠、修墓、合族，兼以贍吾父逸巢公子孫嫁娶喪疾之不能自給者，而吾自是無私業矣。及吾世之後計歲入，當餘二三百金，則歲增置之，十年後入必倍，則又增置之，再更二三十年，歲歲增置，則雖吾祖、吾高曾祖，以至斷事公後七支之孤寡喪葬暨鄉會試之無資者，皆少可取給于是，而吾獨慮吾子孫之不能守吾約也。余將告之郡縣長籍記之，而并徵賢士大夫之能文者以志其事，庶幾可傳，俾世皆知方氏之有此田，而田得以不没，其幸矣乎！』

先生言已，余聽之有不覺怦怦其心動者。夫人情莫不各私其子孫，而先生之所鬻以置祠與祭産者，皆先生所自有也，乃既與先生之兄百川先生後共之矣。及鬻産時，兄之孫一，己之孫八，仍分其五之一而均之，又散其一以給同祖諸從弟侄，餘若干金則盡置祭田，又將推及于數世之子姓，俾皆無所窘。先生之心何其公溥若斯歟！

雖然，先生實亦未嘗薄于子孫也。蓋田既供祭，又聚族而周其急，則公產也既公有之，自非一人一户所得鬻，然則此田將數十百世而長存矣，則亦將數十百世先生之子孫即或貧而取濟焉，亦當不甚至失所，視世之私所有以厚自封殖，而後人不能守，至于流丐者，相去爲何如耶！

王又樸泰州場河縴堤記

又樸之於此堤也，寔奉我直指吉公之德意而爲之者也。當又樸在泰分司任内時，適乾隆歲之乙丑，我公周歷各場，以諮民瘼，返駕過泰潼、淤溪，見茫茫水泊一望無際，顧又樸曰：『舟楫行旅得無苦此，其不能堤以通其窮乎？』又樸因具陳前此泰州趙牧與陳分司曾詳請建堤，以費鉅中止。公曰：『吾當與爾卒成之。』又樸遂即會同東臺水利朱丞，與泰州王牧通詳督撫河鹽四院，請於湖河蓄泄機宜案内，一并估建批行。司道轉委河員，確估據稟：一泒水泊不能煞壩戽水，無處取土，且水中築堤，不能矗立，若必爲之，費應不貲。運使朱公面斥其非，而我公欲爲愈以力，於是始議詳請。俟大工竣後，勸諭商衆陸續興修，事遂停。

至次歲，余授廬丞得代，因感我公利濟之懷，未及副而不忍遽去，於水淺時乘小舟，自以杖探水際，知無多淤泥，而底堅如石，非若溜沙之不能勝載者。又檢《淮鹽志》，載有《楊公堰記》，因知古原有堤，特久湮耳。因私以己資取泰州挑河土，實於篗，假空鹽艘之便，擲於最深之處。泰潼水中積月餘成堤二十丈，計所費推而廣之，可三萬餘金，遂私請於運使朱公，且言但豫爲之備，苟遇亢旱時，即更易爲力矣。朱公轉請我公發商議，商皆踴躍，願先輸銀二萬金贮庫以待。迨庚午歲，公聞又樸已告休，又知所築樣工巋然尚無恙，力欲爲，將呼又樸而從事焉。適逢翠華南幸，不及行。次年，公調長蘆，去去而惓惓於此，未一日釋於懷也。

繼之者實我普公，於壬申九月巡場，至泰潼見又樸樣堤，問之泰牧李君友善，力請行。適余歸里，過揚晋謁，伏承下詢其狀，又樸力陳爲我吉公未竟之志，并言其必可成者數事，普公心動，乃查案，屬運使吴公委員以就功焉，而屬吏咸惕於前河員議而難之，普公因召又樸，而又樸已去，遣使追至淮郡，返余而命茲役，且曰：『人僉言其難，而汝堅謂無虞，余姑與運使先自捐養廉二千金，畀汝試爲之，果可，則浮言息而衆自奮矣。』余亦力任不辭，遂於癸酉之正月二十六日，誓衆興工。月餘，成堤一千七百餘丈，普公始信其必可成也。發商議，時先貯銀已別用，商咸請仍照原議，捐銀二萬金以竟厥功，不足則益之。遂於是年五月土工竣，高自五尺至七尺不等，底廣自一丈五尺至三丈不等，面廣自六尺至一丈五尺不等，皆相勢而爲之。六月，橋亦成，共百一座，又增安豐、富安、梁垛三場，通運河之小橋三十九座。普公以堤之基雖成，而猶須加帮高厚，以期經久也，具摺入告，并留又樸於鹽務補官，即責以善後事宜。未及竟，而普公又以調長蘆去，我吉公復來，衆喜曰：『天蓋欲我公始之，仍欲我公終之乎！』然當此堤之基初成時，人但知普公之爲此堤，而不知經始此堤者實我吉公也，且不知我吉公於午未年間屢欲舉行而未及爲，至我普公始爲之以成其志也，且又不知其力主而贊勷之者，前爲我運使朱公續晫，今爲我運使吴公嗣爵也。

乃我公甫至，即以淮河异漲，赴各場查視其灾，過堤，喜其就，又見水之嚙堤也，而橋板亦多爲風浪所擊去，爲之憮然，與我運使盧公議欲易木以石，而更加高廣焉。然則此堤得我公與我運使盧公，其有不自小成以觀厥大成者乎。昔宋之范文正公築捍海長堤也，雖自文正創其議，然文正隨去，寓書於發運使張公綸，力主之，而運使胡公令儀始興役以成之，非二公則文正將不得伸其志。乃迄今各場皆祀三賢於祠，而世但號其堤爲『范公堤』者，意公爲宋賢相，而此舉實自公始，故獨歸其名與之耶？況我公既肇其端於前，又恢其功於後，其視文正之於范堤，尤爲始終其事者，美哉休稱，將與文正并烈矣。第是范堤之禦害也大，此堤之爲利也溥，人之計利也每不如其畏害，余又懼此堤將仍如楊公堰之不久就湮、不能如范堤之永遠長存也。然而樂善好義，今古有同情，亦貴賤有同分焉，不獨在上者順風之呼易爲力，即在下而仰首一鳴號，亦未有不憬然而樂從者也。苟能俾我公之澤引伸勿替於千百世乎，則後之人之爲功也亦大矣。又樸以病作將歸，特書於石以冀之。乾隆十有九年二月之望。

周人驥恒齋記

吾津道署處城之西隅，規模湫隘，歷任仍之。歲戊午，吾臨桂師以滇藩奉命分巡是邦，莅任數閲月，惠政聿新，於地方利弊靡不悉心興剔，而公務倥傯之餘，輒默坐精研理學、百氏之書，手不停披，爰於署之東偏建屋數楹，廣置圖史，顔之曰

『恒齋』，殆有深意存乎。驥於落成後造謁吾師，命爲之記，何敢以不文辭。

驥惟恒之爲義，詳於大《易》，孔子以有恒爲作聖之基，苟其無恒，即巫醫不可爲，况仕宦者職守攸寄乎。古君子凡居一官，必稱厥職，事事務規畫萬全，堪垂永久，不塗飾一時以矜才能，亦不規避瑟縮以爲自全之計，即或居任未久，而一日爲是官，處之者若將終身，以故入爲良臣，出爲循吏，其所挾持者然也。後世學術不醇，競尚浮僞，仕路中每有敏練肆應之才，其心或祇以博一己之榮利顯秩而已，若其事不足立名、不足趨時，并無與於考成，縱明知急需理治，亦且置而不問。即如衛署，乃朝廷之公廨，而目之爲郵亭，往往於輿馬、傔從、服飾、器用之屬，争爲華盛，獨現在之居停，則任其傾圮而不爲修葺，良可慨已！夫人家居，未有不謀廬舍者，而於官署顧若此，則其於公事可知矣。設視公事如己事，居是官而心安於是官，亦何至苟且廢弛，相沿成習，是皆無恒之流弊也。

吾師因公左遷，而一切升沈顯晦、功名身家之計，不介於胸，觀於此舉，吾師之學問經濟根柢深厚，概可見矣。以視古之君子，何多讓焉。驥敬繹恒之一言，因以知吾師之心期，且知所以自勵，受益非淺鮮矣！

趙瑛趙氏義産輸丁碑記

欒豫有言：『葛藟猶能庇其根本。』是故厚可爲也，薄不可爲也，矧薄我宗族乎哉。我趙氏始祖前明永樂時來自南中，占籍海堧，爲竈户，於武清縣趙家莊大小二處聚族而居，十有餘世。國朝順治初年，我曾祖洪宇公徙居天津，逮我祖華亭公、我父佐君公三世相承，士農兼習，資産豐裕，務爲敦睦之行。凡我常丁有長賦，或力不能措，悉代輸之，償與否固無論也。自時厥後，雖椒聊繁衍，而門户分析，素業亦已漸嗇，常恐失德起於乾餱，六行衰於任恤，繩武無聞，詎非貽厥之羞乎。瑛無他藝能，不敢狃於呰窳，而勤儉無失温飽，俾子弟輩占畢家塾，循樸素之習，保堂構之基，誠爲厚幸，然皆高曾以來餘慶之所貽也。念水木之本源，今之支分派别，雖與瑛遠近有差，自先人視之，則軫愛惟均，而瑛乃薄之，敢乎哉！

通計族竈丁共二十三丁九分五厘五毫，既不能使貧乏者悉家給而人足，而勉吾力以紓其困，俾丁賦無一逋者，於今三年矣。然而拳拳之意，願始終爲之，不啻三年也，又願吾子孫世世爲之，不啻百年也。因置得小孫家莊一處，計房基園田地七十二畝四分四厘四毫，距大直沽先塋里許，佃户十數家，每歲租銀三十五兩七錢三分，擇族中謹愿者遞司出入，凡二十三丁之賦皆取給焉。輸將無悮，安享太平之福，其贏餘爲春秋祭掃之用，合雲仍飫餕餘，盡歡而退，歲以爲常，亦可少申敦睦之忱矣。

自義田既設之後，上其事於官，案牘永存，又勒之貞珉，圖形炳具，子若孫必不敢據爲己有，族人之心必不敢妄生覬覦，如有不肖，協力攻之，此一時之過慮，料他日必有人加惠宗支，繼起而式廓焉。瑛豈無厚望歟？用是備書顛末，布告來兹，以待我趙氏之亢宗者。

邵玉清景州學正公署記

景州學制明倫堂後迆東，舊有學正公廨數十間，號舍、齋房、射圃咸備，後因傾圮日久，遂致湮没，居是職者每權僦民房，苦無課士之地。辛丑冬，董松岩先生甫莅任，按志得其故址，東界董江都祠，西連訓導署，南界明倫堂，北至魏大司空宅。牒請州牧鄒君清丈而出之，欲即重建，而力有未逮。越四載，新任州牧薛君至，乃假先生二年學正俸爲土木工役費，闔邑紳士亦踴躍樂輸以贊其成。於是庀材鳩工，建大門三間、講堂三間、游廊三間、齋房五間、東西厢房四間、饌堂三間、周圍墻垣三十餘丈，計費白金二百六十餘兩，不三月而告成，寓書於余，俾記其顛末。

余讀而喟然有感曰：人豈不貴各盡其職哉。四民莫不有業，即莫不有托業之所。農之於畎畝，工之於官府，商賈之於市廛，皆其所也。士何獨不然，學舍者士之所也。學官者，董士之業，其業俾勿失其所者也。故即以士之所爲所，士失其所則業荒，官失其所則職曠，先生可謂不曠厥職矣。且先生家非素饒，所受禄俸亦無幾，乃不爲家室謀，獨鰓鰓爲學校計久遠，俾州之秀英得執經問難、朝夕弦誦於其中，有以陶淑而裁成之，將見人文蔚興必有倍盛於曩昔者。蓋先生之用意良厚，而所見者誠大也。薛君樂成人之美，紳士亦識急公之義，皆足志者。爰并書之，以爲來者勸。乾隆乙巳冬日。

華良卿陳公祠記

從來賢士大夫盡臣職、殉國難，生無忝於勛名竹帛，没即可以俎豆馨香，此建立專祠於原籍地方，俾官斯土者春秋致祭，典至隆也。長卿司訓奉天於咸豐七年，奉憲札續修《盛京通志》，開局采訪，考獻徵文，時值瀋陽有敕建陳公祠之舉。

陳公者，故江安督糧道、巷戰金陵、闔門殉難者也。公諱克讓，字問山，奉天承德縣人，由優貢中式，道光二年舉人，三年成進士，觀政吏部，補考功主事，洊升員外郎中，掌稽勳司印，有清廉名。乙未順天鄉試、丙申會試，兩充同考官，所取皆一時名宿。總理户部，坐糧廳，力絶苞苴，釐剔漕務弊竇，京察一等，放四川綏定府知府，以寬簡爲治，愛民培士，捕妖僧，斃巨盜，闔郡翕然，稱賢太守焉。官十載，不名一錢，署川東道篆，調成都知府，制軍保薦爲川省吏治第一。

咸豐元年升江安十府督糧道，二年抵任，督運南漕，適值河決，豐北運道備歷艱難，回空鑿冰而行，歲杪始得旋署。時已賊氛孔棘，震讋江皖矣。三年正月，安慶失守，賊逼金陵，幕客有以糧儲非守土官，風公催漕出者，公怒，立斥之，誓以死守，募鄉勇三百，親練之。二月城陷，公率勇巷戰，殺賊數人，賊蟻聚，公肩肋受重傷，大呼曰：『死而有知，猶當殺賊！』遂陣亡，時年五十有五。公配李恭人自經於署，公弟克誠不肯去，與公子松恩年十五俱同時殉焉。忠孝節義萃於一門。事聞，奉旨優恤，世襲騎都尉，入祀京都昭忠祠。

六年，奉天同鄉官京師者議於本籍建專祠，呈請都察院代奏，奉上諭，都察院奏，據工部主事張鵬飛等，以原任江蘇江安督糧道陳克讓於咸豐三年二月間，在金陵殉難最慘，并其妻子、胞弟同時盡節情，願在該故員原籍奉天地方公建專祠，遣報呈周玉鼎赴該衙門投遞。

陳克讓前在金陵，與其弟陳克誠、子陳松恩同時殉難，業經兩江總督怡良等查明奏請，降旨交部從優議恤，兹該主事等呈稱陳克讓之妻李氏亦在署自盡，并因該故員全家殉難，大節懔然，願在奉天本省公建專祠之處著禮部察議具奏，欽此。禮部核符具題，奉旨依議，欽此。嗣後各省之請建專祠者，率援公引以爲例，公弟克順爰於瀋陽城中學政署東售得隙地一段，寬五丈，長二十餘丈，三月鳩工庀材，建祠三楹，祠門三間，越四月落成。公子鶴溪、茂才玉章與長卿爲文字交，索予爲公立傳，以備載入《通志》，謙遜未遑也。

予客金陵最久，爲糧道署中書記者二年矣，辛亥暮秋始渡江北上，不數月，公即抵任，惜未得侍坐於公藉，親言論丰采也。晤其舊僕周某，詢問安園之樓亭池榭，與秦淮風景，歷歷如經重游，吁可哀也已。八月丙子，陳公入祠之日，約予襄理，入其門，巍然焕然，登其堂，肅然凜然。正座供觀察公與李恭人木主，公弟克誠祔祀於左，公子松恩祔祀於右。是日也，將軍、五部侍郎、府尹、府丞以下咸來致祭，行安位禮，一時鼓樂迭奏，牲醴羅列，焚香而肅敬，闔城士庶觀者如堵墻，無不嘆公之神靈赫奕如生也。祠在校士館比鄰，每逢歲科兩考奉，天八城與吉林三廳滿漢諸生來應試者，未有不瞻仰祠宇，登堂拜叩，以爲公之大節懔然者，足以爲士林模楷也。鶴溪以騎都尉世職候補户部主事，同治壬戌，舉京兆，試知公之貽芬遠矣。

奉天自開國以來，名臣捐軀者，代不乏人，乾隆後志乘未修，半就湮没，洎咸豐癸丑公殉難後，是年秋，金州何太守維墀殉於山右，越數年，蓋平秦觀察聚奎又殉於山左，時謂遼海三忠云。公之事迹已列於《忠義傳》，兹略述建祠顛末，泐石於壁，俾後之往來拜公祠者，知公之生平梗概焉。

華長卿天津試館碑記

蓋聞天下事不難於因而難於創，不難於衆人之共成，而難於一人之獨舉。善事之有益於一鄉一邑中者，如團防、賑濟、修城、造橋、救火局、救生船之義舉，無不賴衆力勷成，集思廣益，然必須有首先經始、尤爲出力之人，不辭勞瘁，不避嫌怨，於是乃始克有濟。

天津密邇神京，帶河濱海，爲鹽漕輻輳、水陸衝衢、畿南一大都會也。士習文風，與順、保、永、河諸郡埒，每春秋兩闈，計偕赴都者，鄉試多至數百人，會試亦不下數十人，其中寒畯以舌耕硯田者居多，資斧供給摒擋殊不易易。及至抵京，每患無駐足之區，將欲會友以文、養精蓄鋭、磨厲以須也難矣。直隸舊有會館，在宣武門外大街，所謂老館也。道光年間，津郡南鹽六屬紳宦又增修試館於西珠市口。彼時在京同邑諸先達意見相齟齬，是以未得設有邑館，不無遺憾矣。厥後即有欲踵事興立者，非力不從心，即事難如願，梓里同人應試入都者未免輒有向隅之嘆，迄今又二十餘年矣。

且夫闕陷必補成者，天也，坐言能起行者，人也。同治建元以來，從弟長祥字薌樵者以軍功保奬四品銜，常往來京師，見各省會館林立，有通省之館，有一郡之館，有三邑兩邑之館，每逢科場之時，多士麇集，雲蒸霞蔚，莫不鼓舞而奮興。薌樵曰：『嗟乎！吾邑安得設一試館，爲同里文人税駕息勞之地乎？惜哉創建之無人也！』時與鄉黨好義之楊君義堂談及此事，楊君慨然樂共經理，札致鹺務中紳士與游宦京邸諸公，玉成其事，至二年歲暮，始購得民房一所，計數十餘間，坐落東珠市口，正擬鳩工葺治，不意楊君義堂遽歸道山，此事又幾乎中輟。薌樵弟獨毅然以爲己任，經營籌畫，數月來亦大費勤劬矣。薌樵練於事而勇於義，爲群從昆弟中翹楚，雖起家鹽筴，常樂與寒士相交，而尤見親厚，仍不改書生本色也。同里遇有義舉，薌樵則攘臂爭先，其議論風生，初必謀慮周詳，迨後輒旋至而立應，惜未得出身加民，可謂長材短馭矣。

余遠宧邊陲，冷官匏繫，今老矣，已無志於勛名事業也，惟優游於詩古文詞，頤養餘年，今薌樵弟創此津邑試館，不遠二千里寄函索碑記於余，余病後楮墨久蕪，何敢以不文辭。又樂聞吾宗有創此義舉者，足以勸善，其籌策數年，甫能蕆事，雖一人精力况瘁，亦賴衆人之共爲集成也。若聽其湮沒，殊非士君子樂與人爲善之道，爰記其顛末如此。從此居是館者，苔岑契合，互相孚磨，將見文運鴻翥，甲第蟬聯，以仰副聖天子雅化作人之盛。若只藉以爲連絡交游、聲氣徵逐，則大負立館人之苦心也。

所有捐資共襄義舉諸公姓名，勒諸碑陰，尤願嚴定條規，恪共遵守，俾歲修之經費，源源接濟，以期垂於久遠，是有望於後之繼續者。時同治三年，歲次甲子，秋七月既望。

華長卿開原節孝祠碑記

自古名媛賢母懿德徽音載于劉向《列女傳》者，孅且備矣，乃不幸柏舟矢志，節懔冰霜，漆室留芬，孝傳閨壼，半生賦寡鵠孤鸞，往往壽臻耄耋，而禄延子孫。上以邀朝廷旌恤之榮，後復享廟貌馨香之奉，是天之嗇其遇於生前，而豐其報於身後也。郡邑之設有節孝祠，有由來矣。

咸豐四年，余司訓開原，訪諸王芝亭明經，問有節孝祠乎。芝亭曰：『噫嘻！是祠也，傾圮多年，今竭力經營而始克落成也。』祠設在南街迤東籍家胡同，建自雍正八年，祀唐燕國夫人、金源郡夫人、明代陸□[一]妻鄧氏、高門娣姒蘇氏羅氏、崔燦女貞姑、國朝傅華妻許氏，乾隆五十年，邑侯明亮重修，又有旌表節烈入祠者二十餘人。時閲嘉慶、道光四十年之久，無人修葺，風雨摧殘，已成瓦礫，過其地者每有棟折榱崩之嘆。芝亭目睹情形，慨然以重修爲己任，然經營浩繁，非寒儒所能猝辦也。迨道光十二年，適有東南木税額外餘資，并税捐永昌號，共得八百八十緡，於是鳩工庀材，重建祠堂三楹、祠門一座、耳房二門、東門房二間，隨時苫補，

[一]底本原闕一字。

今又二十餘年矣。咸豐六年，王德成添修西厢房三間。王德成者，租守祠屋者也。仍仿照文廟章程，按年修理，規模初具，芝亭明經遽歸道山，喆嗣王生思訓、思讓克紹先志，協同張教習瑾等共襄厥事，惟祠中舊無碑碣，恐此後代遠年湮，無從考證，以余掌學校，頗留心於文獻，請記於余，余曷敢辭是舉也。

芝亭明經葺之於前，張公等七人修之於後，爰撰言刻石，俾數百年烈魄貞魂名光泉壤，而修祠者之姓氏亦可附之不朽矣。祠門側有古井，泉甘而水冽，汲綆者踵相接也，苦節波寒，澄心鏡照，昔人以井水喻貞節之操，有以哉！同治五年丙寅秋八月。

華長卿昌圖海公祠碑記

余司訓開原十餘年矣，凡宰是邑者，無不同協寅恭，和衷共濟，而獨與仙洲海公交契最久，深悉其爲人。

公姓納喇氏，名海盛，福建駐防滿洲正白旗，道光己亥科舉人，咸豐己未揀發奉天，以知縣候補，海疆防堵，監造田莊台炮臺，保荐加知州銜。辛酉三月，署復州事，勵精圖治，訟簡刑清，士商愛戴，稱之曰『海青天』。壬戌三月卸任，九月來署開原，時訟案坌積，手自批判，不專倚幕賓，察吏役尤嚴，商民畏服，獻『公正廉明』匾額。每聞賊至，即親率勇役往禦，爲武弁士卒先。甲子九月去開原，乙丑秋，帶兵緝捕東山一帶賊匪，招降賊黨多名，旋調署昌圖廳同知，遂歿于王事，盛京將軍據實入奏。

十二月初十日，奉上諭：『恩合等奏「賊匪回竄法庫，擾及昌圖廳，戕官劫獄」一摺，據奏匪首周榮姜、三疙疸等，率領股匪竄至昌圖所屬之金家屯，經署同知海盛調集練勇，接仗失利，該匪遂擾及昌圖，焚署劫獄。覽奏實深焦恨，其剿賊陣亡之署昌圖廳同知候補知縣海盛，著交部從優議恤，以慰忠魂。欽此。』

同治五年五月，科爾沁親王伯彥訥謨祜奏：『查前署昌圖廳同知海盛，自四年十一月接任，未及兼旬，即值賊匪猖獗，二十四日，探有大股賊匪馬傻子等二千餘人，由法庫門東竄，該員一得警信，即親率丁役星夜馳往金家屯，調集兵練，扼要堵擊。次日，與賊鏖戰多時，互有殺傷，旋因衆寡不敵，被賊圍困，身受多傷，團勇潰散，猶復手刃悍賊，力竭陣亡。其死事情形，盛京將軍業已具奏，兹因督兵邊外，往近該處詢訪耆民，莫不异口同聲，嘖嘖稱頌，似此疾風勁草，大節凛然，正擬彰善闡幽，奏請旌恤，兹據現署昌圖廳同知高椿轉據合屬紳民監生楊九成、貢生萬永曜等公同具呈以海盛爲民悍患，禦賊捐軀，忠烈性成，洵堪敬仰，現擬建立專祠，以便歲時瞻拜，懇請具奏，前來覆查，該紳民等建祠修祭，實爲大義所感，出于至誠，爲此附片陳奏。』

六月初三日，奉上諭：『前據恩合奏，昌圖廳被匪竄擾，署同知海盛禦賊被害，業經降旨交部從優議恤。茲據伯彦訥謨祜奏稱「該故員歷署州縣。潔己奉公，循聲卓著，在昌圖廳任内爲民捍患，剿賊陣亡，大節凛然，據該處紳民懇請，建立專祠」等語，著照所請，准其在死事地方捐建海盛專祠，以順輿情而彰忠節。欽此欽遵。』

于同治六年，經現署昌圖廳同知杜芷軒、刺史芬轉飭該廳紳民等捐資，在金家屯死事地方建立海公專祠，附于祀典中，春秋致祭。茲祠宇告成，以余與海公交誼深厚，索碑記于余，雖蕪詞樸陋，何敢以不文辭，謹撮其崖略，刊于豐碑，俾後之登堂瞻拜者，得識爲民捍患禦賊捐軀之顛末焉。

楊光儀育嬰堂碑記

從來一鄉有善士，人皆嘖嘖稱之，而所爲之善，或傳或不傳，或傳之而不久，此豈有幸有不幸哉，亦各視乎其人而已。夫居鄉而創一善舉，雖爲前人所未有，實爲後人所必不可無，而其中之曲折周詳，因非一人一時所得深悉其利弊矣。倘繼而爲之者第奉行故事，漫不加察微，特日久弊生，將并創始者之婆心而没之，其不至漸就廢馳者幾何哉。

吾邑育嬰堂，善舉也，創自鄉前輩周南樵先生。先生諱自邠，素稱長者，乾隆間官粵東別駕，以愛民爲治，有政聲，致仕家居，益樂善不倦。適有弃嬰孩於其門者，先生收養之。迨乾隆五十九年，津邑被水患，流離載道，嬰孩之弃而弗養者愈多，先生見而惻然，爲之起屋宇、覓乳婦，所費甚巨，而家本中資，力將不給，先生毅然任之，無倦色。時長蘆都轉嵇公舊與先生爲寅好，知其事，乃具詳鹽政徵公，奏請於邑之鎮海門外建立育嬰堂，即於長蘆商捐參課項下，歲撥經費若干。奉旨允准，即以先生司其事。斯舉也，下以爲一邑之倡，實上以廣國家保赤之仁也。先生殁後，皆邑紳之公正廉明者爲之，迄今百餘年，規畫益周，體恤益至，似可無遺憾矣。

雖然，有難焉者。嘗見富厚之家，每以襁褓子付諸乳婦，其父母雖甚關切，而其子號泣飢寒有不得而周知者。况以數百離隔父母之嬰孩，呱呱待哺，而爲乳婦者又復百計，彌縫以欺當事者之耳目，此雖昕夕不遑，敢云無遺憾乎？是以創始者之功德既大，而繼之者責備愈難寬也。吾友嚴仁波克寬適司其事，囑爲文勒石以自警，并爲來者告焉。

天津文鈔卷五終

天津文鈔卷六……哀祭之屬

天津 華光鼐少梅輯

王守恂仁安編訂

同里 金鉞浚宣校訂

朱函夏殷貞女哀詞

何淑人之閔凶兮，臨湯鑊而節以亨。琴焦尾於爨下兮，難爲鄭衛之淫聲。稔孱質其已糜兮，苟無召父誰汝矜。將超離於禍水兮，俾羅刹喪其所憑。豈嬋娟之莫寤兮，胡瀕死靡以自明。諒辭旨有所承兮，姝姝媛媛爲冥行。無所逃而待烹兮，其恭也彷彿申生。余讀《易》至明夷兮，用晦所以利艱貞。雖馬壯不能拯兮，入左腹不出門庭。夫惟順受其正兮，磨兜無語没以寧。

周焯刑孝廉誄詞

邢子芸圃哭其母夫人過哀，以疾亡。冬十月，家人將厝之郊，友人周焯悼其有行無半，未竟所學而殁，故私爲文以誄之：

子也無華，脱葉存木。子也善藏，含瑜抱璞。子無可喜，喜者實多。子今若此，悲者如何。賀乎才鬼，玠也姿仙。子非二子，亦隕天年。古人欺我，静壽鈍全。子痛母亡，積思成病。骨立血枯，哀發天性。母氏已矣，尚慶嚴君。謂子死孝，子不樂聞。云胡既歿，事多傳疑孝廉父在京師，書來，家人對户讀之汗出。後父之旅舍，同伴夜見其白衣冠拜床下，又有人見之於土功祠，若與神揖讓先後者。精誠不滅，理或有之。君子語常，他不敢知。平生素履，實緬余思。

王文樸祭李贈公文

嗚呼！芸芸之衆，知德者希。紛華而悦，食粱齒肥。孰能終始，恬然布衣。隱者爲儔，君子與歸。繄我老伯，韜光含淳。圭組非榮，藜藿非貧。惟以真性，篤其天倫。父作子述，文質彬彬。粵稽先年，淵源家學。詩禮趨庭，追金雕璞。有起者前，麒麟鸑鷟。群季挺生，遐哉卓犖。翁于其間，抱守遺經。含宫嚼徵，式玉式金。左倚長劍，右撫短琴。時以幽邁，山壑追尋。其後乃昌，森森玉樹。聿修厥德，家風有素。武緯文經，蛟騰鳳翥。莞爾酡顔，慰此遲暮。伯也今歲，射策南宫。仲也奮迹，豹變畿東。叔田銓翰，出守崆峒。季子好學，三餘腹充。素惟高蹈，悦茲津湄。以漁以弋，隨意所之。時寄尺書，清白是規。忠誠悱惻，情見乎詞。某等下士，分猶子侄。與叔君游，相通以實。世好年誼，鄰邦接膝。私淑典型，我身以律。翁年未耋，花甲初增。相依伯仲，蘭芝繩繩。叔君清吏，養志如曾。茀禄爾康，如岡如陵。忽于長至，北鳥銜哀。少微星隕，泰岱山頹。一時後學，咸失所裁。豈惟賢嗣，愴焉心摧。有核盈豆，有酒盈觴。欲往從之，匏繫一方。臨風遥奠，涕泗沱滂。翁不我弃，翩然大荒。尚饗！

王又樸江洲告神文

盧州府同知王又樸等，謹以清醴庶饈，致祭於無爲州城隍之神前曰：

惟神聰明正直，享祀兹土。凡官之貞邪、民之休戚，靈爽昭格，赫赫明明。惟是此州江岸，日傾田廬，漸削州民，又多自急其私，而罔恤公患。是以樸建議清厘蘆洲，以其兩無據者歸公築堤，既以息事，兼資捍禦。今值奉委，會同該州勘查，敢不慎重周詳，虚公求當，其或瞻狥偏袒，畏强禦而虐困窮，排公論而逞私議，神其誅殛，殃及子孫。如有猾吏奸人，早行竄易簡書，朦蔽隱占，今猶不自悔禍，欺以其方，終至據非所有者，神亦鑒之。仍懇牖啓愚衷，速理紛緒，俾此都人士釋忿解讎，敦崇禮讓，則神之功德，永遠無窮。樸已沐浴，以三日之齋申虔於神矣。敢告。

梅成棟祭楊菊泉明府文

嗚呼楊侯！生爲慧業文人，殁爲正直明神。精爽有知，其來此梅花社裏，聽我輩之具陳。

公之志爲循吏兮，佐皇朝而敷治。無端來凋敝之鄉，而莅此梟離之地。善扶苗而抑莠兮，兼燭魑而逐魅。何不虞此小鼠之跳梁兮，遽闔門之罹殃。得毋自疏其法綱兮，昧蜂蠆之可化豺狼。惟我輩知其不然兮，雖欲剪滅而乏其權。禍無形而激變兮，將議公之擅專。舉一事而有多方之鉗制兮，怵輕發與妄繫。苟捕捉之無踪兮，將徒遭其反噬。

嗚呼楊侯！自古殉烈之臣，莫不忠肝而義膽，雖志決身殲，誰似君家之風悽而雲慘。母鬖鬖而雪垂兮，妻婉婉而鏡掩。倏萱折而蘭摧兮，血迸濺於蕙幃。女嬌啼而走避兮，兒吞聲而牽衣。紛毒刃其交揮兮，頓珠殘而玉碎。騰烈於璇閨兮，葬珠環與翠珥。嗚呼楊侯！能不避一身以殉難兮，曷骨肉之偕歸塗炭。灑頸血之淋漓兮，慟一門焦爛。能勿披髮而訴無辜兮，排天閶而大呼。尸既伏而眦猶裂兮，齒已碎而張其鬚。

嗚呼楊侯！命耶數耶！杳神魂之飄蕩兮，迴顧長沙。入椿庭之魂夢兮，湛血泪之如麻。見松菊之零落兮，故園幾無以爲家。吁嗟噫嘻！此特言乎恒情，而非論夫天道。臣義篤於忠貞，心何恤乎肝腦。舉族既可以生夭，凶折何殊乎壽考。況乃無大仇之不報兮，無妖氛之不掃。曾日月之幾何兮，迅雷霆之天討。

嗚呼楊侯！胡不歸兮，駐此趙城。向陰霾而慘淡兮，今走磷而飛螢。列馨香之俎豆兮，矗廟貌之峥嶸。焕天章以彪炳兮，表忠烈之光明。公其左携鸞女兮，右挽麟兒。輦母兮雲屏與霧轂，公跨兮赤豹與元螭。夫人曳兮風裳月佩，僕婢導兮鳳旆虹旗。撥烟霄而下視兮，見鯨鯢無數築京觀之纍纍。列鴞心與獍首兮，封狐之髑髏揭長竿而倒垂。可破涕而爲笑兮，丈夫洵無負此鬚眉。感聖天子之優恤兮，誓甘死而如飴。況有梅社之吟朋與嘯侶兮，爲公慷慨共濡墨而臨池。言不文而可行遠兮，公其鑒此蕪詞。賦短篇以遥慰兮，用補公絶命之詩。

梅成棟同年王藝圃先生誄

嗚呼！士有致身通顯，禄位厚豐，赫耀一時之足重於鄉乎？抑有完身潔行，侘傺以終，稱名於後之足重於鄉乎？斯二者幾難言之。今觀吾鄉王藝圃先生，而不禁憬然於其軒輊也。

歲庚寅嘉平二日，爲先生易簀之期，里人識與不識罔勿唏嘘太息曰：『王公如是以終乎！』過先生門有泣下者。三黨之親、交游故舊無不走哭失聲，且痛且惜，出於至情。嗚呼！是豈無故致此不約而同然乎。設非飭己完名，礪身砥行，殫畢生功，豈易獲此耶。蓋先生少孤，先人薄有所積，旋即凋落。先生奉老母，應門户，以篤孝事親，以勤苦力學，以清約持身，以謙冲恪信待交游，以泛愛遇鄉里及群下。幼馳交譽，屢困童子試，游泮後最爲學使趙鹿泉先生所賞，許其文可冠七邑。年三十，始舉京兆。時太夫人及先生元配李孺人先後卒，幾無以爲家，僅賴舌耕餬口。先生嘗言生平所遭無一遂意事，每月小喜，輒有大憂，故兢兢業業，持守其心，不敢一日懈。年將五十，始授順義廣文，而邑又荒陋，士不知立學立品爲何如事。公莅任之初，一以整躬教士爲己任，甄别賢否，示以抑揚，訪其刁頑者戒飭之，有文理稍可造就者，稱許而奬掖之，未一年，士習頓變，又爲學使毛伯雨先生所稱賞，已而引疾歸。

先生善談論，篤友誼，與人無急言遽色，雖有忤犯，一言即解，其人逡巡謝過，去有以緩急告者，無不立應之。嗚呼！吾鄉大郡，貴顯者殆不乏人，或求田問舍，爲日不足；或肥馬鮮衣，凌蔑桑梓；或閉户擁貲，傾身障簏，斷親故之往來，視族黨如秦越，求其一言之濟、一毫之拔而未肯者，其視先生之居心遇物，優劣爲何如耶？今當先生首七之辰，謹具薄奠，粗書梗概，用佈哀悰，聊以慰在天之靈云。乃爲誄曰：

其文似彰而非彰，其名似揚而非揚。官卑而未得大行其志，遇窮而何曾盡泄其藏。嗟半生之潦倒兮，豈一苜蓿之所能償。列几筵之秩秩兮，何曾飽在世之飢腸。幸冥王之相招兮，飄然謝人面之炎涼。聞我言君當破啼爲笑兮，吸盡冷酒之一觴。

華長卿團練局告神文

維同治四年歲次乙丑十一月壬戌朔，開原城守尉□□[一]，率旗民文武官弁紳

[一]底本二字原闕。

士商民人等，謹以牲醴致祭于忠義神武靈佑仁勇威顯翊贊關聖帝君之神座前曰：

帝秉乾坤之浩氣，至大至剛；配日月之重光，乃神乃聖。顯佑默孚于萬姓，神威震懾乎群邪。兹因山林有盗賊之猖狂，城郭爲生靈之保障，現在舉行團練，嚴立條規，募鄉勇以衛民，損貲財以集事，設總局於廡下，銘盟誓於座前。

擊鼓鳴鐘，焚香叩祝：但願官紳同德，仗帝力以伏魔；商賈齊心，發忠良以禦寇。明賞罰而嚴紀律，衆志成城；重仁義而輕貨財，神光如電。敬陳牲醴，用達虔誠。尚饗！

楊慎恭謝忠湣公誄

嗚呼！津邑賴公以存，而公卒不免死於戰，天耶人耶！粤匪流毒郡邑，非一日矣，其敢於徑趨天津者，蓋稔知津鎮之兵無多，津民雖素稱勇敢，而團練未久，招募未齊，遽期其能殺賊也戛戛乎其難之。公本畿南一文吏耳，披心明義，身先士卒，津民亦莫不慷慨從軍，稍直口一戰，賊鋒挫矣，兵勢振矣，國威壯矣，民心安矣。曾幾何時而公竟罹於鋒鏑之慘，悲夫！誄曰：

賊飛來，公不驚。文而武，民皆兵。賊滔天，恣騰陵。遽破之，摠欃槍。功如此，公不矜。公之志，安民生。賊不滅，心不平。獨一隊，壓賊營。戰屢捷，功將成。猝遇變，天無憑。公保境，歡聲騰。公捐軀，哭聲轟。萬萬古，鳴英聲。

梅寶熊祭謝忠愍公文

維咸豐四年十一月丙寅朔越廿二日戊子，爲欽加布政使銜、世襲騎都尉、謚忠愍、原任天津縣知縣雲舫謝公殉難初周之期。津邑士庶謹設清酌庶羞，爲文招忠魂，暨陣亡兵勇諸魂以奠之曰：

慘霧兮愁烟，塞大地兮莽平川，慨授命兮倏經年。靈旐即已歸梓里兮，靈爽自式憑乎九天。念昔勛之未泯兮，丹心耿其無前。群騈坒兹樂土兮，咸槼獾而殿軕。緊挽回之大力兮，匪公疇持危而扶顛。兹值公之忌日兮，謹瑄牲而羞鮮。矧辰旗兮戾止，駟元螭兮策青駩。携赴義之毅魄兮，附文貍以仙仙。儛雲霓之晻藹兮，靈詔予娭留以俞虔。

緬昔蜂之萍兮逞梟離，犬吽牙兮侁侁駓駓。向章武以靸霅兮，烽鴻絅而配藜。

謇毅然以募勇兮，集秦成與獲夷。空囹圄而縱囚兮，更訓練以驅之。豺狼忽其竄擾兮，羌一戰而伸威。視淝水之多功兮，同一轍其奚疑。賊宵遁而負隅兮，宜守土以自維。獨許身以報國兮，豈忌鵬而畏犧。安怡怡而不葩兮，曰請受令大帥之麾。幸屢戰而屢捷兮，待殲魅以禽魑。不虞捐軀一旦兮，罹殃禍於犨麇。皇降命而旌恤兮，羌上感帝立之鴻慈。嗣獲絳諜於東省兮，洵戕公之爲伊。剚鴞心而旌獍首兮，妥溟漠之石師。彼效死而弗去兮，日緊勇與兵。樂同仇而共濟兮，辭故土以長征。嚴霜慘兮甲裂，朔風利兮魂驚。或禦敵而被戕兮，氣懾金鐵之齊鳴。或攻城而失利兮，佛郎響而隕生。寇潰圍以豕突兮，矢石集而命傾。致胔骼之拋弃兮，暴四野而縱横。日黄兮無色，夜黑兮有聲。愴恍乎枌榆之不見兮，僵踣乎莽罠之窈冥。魂踢跌而飲泣兮，吾人能不惄然而傷情。

辰之貞兮維良，羞桂醑兮椒漿，設葳位兮城之隍。啓雕輪之寶殿兮，敞刻鏡之花堂。睹纂組與綺縞兮，更敍結夫琦璜。炫迷離之五色兮，爛寶炬之輝煌。大苦鹹酸合辛甘兮，錯臇鳧與煎鶬。交梨火棗燦共珍异兮，雜粔籹之臭薌。延緇流以説法兮，肅羽客而登場。法鼓擊兮雷震，雲璈戛其琅琅。馧齊煴於霄漢兮，散旁戾之芬芳。來扈從之野仲兮，歌蛾伏之獝狂。忠魂昭如在上兮，諸魂翼其在旁。神之來兮坤鄉，神之靈兮擅擅。向殑伽兮秣馬，别桂父於玉房。士女紛其𪍿朌兮，舉遺倦而跭躨。感深恩於再造兮，聽口碑之賡颺。慨斯世之腆涊兮，羌遇變而彷徨。何𧔥蜳以倖免兮，尚貪功於彼蒼。彼修名之未立兮，終朽敝而不彰。懿公之逴躒兮，銘偉績終旂常。亘奇節於兹年兮，凶折何殊乎壽康。雖悷悷爲之痛惜兮，謂遭變其堪傷。實翕赫之庬庬兮，豈天道之芒芒。敕建祠而崇祀兮，緜俎豆之馨香。壽貞珉於不朽兮，樹嶢嶢之官方。表忠烈而顔頟兮，焕彪炳之天章。視斯人之泯没兮，果孰否而孰臧。顧不顰而笑兮，共廸嘗乎靈勺之清涼。尚饗。

天津文鈔卷六終

天津文鈔卷七

詞賦之屬

天津　華光鼐少梅輯

王守恂仁安編訂

同里　金鉞浚宣校訂

查禮不寐賦

柔兆攝提格之歲，余年三十有二，感逝者之不作，悼歲月之如流。啓故鏡而久昏，入空房而常寂。宵寒漏永，寐眼恒開，回首昨傷，俄驚一歲。考黄門有悼亡之作，中山有傷往之篇，皆取義於古詩，以言情而達志，爰追舊則製此新篇，其辭曰：

維歲運之旋周，若鈞移而輪轉。備月令於禮經，紀星中於帝典。夜司静以安身，旦維寅以丕顯。君子嚮晦而時隨，王者嚮明而色辨。蓋出入之有常，亦起居之弗舛。嗟我辰兮何愆，悲永久兮無眠。横角枕兮既粲，陳錦衾兮未薦。始惺惺兮若怨，終惘惘兮如牽。豈魂魄之彷徨兮，遥馳於域外；抑精神之强盛兮，獨炳於幾先。既反覆而不安，又悲愁而莫訴。宛弱草之靡依，似枯枝之無附。念懸旋之獨立兮，眇空際以何緣；嘆孤棹之遄征兮，浩中流而遠赴。蕭條兮失隊之驚猿，寥慄兮離群之單鷲。憶春流之亹亹，又春草之萋萋。乍山桃兮靨映，復池柳兮絲齊。蟀而鵾兮，度寒暄於潛密；爐而扇兮，隱榮落於端倪。彼有序之三時兮，固不差而不忒；况無知之百卉兮，亦載萼而載荑。何往者之難追，遂終焉其長畢。慨續魄之空言，覬歸魂而無術。昔何事兮同居，今奚爲兮异室。詎遠行之未還，竟終年之如失。剩粉兮猶芬，殘膏兮尚存。啓釵奩兮未故，開蓋篋兮餘温。痛斯人之志潔，擬被服乎蘭蓀；漫重泉之永固，久茫昧乎晨昏。進高堂而奉醴兮，苾椒馨兮誰侍；顧諸雛而牽袂兮，呱啼嗄兮誰庇。日歷久而彌疏，水長東而不復。子既隔兮牛衣，余何傷兮魚目。譬相别而重逢，話更闌而秉燭。任長漏之迢迢，信凄飆之謖謖。顧空幬而不見兮，心已静於然灰；聽虚牖而靡聞兮，體何殊於槁木。於是庭月潛移，隅星微爛，鼓急高城，鷄鳴遥翰。短檠澹而不明，宿火培而將斷。終隱惻以填懷，遂徘徊而申旦。

趙埜貞女硯銘

水岩硯，劉貞女故物也，老僕劉杭得之，用五十年矣。癸丑夏，余以端溪石易之，硯腹爲市墨蝕成穴，磨礱洗濯，藏之篋中，非詩、古文辭不以書，非佳墨不磨。銘曰：

潛德幽光終必發，人知劉女在華髮。依尼作生十指裂，五十餘年顯苦節。此硯埋淪與之埒，隨僕作計中腹穴。六十餘年歸我篋，硯與貞女兩不没。

趙埜録書硯銘

鼎其足，詭其形。背黝然，面則赬。謂爲石體質輕，謂非石理緻瑩。隃麋落，松烟凝。穎兔走，竹風生。佐我録書表爾能，後有得者視此銘。

趙埜響硯銘

其聲泠泠，泗濱之質。琢爲硯，工之失。吾何取諸，取其堅貞而端一。

趙埜端溪硯銘

温潤内涵，純樸外著。君子象之，德全而守固。

梅成棟文信國公像贊

嗚呼！史稱公之美皙如玉兮，長目而秀眉。宜體貌之豐偉兮，神光奕奕，顧盼而生姿。胡爲慘澹而憔悴兮，睫承泪以下垂。得毋馳驅於嶺海兮，間關萬里，顛仆困頓而飢疲。公欲挽宋祚於既絶兮，不顧兵勢之孤危。志殲身以殉國兮，正氣凛凛於伏尸。雖天數之難挽兮，公之忠肝義膽，實天經而地維。小子披圖而欲拜兮，迄今七百餘載，猶不禁咨嗟而涕洟。

閻履方擬沈休文高松賦

岧嶢兮層峰，磊砢兮貞松。聲泬漻兮夜潮激，標春碉兮雲氣濃。影遥留鶴，鱗老皴龍，路古石細，雪護霜封。何歲寒之雅操，乃獨抱乎高踪。夫其閲歷風霜，偃蹇泉石，虎踞雲埋，下無人迹。羌得全其天年，匪盤錯於朝夕。昔之淮海杶幹，嶧陽孤桐，連章合抱，鬱鬱葱葱。既岩搜而穴剔，畢見采乎良工。而斯松也，倕指遲巧，郢斤待攻，森森奇節，未辭蒿蓬。惟栽培之攸積，斯表异於寰中。伊惟幽人，抱璞含真。懼靡靡之易朽，不汲汲於先春。一區宿莽，三徑荒榛。苟匠石之罕遇，亦株守乎風塵。無何目留公輸，耳傾伶倫。伊寸椽之可斫，矧盤鬱而輪囷。成連先生，援琴遐顧，手授伯牙，盤桓忽悟。幸哲匠之在兹，豈良材之不遇。動操成音，倏然如訴。

閣履方花賦

按《選》賦中有風、雪、月而無花，擬其體以補之。

三閭大夫偕宋玉游於瀟湘之畔，過章華之臺，時花争榮，繁英繽紛，多不知名，狂者媚人。大夫乃觴宋玉曰：『余以孤直，貽笑當時，花本無知，乃傷吾思，神爲之往，情爲之移。子曷儷綺語、翻妍辭，銜華佩實，爲余賦之。』

宋玉舉袂拜手而謝曰：『花之爲類衆矣，難乎其爲賦矣。夫雨露之所潤者，乃在無用之物焉；山林之所藏者，徒爲逸豫之資焉。品既不齊，名或不傳，纖細瑣屑，覼縷難宣，辱先生命，敢不臚衆卉之蕃植，窮四時之流連。時則珠斗回寅，蒼龍御辰，秀盈綺陌，芳滿重闉。輕烟拖帶，細草鋪茵。坊堆碎錦，路漲香塵，文杏華灼，夭桃根新，桐含碧乳，楊花白蘋，莫不薄脂染遍，膩粉調勻。既有色而競媚，亦無言而自春。結綢繆於南浦，寄綿渺於東君。香誤尋芳之蝶，艷迷拾翠之人。蕩一村之紅雨，横十里之緑陰。若夫春光欲暮，封姨不住，折柳狂吟，杖藜懶步。香消浮白之場，蕪厚踏青之路。梅雨連番，楝風一度，節序初更，清和如故。麥隴成雲，藥欄籠霧。榴翻照眼之花，蓮結同心之蔤。新蒲之嫩緑纔迎，榮槿之殷紅復遇。不殊海棠之顛，未許楊花之妒。初遲簾外之陰，已換天涯之樹。此固王孫之所怡情，羈客之所怯顧者矣。洎乎一葉悠悠，繁華漸收，疏烟欲暝，涼月乍流。客贈招隱之句，人坐讀書之樓。園葵心老，嶺桂香幽，瘦莢三徑，寒蘆一洲。則有東籬晚節，黄花獨稠，根翻霜冷，葉浣風柔，雅似詩人之淡，真如逸客之儔。况乃朔雪憀慄，嚴風颼颼，千山樹秃，四野草抽，其孰不芳情頓減，生意難留。獨有老松之後凋也，孤標勁節盤蒼髯之曲樹；寒梅之向榮也，暗香疏影伴翠羽之啁啾。固殿群芳而獨茂，歷歲寒而自由。』

大夫乃悚然而起，愀然而言曰：『子之思深矣，詞工矣，斯有以啓予矣。夫將使我爲春華歟，則不足以立身；將使我爲秋實歟，則不足以獻媚。吾與爲春華於一時焉，朝榮而夕凋；吾甘爲秋實於千古焉，被放而見弃。行將與子兮，蕭蕭焉、落落焉，枯槁以成形，而淡泊以明志。』

王維修耤田賦

恭維著雍涒灘之歲，皇上率群工躬履疆畝，聿修三推之典，廑懷稼穡，恩澤沃敷。凡夫沐帡幪者，莫不志以陶咏，形諸舞蹈，以罄歡忱。兹不揣謭陋，謹效潘耤田之頌以摛詞曰：

欽乾極之建中兮，諧泰階而受祉。勖稷績之奏艱兮，稽羲圖之秉耜。禮同元日之祈，俗慶豳風之紀。農民靡不瞻翠罕而致虔，引纏犏而戾止。固將法宮登無逸之書，草野志有年之喜。無難夏諺之同陳，非僅周巡所可擬矣。若夫星房告正，月令履端，沃土膏於員幅，泛光風於崇蘭。鳴鳫清以喧啐，塍鱗紓以澶漫。而後雨師灑道，風伯展統，司農撰器，太史董官。維練吉而諏叶，斯栢蹕之齋安。迨昧顯而載駕，迺仙扈之儀觀。靈崇封壝，穆直和鑾。騰六龍而厄紺兮，蔚五鳳而帷丹。纖埃定以秘潔兮，蘭錡森以耀寒。啓閶闔以洞明兮，騁沛艾之扶搏。九蕊頒於鋋額兮，重英綴乎鈒干。高幰炯以揚采兮，舒蓋颯其遄翰。屬軫駢於虬轡兮，從侍窣乎蟬冠。陪乘無取乎顧陸兮，珥筆不數夫左潘。固綷縩菁葱之靡盡，而翹矚臆計之莫殫。洎乎王軑遐駐，術疆覃寬。護翔雯之晻靄，散爇苾之沈檀。斯時也，未臨乎井區之界，而特祀乎先農之壇。第見瑞露湛於春旗，媚曦曈於華桷。祥芝産英，澄林邃幄。敞址奠之閎，振鈞韶之樂。舉燋蒸兮雰蕤，呈碩麟兮霞駮。琯竽譚其豐融，筍虡業其晟啅。席藉蒻以芬揚，燭炳輝兮桂擢。鷄彝龍勺以渌醽，周簠商釪以薦穛。初禮肇成，宸衷增慤，遂乃降文墀之蜵蜎，撫耕畿之犖硞。黛耒興，洪靡濯，覺慈祥已溢乎綉陌綺阡，而德音之諗乎九官四岳。惟兹一墢是先，九推以懌。種是穜稑胥頒，畝則南東以畫。黎庶受而克終，牧人占而豫釋。指僂辰良，脉蘇甲坼。欣忭者踵掎以來觀，攀依者頌斌以累迹。聽康童衢叟之謳吟，仰虹羽蜺麾之赫奭。飲和者皆鞠乂所周，致敬者蓋蕭茅有藉也。是已兆夫九穗雙歧之挺茁，千倉萬箱以彌連。米搓碧薏，稻獻紅蓮，無不宜於九土，奚止儲乎三年。力則普存維厚，世則麻美相延。補助并行以明優賚，粢盛是奉而咨吉蠲。等漢詔之共陳夫孝弟，豈風詩之第咏夫大田。然後黼幢整，藻轂旋，揚鸞既戒，弭節將宣。草色隨霆輪以碾緑，杏花偕星旆以齊鮮。清班畢肅，勞酒序賢，賓爰鞠跽希韝而作頌曰：

帝世恬熙，民用裕兮。醴泉含滋，甘霖澍兮。丹甑畢呈，青陽濩兮。樂歲維穰，賜復賦兮。飛榮流津，福永祚兮。嘉粟馨香，敬歆慕兮。譜茲成平，邁咸頀兮。

王維珍擬宋玉大言賦

楚襄王游於陽雲之臺，景差、唐勒、宋玉侍，展醼陳樂，馳辨鬥靡，耀雄才之洸洸，既波屬而雲委。王復進三子而詔之曰：『將欲薄切蟣之瑣談，逞雕龍之神技。脱口而六合爲隘，搖舌而九天若咫。有言能然，其大奚似，子大夫能爲寡人賦者，寡人幸周聽而搏擬焉。』景差避席而前曰：『巍乎荆衡冠粱雍，犬牙參互鱗錯綜。帶漢水兮厲方城，廣輪塞兮溟渤壅。前韋昆之吾導，後桓文其我從。析鄢郢之一隅，渺齊秦與晋宋。』唐勒曰：『九垓八埏曠覽矚，摘星轉斗若棋局。日吾沐兮月吾浴，朝羞麟脯兮夜龍爲燭。俛都邑之結湊兮，微滄海之一粟；陟太華之崋巍兮，藐崑山之片玉。』

王顧宋玉而嘻曰：『二子之言若是，其大惟先生之繁稱，懼未足以相蓋。』宋玉乃鞠跽卷韝，進而言曰：『臣聞慮微者或域，志廓者無外，程物者境囿，溯源者道泰。王知眇詭之足以炫志，猶未極論辨於泱漭之會也。若夫充宙溢宇，凌乾轢坤，洪流漬其咳唾，轟霆動其微喧。投足則岳震，舉袂則雲翻。芒芒默默，穆穆渾渾，載之以無象，測之以無痕。藴敷莫罄其量際，輿蓋靡究其根源。蓋荃宰轉爲之涵育，而又何浩蕩之足言。』王聞斯言豁然：『旨趣大矣蔑加，孰逾其度。』維時唐勒、景差亦復驚閟論，捐故步，愧菲慮之未周，領元理而臻悟。王乃錫玉以雲夢之田，益之以千畝之賦。

天津文鈔卷七終

附刻

孟繼坤天津三烈婦徵詩啓

一、嘉慶丙辰進士金甌孫女，處士筠女，適同邑舉人王大枚季子，名兆霖。夫病，割股肉和藥以進，病獲愈。後夫復病，再割股，不效，夫亡，絶粒死，年三十歲，事在同治四年二月初十日。

一、國學生金榮女，適同邑王恩黻，隨夫旅游，夫亡，扶靨歸里，絶粒以殉，年二十八歲。事在同治十年四月十八日。

一、丙辰進士金甌從孫名慶蘭，妻附貢生周培女，氏未嫁時，弟有目疾，父母患之，氏爲禱於神，弟目忽明。後歸慶蘭，事姑以孝，夫亡，以姑在，未即殉，姑没，始絶粒死，年四十一歲。事在同治七年正月二十六日。

攬七十二沽之秀氣，士女平分；歷百千萬劫以馨香，綱常永振。况節烈萃於一姓，自古爲難；而姑嫂并有千秋，於斯益信。爰有珥貂之後裔，是爲嘉魚之别支。一門之雌鶴成雙，同適烏衣貴冑；十載而離鸞失耦，各揚彤管清芬。蓋一則刲股無靈，仰乾象而徒煩露禱；一則招魂有賦，逐旅鴻而重返雲津。同爲巾幗之夷齊，不止佶伉夫桓孟。體一誠以立志，學衍仁山金履祥問爲學之方於王柏，柏告以必先立志；效四烈之捐軀四烈墓在天津西門外，孤峙水中不没，四烈者，譚應宸妻陳氏、阮奇玉妻諸氏、趙某妻裘氏、金振妻丁氏。今增至十一家，其續增者爲殷鳳娘、李黑姑、梁貞女、尹貞女、史貞女、張廷年妻李氏、董有智妻章氏，名留郭海。又況分宗洪道，作配青村，早傳孝女之偁，來佐君姑之餕。托萍縱於輩下，勞矣夫君；佩萱草於衫前，難於子息。忽聞噩秏，何忍孤生，誰慰慈顏，暫遲一死。迨始終之盡禮，遂泉壤以同歸。旌并荷夫九重，艷迥殊於三婦。且夫金天之後，代有傳人；燕趙之區，古多豪杰。寇至而瑞枝被執，獨行誰知明御史完縣金毓峒、從子四川富順令肖孫；國亡而伯玉投河，孤忠可憫明兵部主事大興金鉉。我居析木，文名首重夫琢章邑解元金學士相；誰嗣睢甯，大節更推夫剛愍江蘇睢甯令金鎔，子安徽兵備光箸。繼竹坡而起金明府世熊，野田金明經銓不愧書家；後芥舟金處士玉岡而興，湘門金漕使開第乃真才子。他如入蓮坡之室，芸閣書香查解元爲仁室金氏至元；結梅花之緣，芷汀詩好梅校官成棟室金氏沅。名媛亦何殊名士，君家洵可謂世家矣。茲則爲人所不爲，身願依於地下；忍人所難忍，事竟出於閨中。女堪作則於宗支，婦亦增輝於家乘。坤居同桑梓，節仰松筠，既聞《漆室》之歌，更重《柏舟》之義。儻窺古井，應知烈女之心；試擬疊山，可補餓鄉之記。如此粲者，輝映後先，告於文人，謹述顛末。但求速藻毫端，發珠玉之光；長此流芳身後，樹彝倫之表。聖世尚崇褒獎，已如華衮之增榮；詞壇詎吝揄揚，俾勒貞珉而永壽。

丙寅八月，友人偶出示舊藏此啓一紙，乃當日原刻。三烈中二爲金氏之女，一爲金氏之婦，皆吾家先人，而王恩黻妻金氏，即鉞姑母也。再閲歲時，恐即湮没，爰亟假録，附刻《天津文鈔》之卷末。闡潜德之幽光，傳往賢之雅韵。文惟載道，何計散駢，稍違體例，讀者諒之。金鉞敬識。

津門文鈔跋[一]

予往讀《津門古文所見録》，於楊香吟先生序中知尚有《津門文鈔》一書，爲華少梅先生所輯，陳挹爽先生曾擬爲之刊行而未果，將顯復晦，序中引以爲憾。予因怦然動於中，思得其稿，藉償楊、陳兩先生之願，庶無負少梅先生之苦心。時吾邑續修縣志，設立修志局，於鄉先輩著述搜集甚富。王仁安分任編纂之役，偶以此書相詢，知其稿即在局中，竊憙私念可遂，即請仁安將原稿重加厘訂，分門別類，都爲七卷。移録既竟，付之梓人，俾吾鄉文獻於此略可考見焉。庚申夏四月，邑後學金鉞識。

[一] 此跋原附書末，題目爲整理者所加。

《問津文庫》已出書目（總計九十八種另三種）

◎天津記憶

沽帆遠影　劉景周著　五九圓
荏苒芳華：洋樓背後的故事　王振良著　四九圓
津門書肆記　雷夢辰原著／曹式哲整理　四九圓
故紙温暖：老天津的廣告　由國慶著　二八圓
沽上文譚　章用秀著　三八圓
百年留踪：解放橋的前世今生　方博著　三九圓
南市滄桑　林學奇著　七九圓
津沽漫記：日本人筆下的天津　萬魯建編譯　三九圓
憶弢盦：來新夏先生紀念文集　焦静宜編　九二圓
與山河同在：天津抗日殺奸團回憶録　閻伯群編　三八圓

褚墨留芳：天津文化名人檔案　周利成著　三〇圓
布衣大師：允文允武的藝術名家閻道生　閻伯群著　三〇圓
口述津沽：民間語境下的堤頭與鈴鐺閣　張建著　二八圓
大地史書：地質史上的天津　侯福志著　二九圓
丹青碎影：嚴智開與天津市立美術館　齊珏編著　二八圓
立憲領袖：孫洪伊其人其事　葛培林著　三〇圓
津門開歲：徐天瑞日記解讀　王勇則著　五八圓
水産教育家張元第　張紹祖編著　三六圓
八年夢魘：抗戰時期天津人的生活　郭文杰著　二八圓
沽文化詮真　尹樹鵬著　四八圓
圈外談藝録　姜維群著　三八圓
記憶的碎片：津沽文化研究的雜述與瑣思　王振良著　三八圓
水産教育家張元第集　張紹祖編　五八圓
應得的榮譽：女醫生里昂羅拉·霍華德·金的故事
［加］瑪格麗特著／胡妍譯　三八圓

海河巡鹽：國博藏所謂《潞河督運圖》天津風物考　高偉編著　五八圓
析津聯話　章用秀著　五八圓
頂上功夫：寶坻剃頭匠的歷史記憶　甄建波著　六八圓
四當明霞：藏書目里的章鈺及其交游　李炳德著　六八圓
津沽舊事　郭鳳岐著　一九八圓

◎通俗文學研究集刊

望雲談屑　張元卿著　三九圓
還珠樓主前傳　倪斯霆著　三八圓
品報學叢·第一輯　張元卿、顧臻編　三八圓
云雲編：劉雲若研究論叢　張元卿編　三八圓
品報學叢·第二輯　張元卿、顧臻編　三二圓
劉雲若評傳　張元卿著　三二圓
鄭證因小説經眼録　胡立生著　七八圓
品報學叢·第三輯　張元卿、顧臻編　四八圓

◎**三津譚往**

◎**九河尋真**

九河尋真·二〇一五　萬魯建編　八八圓
九河尋真·二〇一六　萬魯建編　九八圓
九河尋真·二〇一七　萬魯建編　九八圓
九河尋真·二〇一八　萬魯建編　九八圓

◎**津沽文化研究集刊**

《雷雨》八十年　耿發起等編　五五圓
陳誦洛年譜　張元卿著　四八圓
碧血英魂：天津市忠烈祠抗日烈士研究　王勇則著　九八圓
都市鏡像：近代日本文學的天津書寫　李煒著　三八圓
天津楹聯述略　李志剛著　三六圓
口述津沽：民間語境下的西沽　張建著　五六圓
口述津沽：民間語境下的西于莊　張建著　一〇八圓
紫芥掇實：水西莊查氏家族文化研究　葉修成著　五八圓
蘆砂雅韵：長蘆鹽業與天津文化　高鵬著　五八圓

王南村年譜　宋健著　七八圓
國術之魂：天津中華武士會健者傳　閻伯群、李瑞林編　七八圓
來新夏著述經眼録　孫偉良編　一九八圓
舉火燒天：天津抗日殺奸團紀事　楊仲達、陶麗著　六八圓
口述津沽：民間語境下的丁字沽　張建著　一六八圓
口述津沽：南開學子語境下的公能精神　胡海龍著　一六八圓

◎津沽名家詩文叢刊

王南村集　王煐原著/宋健整理　六八圓
嚴範孫先生古近體詩存稿　嚴修原著/楊傳慶整理　四八圓
星橋詩存　蘇之鑾原著/曲振明整理　五八圓
退思齋詩文存　陳寶泉原著/鄭偉整理　八八圓
待起樓詩稿　劉雲若原著/張元卿輯注　四二圓
劉大同詩集　劉建封原著/劉自力、曲振明整理　八八圓
碧琅玕館詩鈔　楊光儀原著/趙鍵整理　五八圓

石雪齋詩稿（附遂園印稿） 徐宗浩原著/張金聲整理 六八圓
紫簫聲館詩存 丙寅天津竹枝詞 馮文洵原著/楊鵬整理 八八圓
思闇詩集 華世奎原著/閻伯群整理 三八圓
止庵詩存 周學熙原著/宋文彬整理 一二八圓
沽上梅花詩社存稿 孫愛霞整理 八八圓
天津文鈔 華光鼐編纂/石玉點校 五八圓

◎**津沽筆記史料叢刊**

嚴修日記（一八七六—一八九四） 嚴修原著/陳鑫整理 一三八圓
桑梓紀聞 馬鴻翱原著/侯福志整理 四二圓
天津縣鄉土志輯略 郭登浩編 九八圓
嚴修日記（一八九四—一八九八） 嚴修原著/陳鑫整理 一二八圓
周武壯公遺書 周盛傳原著/劉景周整理 一二八圓
天后宮行會圖校注 高惠軍、陳克整理 一二八圓
津門詩話五種 楊傳慶整理 七八圓

《北洋畫報》詩詞輯録　孫愛霞整理　一九八圓
桑梓紀聞（增補本）　馬鴻翱原著/侯福志整理　六八圓
袁克文集　吴曈曈整理　五八圓

◎**名人與天津**

李叔同與天津　金梅編　六八圓
我與曲藝七十年　倪鍾之著　六八圓
辛笛與天津　王聖思編著　八八圓

◎**梓里尋珠**

傳承與突破：近代天津小説發展綜論　李雲著　七八圓
從租界到風情區：一個中國近代殖民空間在歷史現實中的轉義
李東曄著　六八圓
趕大營研究　張博著　六八圓
屏廬鉛槧：藏書家刻書家金鉞研究　胡艷杰編著　六八圓

◎**隨藝生活**

方寸芸香：藏書票裏的書故事　李雲飛編　九八圓

問津書韵：第十三屆全國讀書年會文集　杜魚編　七八圓

開卷二〇〇期　董寧文、董國和、周建新編　一六八圓